光文社文庫

春や春

森谷明子

光　文　社

春や春

目次

【俳句甲子園について】


俳句甲子園とは、創作俳句を競う高校生の大会です。

応募資格は日本の高校に在籍中の生徒五名で編成されたチームであること。

エントリーは、俳句甲子園実行委員会によりあらかじめ与えられた季題《きだい》（＝兼題《けんだい》）に沿った創作句をチームの各選手が大会以前に設定されている期限までに提出することで完了します。
①毎年六月に開催される各地方大会での優勝、②俳句甲子園実行委員会による投句審査《とうくしんさ》での通過、のどちらかによって、八月に愛媛県松山市《えひめけんまつやまし》で開催される全国大会への出場資格を獲得できます（＊1）。
兼題は、次の通り。
地方大会：三句勝負三題（＊2）
全国大会予選リーグ戦：三句勝負三題
全国大会決勝トーナメント第一・二回戦：五句勝負二題
全国大会準決勝・決勝戦：五句勝負二題（＊3）
ただし準決勝に残れなかったチームには、当日、敗者復活戦の兼題が別に与えられます。

＊1地方大会にエントリーしたチームは、自動的に投句審査にもエントリーした扱いになります。
＊2エントリーチーム数によっては、決勝戦のためにさらに兼題が出される地方大会があります。
＊3過去の大会の場合、兼題はおおむね季語ですが、全国大会準決勝・決勝戦のみ季語の枠からはずれた漢字一字の兼題が出題されてきました（例「先」「生」「紙」「指」など）。

以上文責：藤《ふじ》ヶ《が》丘《おか》女子高校俳句同好会副会長　加藤東子

全国大会トーナメント表

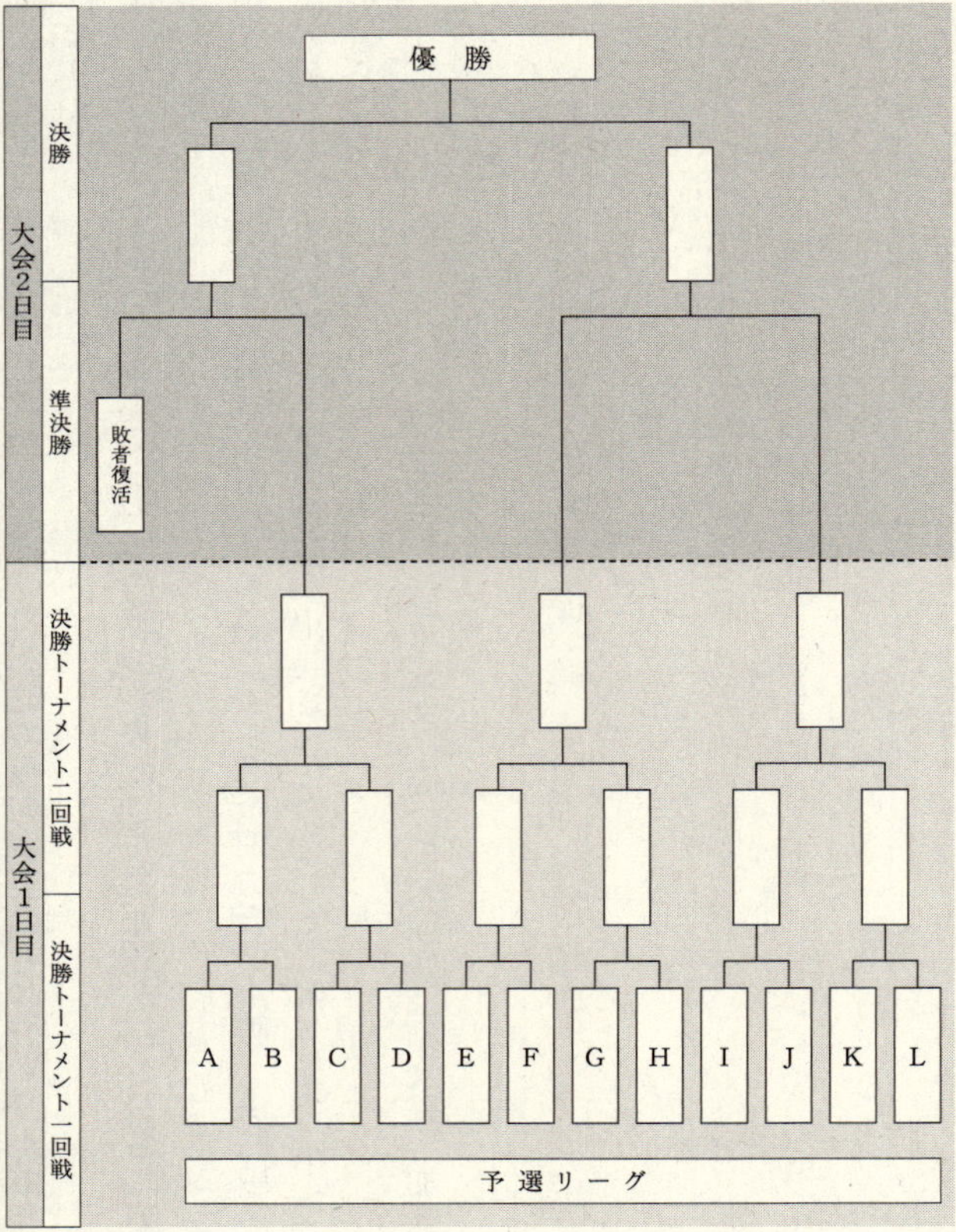

春や春

第一章

いくたびも

――須崎《すざき》 茜《あかね》

世の中の男たちは、やっぱり「セーラー服」に幻想を抱《いだ》いているのだろうか。だとしたら、教えてやりたい。女子高生が一日十時間近く、通常、クリーニングに出すことなく何十日と身につけているセーラー服の実態を。

夏は暑く冬は寒い。春はスギ花粉を、秋にはブタクサ花粉を盛大に吸着する。乙女の汗も体臭もフライドポテトの油もソフトクリームの滴《しずく》も学食のミートソースも、すべてをしみこませたセーラー服。乙女の日々を過ごすにつれ清潔さからどんどん遠ざかるこの制服をまとう女子高生は、なるほどたくましく、雨にも負けず、風にも負けず、細菌にも負けない丈夫な体になるだろう。

――でも、遠目にはやっぱり「清楚」に見えるんだよね。これはもう、詐欺《さぎ》だわ。

クラスメートたちの、この学校特有の優美な白ラインの入ったセーラーカラーの行列を教室の後方からぼんやりと眺めて、須崎茜はとりとめもなく、そんなことを考える。

黒板を背にして教科書を音読している教師の富士《ふじ》の声は、お経のようだ。

国語の現代文の授業なんて、身を入れて聞いている人間は少ない。

進学校と言われるこの私立藤ヶ丘女子高校でも、例外ではない。むしろ、要領のいいこの学校の女子高生たちのほうが、そういうところはシビアかもしれない。

現文なんて、できる人間は授業なんて必要なくできる。一方、できない奴は授業で救われやしない。

結論。授業を真面目に受ける意味なし。

それがわかっているから、茜の周囲の同級生は、寝ているか内職しているかのどちらかだ。

この学校に入って一年近く、現文教師の富士は、授業の妨害をしない限り、生徒が何をしていようが不問に付すタイプだと気づいているからだ。

茜もいつもは現文の授業時間は睡眠に当てる口だが、今日は珍しく睡魔が襲ってこない。

そこで、茜は小説というものに対して考察をしていた。富士の解説とは関係のないものではあるが、考察は考察である。

この安部公房《あべこうぼう》という作家の小説……。

面白くない。

藤ヶ丘の授業はほとんど、独自の教科書で行われる。今生徒たちが開いているのも国語科の教師の手作りだ。教科書に面白さを求めてはいけないのかもしれないが、それにしても茜の好きな日本語が、全然楽しく聞こえない。自慢ではないが国語が好き、文章表現が好きな茜が読んで楽しくないというのなら、クラス全員つまらないんじゃないだろうか。読んでて全然楽しくないって、これでいいのか。うじうじした男が妙な砂かき女にとっつかまった話が何を象徴しているのかなんて、知りたくならない。読者に何か考えさせたいんなら、考えたくなるように書かなきゃいけないんじゃないのかなあ。

教材が退屈なら、教師も輪をかけて退屈だ。

国語科主任の富士は、そろそろウエスト周りが太くなり始めた中年女性である。四種類くらいのスーツをとっかえひっかえ着てくるが、そのうちの三着はスカートがきつくなっていて、こっそりファスナーの上のボタンをはずしている。生徒が気づいていないと思っているのだろうか。生徒の落ち度は見逃さないタイプなのに。

その富士の声は、茜の耳から入ってそのままどこかへ蒸発していく。

「……作品理解のためには、作者への理解が不可欠であり……」

日本語だって、学ぶ目的は英語と同じだろうに。ある文章に何が書いてあるのか正確に読み取る。読んで感じたことがあるなら、それもちゃんと表現できるようになる。そういうわざが身につくような授業にしてくれないもんかな。

「……十代を当時奉天《ほうてん》と呼ばれた中国大陸の都市で過ごし、敗戦も奉天で迎えたという過酷な体験が、作品世界に大きな影響を与えたと考えられ……」

作者が少年期を満州で過ごしたことまで、なんで説明されなきゃならんのだ？　小説なんて書かれたものがすべてでしょう。生徒は研究者になりたいわけじゃないんだし。

心の中で文句をたれているうちに、ようやくチャイムが鳴った。

富士はさっさと出て行く。

「次の英会話の授業、今日は図書室で行いまーす、英語ディベート大会の準備でーす。三クラス合同で使用しますので、図書室の利用マナーにはお気を付けくださーい、では時間までに移動お願いしまーす」

クラス委員の声に、笑いさざめきながらクラス中が立ち上がる。

茜はそれを横目に、ゆっくりと現文の教科書を閉じた。

茜には、つるんで図書室へ行くような友だちはいない。この高校に入ってありがたいことの一つに、「つるまなくてもやっていけること」というのがある。もちろん女子特有の仲よしグループはクラス内にいくつも作られているが、茜のように「一人でいたい女」の存在もちゃんと認めてくれる。ある意味みんな大人なのだ。

教科書を机の中にしまう。散々文句をたれていた藤ヶ丘女子高校の独自教材だが、国語はまだ不満が少ないほうだ。二月に入った今はほとんど使い終わっているが、茜が楽しみにしている単元がまだ残っている。本当ならちょうど今学習しているはずなのに、そこを飛ばして次の『砂の女』に移ってしまったのだ。

「より重要な単元を先に学習します。学年末に時間があったら戻りましょう」

富士がそう言ったために。だが、能率だけはいい富士だから、ちゃんと「時間」ができそうだ。富士のペースなら、『砂の女』は今週中には終わる。茜が期待している単元に戻れる。

俳句。

クラスメートに打ち明けても、共感してくれる人間は……おそらくいないだろう。だが、小さい頃から、茜の生活の場には俳句があった。父の影響で。

茜の父親は、地味な公務員なのに、妙に「ブンガク」が好きで、家の本棚には万葉集《まんようしゅう》だの夏目漱石《なつめそうせき》だの正岡子規《まさおかしき》だのが並んでいる。おかげで茜は小中高、今まで一度も国語の自由研究には困らなかった。家の中に資料がいくらでもある。去年の夏休みに「桜の春」というテーマで日本文学作品を題材に書いたレポートは、学年中最優秀として表彰されたほどだ。白状すると、父の資料だけでなく、少しだけ父本人にも手伝ってもらってしまったが。

その父は、文学の中でも俳句が好きで、地元の図書館で定期的に開かれている句会の常連になっているほどなのである。

小学校の頃から茜も俳句に親しんだ。男親と顔を突き合わせても話題が見つからないような時、子規が……、虚子《きょし》が……、と持ち出すと、気まずい雰囲気がなくなる。間《ま》が持つ。

そうしているうちに、父親そっちのけで俳句が好きになってきた。十七字の短い言葉で表現することは簡単なようで、実はとても難しい。難しいからこそ、自分の気持ちにぴったりの言葉に出合った時の快感といったらほかにはないくらい、嬉しい。茜にとっては何も堅苦しいものではない。お気に入りのJ－POPの歌詞も俳句も、短い言葉で気持ちを表すという点では似たようなものではないか。

でも、俳句を面白がってくれる人間なんて父親以外いなかった。わけのわからないつまらないものというなら安部公房も与謝蕪村《よさぶそん》も同じこと、というのが圧倒的多数の女子高生の認識なのだ、それは認めなければいけない。

中学生の時に、たった一人見つけかけた同好者も、今は茜から遠い存在だ。短期間だったが、父親についていった句会にいた、唯一の、茜と同い年の子。だが、その子は中学二年の時に転校してしまい、以来茜も顔を出す気がなくなった。俳句は自分の内側だけで育てる宝物になった。

それでも、俳句はやっぱり生活の一部だ。ふと、お気に入りの句を口ずさんでいる自分に気づくこともある。それから、句の形もなしていない言葉を作っていることも。

今、クリアファイルやノートを抱えて歩きながら口からこぼれ出ているように。

「時は過ぎる、ただ歩く」

茜にとっては、これも俳句だ。ほとんど無意識のうちにつぶやいている言葉に、自分が今どんな感情に支配されているか、自分でも初めて気づくようなことがよくある。

時は過ぎる。

暦の上ではすでに春だが、外はどんよりと厚い雲におおわれている。見るだけで寒そうだ。その鉛色《なまりいろ》の空のように、茜の心もどんよりとしている。

ああ、また今日も何も起こらない一日が過ぎようとしている。どうでもいい時間。でも貴重な時間。明日になったらこんなことを考えていたのさえ忘れてしまう、とりとめのない時間。こうして自由な女子高生でいられる時間が限られていることも、わかっている。無駄で貴重な時間。時々叫び出したいほど焦《あせ》るけど、けれど叫んだところで何にもならないこともよく知っている、お利口で平凡な十六歳の、須崎茜。

図書室はすでに三クラス分の生徒でこみ合っていた。英会話のクラスで、ディベート大会と称する発表会が来週で、それぞれに原稿を用意しなくてはならないのだ。茜がぐずぐずしているうちにめぼしい参考書も検索用のパソコンもすべて使用中だ。

——いいや、まだ時間はあるから。今日でなくても。

そう考えた茜はぶらぶらと新着書架の棚に近づいていった。授業内容とは全く関係のない行動をとがめる教師もいない。

さすが学校の図書室、新刊書にも真面目そうなものばかりが並んでいる。ところがざっと棚を眺めまわした茜は一冊の本に引きつけられた。

表紙に大きく躍る文字。

『総まとめ、俳句甲子園！』

茜は複雑な思いを抱えてその本を手に取った。そういう大会があるとは知っている。でも、あまりいいイメージはわかない。

高校生になってわかったのだが、いろんなところに「甲子園」をくっつけたイベントが大流行だ。それまで全国レベルで大会をしているのは体育会系の部活だけだと思っていたが、実は「写真甲子園」「まんが甲子園」「書の甲子園」、何とか甲子園の大賑《おおにぎ》わいだ。おまけに「俳句甲子園」か。

何でもかんでも「甲子園」と名づけりゃいいってことじゃないでしょうに。人と競わせる、ランクをつける、そんなことをしたがる大人に乗っかってやることないじゃない。

――私たちはそれでなくたって序列をつけられてる。学校そのものにもランクをつけられるし、これから偏差値というさらに容赦ないラベルを貼られ、大学というランキング表の中へ追い込まれていく。

なのに、成績では測れない個性を発揮するはずの部活の中でまで、これまた易々《やすやす》とランクづけられるなんて。

心の中でぐちぐちと文句をたれながら、茜はそれでもページをめくる。

俳句甲子園はその名の通り高校生が俳句で競う大会だ。だが、ほかの俳句コンクールと大きく異なる点がある。構成メンバー五人のチーム戦なのだ。

優勝校の発表、抱き合って喜ぶ選手たちの写真、審査員の講評。それにしてもどこかぴんとこない。

大体、俳句なんて個人の表現の最たるものだろう。どうしてチーム戦なのだ？

茜はさらにページをめくる。すると、その次には十句ほど俳句が並んでいた。ここの俳句は、「優秀作品」だそうだ。優勝校とは関係なく、応募した作品の中から選ばれたらしい。個人戦ということか。

ならば、こちらのほうが茜のイメージする俳句に近い。

さらに本の後半には地区大会の結果が載っている。やがてあるページ——東京大会優秀作品の紹介ページ——で茜の手が止まった。

花吹雪《はなふぶき》今朝の夢を忘れた（芳賀《はが》高校　佐々木潤《ささきけん》）

「どうかした？」

突然耳元でささやかれた茜は、飛び上がった。その拍子に、何か柔らかいものに右側頭部が当たった。

「うわっ」

かなりの衝撃に、茜は頭を押さえる。その上から声が降ってくる。

「ご、ごめん、驚かせるつもりはなかったんだけど、あなた、具合悪いみたいに固まっていたから……」

声の主は、左の頰を押さえている。茜が勢いよく上げた頭が、彼女の頰を直撃したらしい。

「ううん、ごめんなさい、私こそ……痛かった？」

ぶつかった場所から考えるに、彼女のダメージの方が大きかったはずだ。だけどその子は笑って、空《あ》いている方の手を振っている。今どきめったに見ない古風な二つ分け、三つ編みのおさげ髪。くりくりした目が子リスを思わせる。

「大丈夫、大丈夫。驚かせてごめんね」

茜のクラスの子ではない。今まで一度も話したことはないが、見覚えがある。図書委員をやっていなかったか。図書室のカウンターにいつもいるイメージだ。

一学年二百四十人の生徒の中でも、目立つ生徒とそうでない生徒はどうしても分かれる。その中で、この生徒は「そうでない」ほうだ。たくさんの生徒に囲まれているというイメージは、茜にはない。誰かの話題に上がった覚えもない。わかりやすい人気者ではない。

だけど、なぜか気になる生徒ではあった。共通の知り合いもいないのに、不思議と記憶には残るというか。たぶん、「図書室」効果だ。茜は本が好きな人間には勝手にシンパシーを抱くから。

学校指定のジャージを着ているということは、体育の授業からそのまま駆けつけてきた三組の生徒か。ジャージの左胸には「加藤」と刺繍がある。そうか、この人加藤《かとう》というのか。

「そんなことより、何を熱心に読んでいたの？」

加藤に聞かれて、茜は例の本をずっとつかんでいたことに気づいた。気恥ずかしいとも思ったが、茜が隠す暇もなく、加藤はすでにそのページに目を落としている。

「へえ。俳句かあ。須崎さん、渋い趣味してるんだね」

茜はまず、加藤が自分の名前を知っていることに驚いた。こんな地味な生徒の名を。

茜のぽかんとした顔に気づいたのか、加藤はにこりとした。

「ああ、私、三組の加藤。トーコって呼んで」

「あ、あの、じゃあ、あたしのことは茜って呼んでくれればいいから」

フレンドリーな口調に、茜も思わず返事してしまった。トーコはもう、茜の隣に座っている。

「それで、何か気になってるの？　茜」

「ああ、ここに載っている名前がね……」

トーコは茜の指の先を追って活字に目を走らせる。

「入選俳句。ふうん、高校の名前も書いてあるね。ってことは、ここに載ってる俳句を作ったのはみんな、高校生なんだ」

「そうなの」

今まで話したこともない相手に、どうして茜はこんなことを打ち明けているのだろう。だが、茜はいろいろな感情が噴き上げてくるようで、黙っていられない気持ちだった。誰かに話したい。誰でもいいから、このごちゃごちゃをぶちまけて、すっきりしたい。

それに、このトーコなら、どうせ別のクラスだ。今、この時間だけ、話し相手になってもらえればいい。何より、「渋い趣味してるんだね」と言ったトーコの口調には、嫌味な色も馬鹿にしたような響きもなく、純粋に感心している軽い驚きしかなかった気がする。そのことが、珍しく、茜の口を軽くさせていた。

「たいしたことじゃないんだけど、ただね、ここにある名前がちょっと気になったの」

佐々木潤。

「ささき、かん」

トーコが読み上げるのに、茜は首を振った。

「うん、『かん』とも読むけど、この場合は『けん』、じゃないかと思う」

「これ、熱燗《あつかん》の燗の字よね?」

茜はトーコをまじまじと見上げる。熱燗がまっさきに脳内変換されるとは、どういう人だ。

「ええと、熱燗は別の字だと思う。あれは火へんで、つくりもちょっと違う」

実は茜は漢字検定準一級を持っているのだ。

「これはさんずいに間って書く字で、谷という意味。常用漢字でも人名漢字でもない字だけどね」

「へえ、茜、くわしいね……あれ？」

トーコが首をかしげた。

「人名漢字じゃない字が、どうして名前になってるの？」

「うん、そこなんだけど」

茜の口調に熱がこもる。

「ほら、これは俳句甲子園の出場者なの。だから、本名じゃない可能性があるんじゃないかと思うんだ。俳号《はいごう》、ってやつね。まあペンネームよ。それなら好きな名前を使っても不思議じゃないでしょ」

話すうちに、さらに調子がついてきた。

「澗ってね、きっと澗下水《かんげすい》から取ったんじゃないかな。納音《なっちん》よ。風水とかにも関係のある……」

そこでトーコのあっけにとられた顔に気づいて、我に返る。

「……そういうことじゃないかと思ったんだけど」

「ええとね、まず、今茜の言ったナッチンって、何？　あ、これ、初歩的すぎる質問？」

「そんなことないよ。知ってる方が変だよね」

そもそも「納音」で「ナッチン」と読むなど、普通の高校生の知識にはない。センター試験に出題される可能性も皆無だろう。

「変だなんて……。ね、教えて？」

トーコが目をきらきらさせてくれるのは、演技ではなさそうだ。茜は気が楽になって、結局まだ何も書いていない自分のノートのページに、シャーペンを走らせた。

納音。

「これで、ナッチンって読むの？」

「うん。ほら、干支《えと》ってあるでしょ。十二支。それから十干《じっかん》――甲乙丙《こうおつへい》で始まるやつ、あたしも全部は覚えてないけど――っていうのもあるじゃない」

「あ、それならちょっとわかる。たしか、十二支と十干を組み合わせると六十通りの生まれ年の分類ができて、それが一回りするのが還暦、とかいう易《えき》のことでしょ」

すごいな、この人。物知りだ。

「そう。それで、その十干十二支の生まれ年をもとにした占い方の一つが、納音なの」

「あ、あったよ、茜」

体で隠すようにして携帯電話をいじっていたトーコが声を上げた。一応校内では使用禁止の決まりだが、みんなこっそり使っている。休み時間や、こんなふうに自由が利く授業中にも。

「納音の説明がネットに載ってた。六十通りの生年を三十に分けたもの、だって。じゃあつまり、生まれた月日によって十二の星座に分けて占うのと同じ感じ……と言ったら専門家には怒られるのかな」

「いや、いいんじゃないかな。私もくわしくは知らない。ただ、俳人《はいじん》に、この納音を使った俳号を名乗っている人がいるんだよね。だから知ってるだけ」

トーコは趣味がいい。「俳人」は「廃人」のことか、などと言う馬鹿らしい茶々も入れずに聞いてくれている。

茜は「納音」の字の横に続けて、二つの俳号を書いた。

荻原《おぎわら》井泉水《せいせんすい》
種田《たねだ》山頭火《さんとうか》
「この人たちも俳人なわけね？」

「そう。井泉水や山頭火っていうのも三十ある納音のひとつなの」

「で、澗下水も納音のひとつなんだ？」

「うん。……私、昔知っていたの。この名前で俳句を詠《よ》んでいた子を」

そう。いたのだ。潤という俳号の男の子が。昔参加していた句会に。

だが、そこで茜はふっと興奮から覚めた。小さく首を振る。

「でもね、きっと思い違いよ。だって姓が違うから」

「そうとは限らないじゃない」

トーコが言う。「姓は変わるよ。私たち未成年だもん、一番大きい可能性は家庭の事情？　両親の離婚とか」

「あ、ああ……。そうね、言われてみれば」

「そんなことより、今どきの高校生で、俳句をやってる子なんて、そういないでしょ。しかもこんな珍しい、俳号？　だっけ？　そういうのを使ってる男の子。調べてみればいいじゃない、茜」

「え、なんで男の子ってわかるの？」

「芳賀高校って、男子校だから」

目の前に携帯電話が突き出された。いつのまに検索していたのか、今度は芳賀高校の情報が出ている。

茜が返事をためらっていると、それを察したのか、トーコは話題を変えてくれた。

「それよりさ、茜、やっぱり俳句にくわしいのね？」

「くわしいってほどじゃないけど」

茜は口ごもる。女子ばかりのこの学校で目立ちたくはない。俳句なんて年寄り臭いものをひねってる変人だと彼女たちに認識されたくはない。

「いや、相当にくわしいと思うけど」

茜はつい、身構えたが、トーコは屈託《くったく》のない顔で茜をのぞきこんでいるだけだ。

「それでねえ、茜、俳句甲子園って、つまりは俳句の全国大会でしょ？　それで、この花吹雪って句がよくできました賞みたいなのをもらったと」

「もっとも、この句が入選できたのは全国大会へ進む前段階の東京大会らしいけどね」

「なるほど。でも、これ、そもそも俳句なの？　俳句って五七五でしょ？　これじゃ字数が足りないし、リズムが合ってないけど」

そう、そうなのだ。だからこそ、この俳句と潤という名が茜をひきつけたのだ。

「これはね、自由律俳句《じゆうりつはいく》だと思う」

「自由律俳句？」

「そう。五七五のリズムから外れて、でもこれもちゃんとした俳句なの。河東碧梧桐《かわひがしへきごとう》とか、さっき言った荻原井泉水……」

言いかけて茜は口をつぐんだ。こんなことをべらべらしゃべっていては「くわしくない」設定からどんどんはずれてしまうではないか。

だが、トーコの言うことは当たっている。今の高校生で、自由律俳句をたしなむ「潤」

が、日本に二人もいるだろうか。茜が考え込む横で、トーコはページをぱらぱらとめくり、また声を上げた。

「ねえ、茜、この芳賀高校は東京大会で敗退してるけど、その潤って子の俳句がここにも載ってるよ」

思わず身を乗り出す茜の前に、トーコはそのページをさしだしてくれる。

ささめきあう人を押し分けて放課後

「……こっちのは、いい点が取れなかったわけだ」

「うん。暗いよね。ささめくっていうのは、ひそひそささやくって意味でしょ。そういう人を押しのけて、やっと放課後になった、解放されたってほっとしてる感じ。楽しい気分だったら、こんな詠み方にならないよね。それとたぶん、そういう『孤独な自分』がむきだしすぎて俳句としては物足りないって評価されたんじゃないかな」

「あ、突っ込みどころはそういうことなんだ。私は『人』ってのが気になったけど」

茜はトーコの顔を見上げた。

「トーコ、それ、どういうこと？」

「うーん、俳句のことは何も知らないけど。もしも自分なら、明るい高校生活を詠むかな、って。とすると、『人』より、『友』とか入れたほうがそれっぽくない？」

　茜はちょっと笑顔になった。

「トーコ、いいセンスしてるね」

「ありがとう」

　トーコが恥ずかしそうな顔で答える。

「小説は好きでよく読んでいるからかな。でも、俳句のことは全然知らないから、茜の話は面白い。それで、茜、これからどうするの？　この『潤』君が気になってるんだよね」

「……ううん、別に」

　物問いたげなトーコにかぶせるように、茜はさらに言う。

「いいんだ、たいしたことじゃないから」

　そのとき、終鈴《しゅうれい》が鳴った。


　翌週。現文の授業を楽しみにしていた茜は、富士の言葉に耳を疑った。

「今週は学年末考査への準備として、文学史と文法の総復習をします。教材については私がまとめのプリントを作成してきましたので……」

「先生！」

　立ち上がる茜に、眠っていたようなクラス全員が驚いた眼を向けた。だが、そんなことにかまっている場合ではない。

「あの、俳句の単元は取り上げないんですか」

表情の乏しい富士の顔が、ますます能面みたいになった。

「教科書はあくまで参考です。俳句には時間を割《さ》く必要がないと判断しました」

「なぜですか！」

「須崎さん、俳句は文学ではありません」

茜は言葉を失った。

「俳句は短すぎて伝えるべきことを十分に読者に伝えられない。鑑賞に値する文学とは呼べません。留意すべきは文学史的観点から必要な事項が若干あることですが、それについては、私が教材を配布して覚えておくべき点を列挙しますから、それさえ把握しておけばよろしい。年度末まで授業数が足りません。より優先順位の高いものから学習します」

「富士先生、俳句は文学です！」

クラス全員がはっきりと迷惑そうな顔をしている。

だが、茜は引き下がるつもりはなかった。

そんな茜の顔をじっと見つめた富士は、小さく息を吐《つ》いてこう言った。

「だいにげいじゅつろん」

「はい？」

富士の言い放った単語が、茜にはすぐには漢字変換できなかった。そんな茜を見やり、富士はゆっくりと黒板に向き直って大きく板書した。

第二芸術論

何だ、この言葉は？

混乱する茜を一瞥《いちべつ》した後、富士は教室を見回しながら口を開いた。

「ようするに、俳句は文学として価値が低いと指弾《しだん》した、フランス文学者桑原武夫《くわばらたけお》先生の有名な論です。この指摘に、日本の俳壇《はいだん》と呼ばれるものは、反論できませんでした。ですが、この議論について、今はくわしく展開する時間がありません。異議のある須崎さんも、どうやらこの論については準備ができていないようですから、次回に論じてもらいましょうか」

茜はかっと頬が熱くなるのを感じた。そんな、たった今初めて聞いたばかりの論文について説明するなんて、できるわけがない。富士はこう言えば茜が引き下がるだろうと見越して、難題を吹っかけてきたのだ。だが、このまま言い負かされたくはない。どこかに、穴はないか。それでなくても、茜は感情的になるのが嫌いなのだ。先生ひどーい！　とか、無理やり泣きを入れるということができる性分でもない。だから、筋の通った反論がしたい。

――ああとにかく、何か言わなければ。

「先生、私は俳句を鑑賞したいだけで、そういう議論は何も知らないし、それに……」

しばらく口ごもってから、ようやく茜は突破口を見つけた。

「先生は、その『第二芸術論』に日本の俳壇が反論できなかったとおっしゃいました」

富士が軽くうなずくのに勇気が出て、茜は言葉を続ける。

「だったら、なおさら、ただの高校生の私にはできません。でも、できないから、先生に教えてもらいたいです」

どうだ。この論法は間違っていないはずだ。

「須崎さんは俳句に興味があるのですか」

「はい！」

勢い込んだ茜の口調に、富士が少しだけ柔らかい表情になった、気がした。

「よろしい。では、須崎さんには俳句を鑑賞して発表してもらいましょう」

「は、発表？」

「難しく考えることはありません。教科書に俳句が載っていますね。次回の授業でその中のどれか一句について、須崎さんが自由に感想を述べてくれればいいです。十分間さしあげましょう。そして、俳句について、興味を深めるに値すると判断できたら、俳句の授業に一時間当てましょう」

そこで富士はさっき配ろうとしていたプリントをもう一度取り上げた。

「あの、先生」

くどいと知りつつ、茜はさらに食い下がった。

「私は先生に、俳句は学ぶに足る文学だということを納得させたらいいんですね？」

富士はゆっくりと目をしばたたいた。

「私にではなく、クラスの皆さんにですね。俳句は限られた授業時間を使って学ぶに値するということを、皆さんが納得するかどうかです」


「へえ、そういうことになったんだ」

後に引けなくなった茜が、放課後、図書室にこもるのに、トーコもつきあってくれた。というか、茜がずんずんと図書室に入っていくと、すでにトーコがいたのだ。

「うん。こうなったら受けて立つ」

茜は教科書を広げた。見開き二ページに、俳句が並んでいる。トーコが顔を寄せてくる。

「この中のどれか一句を解釈しろっていうのが富士のオーダーなのね」

「そう。なにしろ俳句は短いからね、そんなに負担じゃないよ」

合計八つの俳句が載っている。

鶏頭《けいとう》の十四五本《じゅうしごほん》もありぬべし　正岡子規

いくたびも雪の深さを尋ねけり　正岡子規

去年今年《こぞことし》貫く棒の如きもの　高浜《たかはま》虚子

海に出て木枯《こがらし》帰るところなし　山口誓子《やまぐちせいし》

万緑《ばんりょく》の中や吾子《あこ》の歯生え初《そ》むる　中村草田男《なかむらくさたお》

子を殴《う》ちしながき一瞬天の蟬《せみ》　秋元不死男《あきもとふじお》

雪はげし抱かれて息のつまりしこと　橋本多佳子《はしもとたかこ》

咳《せき》をしても一人　尾崎放哉《おざきほうさい》

「ええとね、茜、少し質問があるんだけど」

茜は参考図書を積み上げながら、トーコにほほ笑みかけて答える。

「どうぞどうぞ、何でも聞いて。本番では富士から質問が飛ぶだろうから、いいシミュレーションになるし」

「私が聞くのはすごく基本のことだと思うよ？」

「遠慮はご無用」

「じゃあね、まず、最初の、正岡子規って人のだけ二つあるのはなんで？」

「近代俳句を始めた、別格の人だからだろうね」

茜は座りなおした。

「俳句っていうと、トーコはどんなものを思い浮かべる？」

「『古池や』ってやつ。芭蕉《ばしょう》だっけ？」

茜は楽しくなってきた。よし、そこから始めるか。

「私を含めてみんな俳句俳句って言うけど、正確には、あれは俳諧の一部なのね。こういうの知らない？　もともと日本に昔からあった韻文で、まず、五七五の発句《ほっく》っていうのを最初の人が詠む、次の人が七七と続けて、そのまた次の人も続けていくっていうやつ」

「ええと、連歌《れんが》？」

「正解。芭蕉は連歌の一種、俳諧連歌を発展させた。いろんな人を集めて、俳諧連歌の会を、全国各地で催したの。で、その俳諧連歌の最初に詠まれるのが発句。芭蕉の有名な『古池や蛙《かわず》飛び込む水の音』とか、ああいうのもその発句の一つ」

「あ、ひょっとしたらその連歌の会のために、芭蕉は東北まで旅をしたの？『奥の細道』って、芭蕉だよね？」

「そう。だから芭蕉の旅は観光旅行じゃなくて、出張カルチャースクールみたいなものだったわけ」

トーコは笑った。

「面白いね、茜の話」

「そう？　ありがとう」

茜もつい夢中になる。俳句のことを家の外で話すのは初めてだ。

「だから江戸時代の俳諧っていうのは、誰でもできる社交ゲームだった。まあ、誰でもっていっても生活に余裕のある人なら誰でもって程度だけど。そんな俳諧を、明治になって『俳句』という発展形にしたのが、ここに載ってる正岡子規……」

「この人？」

トーコが携帯電話を突き出した。ネット上の百科事典の、「正岡子規」の項目が出ている。検索をかけていたらしい。

「そう」

トーコは検索画面をスクロールしながらつぶやいた。

「一八六七年ってことは、江戸幕府崩壊とともに生まれた人か。四国の松山出身。へえ、すごい、帝国大学に進学してる」

そう、子規は郷土の期待を背負った明治の若者だった。だが、まもなく将来の夢をあきらめざるをえなくなる。結核《けっかく》を患い、のちに脊椎《せきつい》カリエスになったのだ。当時は死を待つしかない病気だ。そして三十四歳で没する。

「子規はね、最後の三年くらいは自分の家の、それも病床からほとんど起き上がれず、でも周りに人を集めてその人たちと一緒に俳句の基礎を作った」

「ふうん。偉い人なんだ。のわりに、ごめん、教科書に載ってるこの二つの俳句、どこがいいのか私にはよくわからない」

「そうだよね」

茜は笑った。

鶏頭の十四五本もありぬべし

いくたびも雪の深さを尋ねけり

どちらも、何が書いてあるか迷いようもない、シンプルでストレートな日本語だ。小学生にだって意味はわかる。だが、この句で何を表現したかったのか、それを問われても、答えようがないと言う人もいるだろう。そのくらい、解釈ポイントがわかりにくい句だ。

だが、子規から近代俳句は始まった。子規の生涯を思う時、この句がどんな深い意味を持っているか。そしてその後の俳句にどんな大きな影響を与えたか。

大事な俳句なのだ。江戸時代の旦那衆のお遊びだった俳諧を、子規は個人の魂の叫びに昇華させた。

……高校生の茜には、明治時代の重病人の日常は、正直言って想像できないところも多い。でも、茜は茜なりの鑑賞ができるはずだ。

茜の気負いなど知らないトーコは、また教科書をのぞきこんでいる。

「そうすると、その後に載せられてる六つの俳句は、子規の俳句を土台に作られたってわけ?」

「系譜的に言えば、全員子規の影響を受けてるとも判断できるのかなあ。一番師弟関係が強いのは、子規の次に挙がっている高浜虚子だけど」

「ふうん。あ、これ聞いたことがある。去年今年っていうやつ。なんか、印象に残ったから覚えてた」

「うん、有名だよね」

去年今年貫く棒の如きもの

目に見える情景を描いているわけでもないのに、聞いたら即座に、理解できる。ああ、言われたらそんな気もする、と共感できる。

たった十七音《おん》で、読む者の心に刻み込まれる。

——これこそ、俳句の魅力だよ。

父が昔、茜にそう説明したのも、この、虚子の俳句を例に挙げた時だった。

そう、俳句の魅力がこの句には詰まっている。

茜は徐々に自信が湧いてくるのを感じた。

虚子の句には、短くて意表をついた表現で、でも一度聴いたら忘れられない独特で鮮やかなイメージがある。トーコの言う通りだ。

そして、その次の山口誓子や中村草田男の句も、誰でも情景を思い浮かべられるだろう。つかまえどころのない木枯らし、大きな緑の中に光る小さな白い歯。

それから、秋元不死男や橋本多佳子の句のドラマチックなこと。

そして最後、放哉の……。

「この最後の句。これが、茜の言ってた自由律俳句だよね？」

「そう」

「この間の潤君のと同じだ」

「うん」

会話が途切れて、ふと顔を上げるとトーコがじっと茜を見つめている。

「ところで茜、なんで富士との対決にそんなにむきになるの？　潤君と関係あるの？」

この前の時のようにはぐらかすこともできた。だが、茜はもっと話したくなっている自分に気がついた。ついこの間まで名前も知らなかったトーコだが、俳句のことが縁で、とても親しくなれている。

この高校に入って、初めて趣味について話せた友だちかもしれない。

「芳賀高校の潤って人が、私の知ってる潤君かどうかはわからない。でもね、たしかに気になる。私と同い年で中学生の時、私の父と同じ句会に来ていた子なの。その時の名字は小野田《おのだ》って言った。ご両親が、潤っていう字が名前に使えないから別の字をあてたって聞いたけど、本名ははっきり知らない」

あの頃の茜は、句会そのものがそれほど好きだったわけではない。何も発言しないで、ただ座っていただけだ。自分の俳句に自信なんて持てないし、それが大人たちの前で披講《ひこう》されるのはいたたまれない。

それでも父について行ったのは、小野田潤がいたからだ。

彼は一人でやってきて、いつも堂々と自由律俳句を披露していた。

「茜のあこがれの彼だったわけだ」

トーコはからかうように言ったが、茜の赤い顔を見て、口調を改めた。

「ごめん。もうちゃかさない。その潤君は、茜と同じ学校じゃなかったのね？」

「うん。隣の中学」

「で、卒業後は会えなくなっちゃった？」

茜は首を振った。

「潤君は転校したの。私たちが中二の秋。それ以来、私は潤君に会ってない」

「誰か、その句会の大人の人は？　茜のお父さんとか」

「潤君の引っ越し先はわかってたんだよ。でもね……。今年のお正月、年賀状が戻ってきた」

別の学校の男の子に年賀状を出すのだけでも、茜としてはかなりの緊張ものだった。父が達筆で小野田潤に年賀状をしたためる、その端っこに小さく一言と名前を書くだけで、ハードルがそれほど高くなかったからできたことだ。そうして二年間、年賀状だけのやり取りが続いた。だが今年は……。

「またどこかに引っ越しちゃったのか」

「うん」

小野田潤がその気になったら、茜の父に再度の転居通知を出せたはずだ。だが、彼はそれを必要と思わなかったのだろう。

自分に引き比べてもわかる。中学から高校、人生は大きく変わる。昔ちょっと知り合っていただけのおっさんにまで再度の引っ越しを知らせる必要もないと判断したのは当然だろう。

ましてや、いつもそのおっさんの後ろに隠れていた茜のことなど、何も意識していなかったのだ。

「で、そのまま……」

「そう。だって調べる方法、ないでしょ」

「それで今回、ひょっとしたら、その彼が芳賀高校の佐々木潤かもしれないと思ったわけだ。おうちの事情で姓が変わって、また東京に戻ってきて、進学した。うん、その可能性はあるものね」

「うん……」

しばらく物思いにふける茜の横で、トーコはまた携帯電話をいじっている。やがてこう言った。

「なら、芳賀高校の潤に直接聞いてみれば？」

「え？」

茜は絶句する。

「芳賀高校の一年生が二人、私のネットワークに上がってきたよ。私、学校横断で高校生が集まる読書サイトに出入りしているんだけど、そこにも芳賀高校の子は何人かいるみたい。『潤』って名前を使ってる子はいないけど、たどっていけば、俳句なんて物好きなことをやってる男の子、すぐにわかるよ。聞いてみようか」

「ちょ、ちょっと待って」

茜はあわててトーコの手を押さえた。

「いいよ。やめて、やめてってば」

「どうして?」

「だって、潤君、私のことなんて覚えてないよ。ろくに話したこともないんだから」

そう、茜はいつも句会の端っこで、みそっかすになって座っていただけだったのだから。

「いいの、トーコ。それより富士との勝負の準備しなきゃ」

茜はもう一度教科書のページに目を落とし、無理やり意識を戻す。

やはり、近代俳句の祖、正岡子規にするとインパクトが強いかな。それで鑑賞しやすいのは……。

「決めた、二番目の句にする」

次の現文の授業は土曜日、授業公開日だった。いつもより保護者が多い。と思ったら、私服の女の子が何人もいる。ちょっと顔立ちが幼い。発表準備に打ち込んでいた茜は忘れていたが、そうだ、今日は新年度の入学生向けの説明会も開かれているはずだ。その新一年生たちにも授業が公開されているらしい。おまけに、授業のない教師たちまでが入れ替わり立ち替わりのぞいていく。

ギャラリーが多いのはちょっとプレッシャーだが、そんなことに気を散らされてはいけない。それに準備は万全だ。何しろ、あまりにも有名な子規の句だ。茜の家にはいくらでも参考資料がある。ただ、父に助けを求めるのはやめておいた。事情を話して、教師とうまくやっていないのかなどとよけいな心配をさせたくない。

「さて、始めましょう」

富士はいつもどおりの平板な口調で授業を始めた。

「前回お話しした通り、今日は須崎さんに、俳句を解説してもらいます。では、始めてください。どの句の発表をしてもらえますか」

「右から二番目の句、正岡子規の句について発表します」

茜はそう答え、黒板に板書した。特に批評がしやすいと選んだ句だ。

いくたびも雪の深さを尋ねけり

正岡子規の、大好きな句だ。トーコにも説明した通り、近代俳句の礎《いしずえ》を築いた偉大な文学者であるが、二十歳を過ぎて結核に襲われ、文学的活動のほとんどを病床で行うしかなかった悲劇の人物でもある。

この句は死が迫った頃の作。すでに起き上がることもできなくなっていた子規が、外は雪と知らされ、自分では確かめることのできない積雪の具合を何度も家人に尋ねているという、哀切極《きわ》まりない句だ。子どものように無邪気で平明な言葉が、雪の深さも自分の目では見ることのかなわない子規によって発せられる時、さらに哀切さを増す……。

そういうことを茜は渾身《こんしん》で訴えた。クラスメートも身を入れて聞いてくれたような気がする。

「それで終わりでしょうか」

すべて出し切った思いで茜が口をつぐむと、富士は無表情に言った。

「はい」

その茜の返事が終わるか終わらないかのうちに、富士が言葉を重ねた。

「ある俳人は、この句のことを、スキー場に、雪がどのくらい積もっているか電話で問い合わせている言葉だと解釈してもよいと言いました」

「え？」

茜はとんでもないところからボールを投げられた思いで、きょとんとした。クラスの空気も揺れ動いた。

「平明な言葉です。平明すぎる言葉です。須崎さんは今、正岡子規の年譜をたどりながら、この句が発せられた背景を解説してくれました。私は大変感心しました。大学生のレポートとしても合格点がつくような、満足すべき発表だったと思います。しかし、そこにこの句の、いいえ、俳句が持っている問題点もあるのです」

茜は、体を固くして富士を見守った。

「この句は、子規の一生を知らなければ、輝かない。つまり句単体では鑑賞できないのです。それが独立した文学作品と言えるでしょうか」

――やられた。

茜は内心、思わず叫んでいた。

「桑原先生は、大家《たいか》と呼ばれる俳人と無名の俳人の句、あわせて十五句を選び、いずれがすぐれているか、世の人に判定を呼びかけました。すると、大家のものとその他とは明確な判別がなかったのです。作者が誰か、作られた背景がどういうものか。そうした作品以外の要素なしには鑑賞できない言葉。そのようなものが文学たり得るかどうか」

富士は効果を確かめるように一度言葉を切ってから、クラスを見回した。

「皆さんは、どう思われますか?」

「……完敗」

放課後の、二人以外には誰もいない図書室。トーコは落ち着いた顔で携帯電話をいじっている。机をはさんで向かい合っていた茜はその机に突っ伏して、もう一度つぶやいた。

「完敗だったよ」

クラスのみんなは俳句を勉強しなくてもよいというほうに手を挙げた。富士は淡々と茜の苦労をねぎらい、授業の残り四十分を助動詞の活用形の復習に当てた。

授業が終わったあと、富士は茜に近づいてきて、もう一度茜の発表を評価してくれた。

「あの発表は発表としてすばらしいものでした。変則的な活動ですから直接成績に反映させることはできませんが、授業態度の一部として、須崎さんの通知表の特記事項に記載して、ご家庭にも報告しようと思います」

富士のそのフォローのおかげで、茜は「先生に楯突《たてつ》いたバカ」とみなされることからは逃れられた。あれは富士なりの慈悲《じひ》の心だろう。

「あんな方向から攻撃されるとはね。もう、完敗。私だってつまらない小説にはぐちぐち言ってたのにね。作者の背景なんかに関わるな、小説なんて書かれたものがすべてだって。……ん？　とすると、安部公房の生い立ちを解説した富士は、今日の反論でダブルスタンダードのスタンスを取ったわけ？」

茜はぐいっと体を起こした。それからまたばったりと机に伏せる。

「あ、でも、やっぱり駄目だ。クラスのみんなが、やらないってもう決めちゃったんだから。あああ、結局完敗だあ」

「そこはもうわかったよ、茜」

トーコは冷静に答えて、茜の方へ上半身を乗り出した。

「まあ、あっちは専門家なんだもの。考えてみれば、結構アンフェアだよね。そのダブルスタンダードもだけどさ。そもそも教師と同じ土俵上で教師を論破しろだなんて」

「でも、私が俳句の価値をアピールできなかったのは事実。できると思ってたのに」

しばらく沈黙。へこんだポーズにも疲れた茜は起き上がった。こうしていてもしかたがない。

「別にいいのよ、ほかの人に伝わらなかったところで、私が俳句を好きなことには変わりないんだから。そう、かまわないのよ。何も変わっちゃいないんだから」

ぶつぶつとつぶやいてみる。そうだ、授業前と今とで、茜を取り巻く状況が何か変わったわけではない。クラスの中での「変人度」評価が若干上がったか。まあいい。

「でも、俳句って、何かかっこいいね」

トーコが例の教科書を広げながら、ほほ笑んで言う。

「ほら、たとえば五番目の『万緑の』の句だけど。言葉の意味さえ説明してもらえば、誰でも自分なりの光景を思い浮かべられるよね。緑が濃くなる頃、我が子に初めての歯が生えた。そこからどんな感情がわき出るかも、たぶん人によって大きな差はない」

茜はうなずきながらページに見入る。

「そうだよね。生命があふれる季節の力強さ。赤ちゃんが大きくなった嬉しさ。感じることにそんなに違いはないと思う。もちろんこの赤ちゃんが、地球上のどこで、いつの時代にいるのか、そんなことは何も詠まれていないけど」

「そんなことは些末《さまつ》なこと、子どもの成長を喜ぶっていう、いつでも誰でもどこでも通じる嬉しさを詠んでいる。だからこそ、この句は誰にでもわかる。とすれば説明の少なさは、むしろこの句の強味と言える」

「そうか」

茜は声を弾ませた。トーコはほかの句を指さす。

「それから、『木枯』の句も同じでしょ。『貫く棒の如きもの』っていうシュールな句だって、みんな面白がれる。さらに『子を殴つ』とか『抱かれて息の』なんて句になるともう、テレビドラマの一場面だよね」

「うん。残るは放哉の句……」

「それなんだけどさ、茜」

トーコは座りなおした。

「私、自由律俳句って言葉も茜に初めて教わったけど、この句、なんか、すごいと思った。これ読んで私がぱっと思い浮かべたのは、自分がインフルエンザこじらせて寝ている時のことだった。小学生だったかなあ。夜中で、咳き込んですごく苦しかったんだけど、別の部屋で寝ていた母親にも気づいてもらえなかったことがあったの。そんなの、今まですっかり忘れてたんだよ。でも茜にこの句を見せられたとたん、ばあっと、何年も前のあの時の、ごちゃごちゃした、わびしくて心細くて悲しかった感情がいきなりよみがえったんだよ。自分でも驚いた。たった七字で、こんなことあるんだって」

「ああ、そういうの、わかる気がする」

「ね？　もちろん放哉が詠んだ時とは全然違う状況なんだけど、でも私の感じ方が間違ってるとは思えないし、誰にでもそういう感情を持った瞬間ってあると思うんだよね。だからこの句は誰でも自分のこととして感じられる。ただ……」

茜ははっとした。

「トーコ、そう考えると、一番、感情、というか詠まれているものが何か特定しづらいのは、たしかに一番目と二番目の句だね」

「うん。私まだ、この鶏頭の句にはどんな解釈するのが正解かわからないし、雪の深さを尋ねるのがどんな場面か説明しても、たしかに揚げ足《あし》を取られやすい」

富士が、スキー場に積雪を問い合わせるという解釈を引き合いに出していたほど。

「だから、茜が富士を論破できなかったのは、この子規の句が特別アピールしにくいものだったからで、仕方なかったんじゃないのかなあ。スキー場の情景を思い浮かべたって間違ってないのかもよ？　その俳人は、解釈が一つしかないのが俳句なんてことはないんだって主張したかったのかも」

茜は大きく息を吐き出した。

「ありがとう、トーコ。なんか、軽くなったよ、おかげで」

「ありがとうって、茜、それで片づけちゃっていいの？　もっとやりやすい句の解釈をしてたら、富士に要求を却下されずにすんだかもしれないよ？」

「でも、それはしょうがないよ。私が選んだんだから。私がへこんでた理由はいろいろあるけど、一番大きいのは俳句に価値がないって言われて反論できなかったことだった。だから、俳句すべて鑑賞するに足らないって思わなくていいだけで、すごく嬉しい」

トーコが気持ちよい笑い声を立てた。

「茜っていい人だね」

「何よ、それ」

茜は頰をふくらませる。せっかく気分が直ったところなのに。

そして茜は改めて息をついた。

「私、富士を怒らせたのかなあ。わざわざこむずかしい文学論まで持ち出すなんて」

するとトーコは茜のほうに体を乗り出して、少しだけ声をひそめた。

「たまたま私、もう少し知ってることがあるんだけど、標的にされたのは茜じゃないと思う。富士が自分の主張を聞かせたかったのは、後ろのギャラリーのほうじゃない？」

「ギャラリーって、保護者のこと？」

「ほかにもいたよね。学校関係者。たとえば、校長とか、いなかった？」

「ああ、たしかに！」

入れ替わり立ち替わりする中にお偉方がいるわ、と思ったことを茜は思い出した。

トーコはやっぱり、というようにうなずく。

「漫画同好会の人間から聞いたんだけどね、校長がね、来年度からは文化部も活動の成果を目に見える形で出すべきだって主張してるらしいよ。まあ、対外アピールが狙いだろうけど」

「文化部で成果が出るって、吹奏楽コンクールとか？　あとは何がある？」

「何とか甲子園って名のついた大会に出ろって、各部の顧問がはっぱかけられているらしい」

「ああ、それでまんが甲子園も出なきゃいけなくなったとか？」

「そう。ほかにも色々あるでしょ。書の甲子園、写真甲子園……。で、その一つに俳句甲子園もあると。ちなみに富士は文芸部顧問。俳句の部はないから、俳句甲子園を目指せと言われたら、富士への業務命令になるよね」

「待って、待って。じゃあ、富士は、その校長の要求を断るために、俳句には価値がないと主張してみせたの？　私をダシに使えて？」

「まあ、茜が俳句やりたいなんて言い出さなければ、茜のクラスを巻き込んだりはしなかったと思うけど」

「そういうことか」

何だろう、この感情は。ほっとしたでもなく気が抜けたでもない。でも、体と頭が熱い。むくむくと行動したい気持ちが湧いてきた。おとなしい無名の女子高生の須崎茜、でもおとなしいままでいなくてもいいんじゃないか。

茜はしばらく、堅い椅子の背にもたれていた。

「とにかくトーコ、いろいろとありがとう。なんか……疲れたわ、今日。いろいろ考えさせられたよ。帰ってゆっくり考えることにする」

「何を？」

「もう少し俳句やってみようかな、とか」

「え？　やってみるって……？」

「富士がやらせたくないっていうなら、余計にやりたくなってきた。それに、俳句甲子園に出れば、芳賀高校の潤君に会えるかも。きっと芳賀高校は今年も出場すると思う」

トーコは目を丸くして茜を見ている。

「うん、その可能性は高いよね……。でも別に、同じ東京の学校なんだし、何も俳句甲子園に行かなくても会おうと思えばチャンスは作れそうだけど……」

トーコの言葉に、茜は考えるより早く首を横に振っていた。

「それだと、ちょっと違うの」

どう言えばいいのか。茜は言葉を選んでゆっくりと口にする。

「ただの観客になって俳句甲子園を見に行くのは、すごくいやなの。同じフィールドに立てていないってことじゃない。同じ高校生なのに。やろうと思えば誰にだって機会は平等なのに。今年の会場に行って、潤君を見つけて、でもそれだけじゃ何も話すことがない」

昔面識のあった須崎茜です、試合頑張ってください。

それ以外に何が言えるだろう。

そうではなく、どうせなら、この写真のような試合のテーブルについて、潤君の正面で再会したい。同じステージに立つ者同士になって。

「私は文芸部に入ってるわけじゃないし、そもそもあんなに俳句に否定的な富士が顧問の文芸部で、俳句甲子園参加なんてできないかもしれない。でも、文芸部とは関係なしに、新しく同好会を立ち上げることはできるはず。……って」

そこまで言ってから茜はちらりと舌を出した。

「こんなに意気込んで、実は芳賀高校の佐々木潤という人が全くの別人だったってオチかもしれないけどね」

「いいじゃない、それでも」

トーコが目をきらきらさせて乗り出してくる。

「茜が頑張れば、今度は茜の名前がこうやって表に出るわけでしょ？　茜の探す潤君がそれを目にするチャンスだってあるんだよ？　茜がそうやって芳賀高校と佐々木潤に出会ったように」

トーコは立ち上がって携帯電話をさしだした。

「やってよ、茜。私、応援したい。ほら、来年度のエントリーは五月が締め切りだって。それまでに人数を集めて俳句同好会を立ち上げればいい。茜って、帰宅部なんでしょ？　今から活動始めれば、可能じゃない」

「でも、もちろん問題は会員が集まるかどうかよね」

茜はそこで言葉を切ってトーコをじっと見つめる。

「ね、トーコ、応援するって言ってくれたよね？　じゃ、もちろん入ってくれるよね？」

茜はいい思いつきだと思ったのだが、トーコはとんでもないという顔で、手を激しく振って否定した。

「駄目だよ茜。私全然、創作の才能ないんだから。それに図書委員会もあるのに……」

茜は頭を机にこすりつける。

「お願い、トーコ！　トーコ、すごく頭が切れるんだもん。承知してくれるまで、私、頭上げないから！」

おでこが痛いが、そんなことはどうでもいい。

しばらくすると、茜の頭の上から言葉が降ってきた。

「協力はしたいよ。でもねほんと、私、創作ができないんだ。自分でそれはわかってる。あまりに才能がなくて、ここの文芸部だってすぐに脱落したくらいなんだよ。茜みたいな人にはわからないだろうけど、言葉がうまく出てこない人間っているんだよ。だから茜に協力はしたいけど、俳句作って発表するなんてとても無理。でも、茜が俳句やるのは見ていたい。だからさ、こういうのはどう？　俳句同好会作るのには協力する。ただしマネージャーにさせて」

「マネージャー？　俳句で？」

「いいじゃない。体育会系クラブならマネージャーは当たり前だよ。勝つために、選手のコンディションを調整して、支えるの。うん、それが私的にベストの立ち位置だな。私、それがいい。かっこいい茜を支えたい」

茜はめんくらった。

「あのさ、トーコ、何か誤解してない？　かっこいいって、私、そんなんじゃないよ。能力なんて何もないし」

「私にとってはそうじゃないの。よし、私もなんだか燃えてきた。ずっと文学にコンプレックスがあったけど、目標が見つかった気がする。茜と俳句同好会を全力で応援する」

茜はますますめんくらう。なんだか買いかぶられていないか？　茜の望む方向と微妙に話がずれてきたような……。

でも、ここで頼もしい賛同者ができたのはたしかなようだ。だから茜は感謝を込めてトーコの手を握る。

「うん、それでもいい。たった一人で始めるより、よっぽど心強いもの」

「よし。それじゃまず、現一年生に声をかけて、あとは新学期だよね。新入生をつかまえるのが手っ取り早い。うまくいくといいんだけど……」

その時、図書室のドアが開いた。おずおずとのぞきこんでいる女の子は、ショートパンツにピンクのパーカーという私服だ。入学説明会に来た新入生だろう。茜を見て、はっとした顔になる。

「どうぞ、開いてますよ」

トーコが優等生的笑みを浮かべるのに勇気を得たように、女の子は口を開いた。

「あ、あの、ちょっと調べたいことがあったら、下校時間まではここの本を使っていいと

「先生に聞いたんですが」

女の子の目は、まだ茜に向けられている。

「私さっき、俳句の授業を聞いたんです」

「ああ……」

そう言えば、こんな色のパーカーを着た子がいたような気もする。女の子のほうでは、茜が誰か、わかっているらしい。

「それで、あの『いくたびも』っていう句のこと、もっと知りたくて」

「あ、ああ……」

なんとなく恥ずかしくなって、茜は目をそらしてもごもごと言った。

「ごめんね、さっきは変な終わり方になっちゃって……」

新入生は大きくかぶりを振った。

「あ、あの、そんなことないと思いました。私、あの発表、面白かったんです。それで、あの句のこと、もっと知りたくなったんです」

「いいの？」

横から、からかうようにトーコが口をはさんだ。

「富士先生は、背景説明が必要な俳句なんて文学じゃないって教えたんでしょ」

「そんなことないと思います」

女の子は、力を込めて言った。

「あの、私には、あの句、夜おふとんから出ちゃいけないって言われた子どもが、お母さんに、雪がどのくらい積もったのか聞いている情景に思えました。明日の朝にはどのくらい積もってるのか、楽しみにしながら眠るんだろうなあって」

茜は目を丸くした。女の子はさえぎられるのをこわがるように、早口で続ける。

「でもそれも、間違ってないと思うんです。そういうふうに思うのも、いいんじゃないかって。だって、作者は十七音しか言ってないんだから、どんな読み方も作者は受け入れてくれるんじゃないかって。作者のつもりと違う読み方があったって、それで文学じゃないってことにはならないんじゃないかって」

茜はぽかんとして新入生を見つめた。この子の言っていることは、さっきのトーコの主張と同じだ。

茜に見詰められることに極《き》まりが悪かったのか、新入生はうつむいた。

「すみません。むきになって。私いつも理屈っぽいって言われるんです。そんなことどうでもいいだろって人に言われるようなことでも、つい、黙っていられなくって」

トーコが立ち上がって、女の子の肩を親しげにたたく。

「そんなことないよ。でもあなた、これで目をつけられたからね。ここにいる、須崎茜俳句同好会会長に」

「トーコ、どういうこと？」

「え？」

女の子と茜が同時に疑問を口に出す。トーコはそんな二人の目の前に自分の携帯電話をすべらせた。

「ちょっと調べてみた。俳句甲子園では、相手チームの出した句にどんな批評を加えるかも重要なポイントなんだって。つまり、ディベートが大事なの」

トーコがにっこりと笑う。

「茜、ここにうってつけの人材が見つかったじゃない」

茜も笑顔になった。

俳句甲子園。やってみる。

〈予選エントリー締め切りまであと八十三日〉

第二章

てふてふが一匹

――北条《ほうじょう》真名《まな》

時は四月。校門の周囲は桜が花盛りだ。それだけで浮き浮きする。おまけに新しい制服、新しい学校とくれば、落ち着いてなどいられない。

ただ、周囲がすべて女子だけというのは、まだ慣れない。しかもその女子の空間は、北条真名が今までイメージしていた「学校」とは段違いに整った、華やかと言ってもいいほどの場所なのだ。

まず、校舎内に女子トイレしかない（来客用の男子トイレがどこかに存在するらしいが、真名はまだその場所を知らない）。そしてそのトイレはどこのショッピングモールにあるのかと思うくらいにきれいで、ぴかぴかの鏡がいっぱいあって、先輩方は堂々とアイブロウやリップグロスでお化粧している！

そのへんの教室では、ドアを開けっぱなしにして先輩方が放課後のクラブ活動のために着替えている。こちらは目のやり場に困ってどぎまぎしてしまうのに、はずみで目が合っても、あちらからは、あらどうでもいい下級生が歩いてるわ、と平然とスルーされる。野良猫くらいにしか思われていないのかもしれない。

公立中学校の、しかも一学年三クラスというこぢんまりとした世界で三年間過ごしてきた真名にとっては、すてきな匂いの髪をかきやり、短いスカートの裾《すそ》をひるがえし、笑いさざめいて闊歩《かっぽ》する総勢七百二十人の女子校は、まさしく「女の園」そのものに見える。特に先輩方の女っぽいこと、美しいこと。いや、よくよく見れば中には残念なお顔立ちの先輩もいるのだが、集団としての「女子高生」は圧倒的に麗しい。こういうのも錯覚なのだろうか。

今日で、藤ヶ丘女子高校生活三日目。入学式、先輩との対面式、それぞれのクラスでの授業説明その他と立て続けのセレモニーが一段落し、明日からは通常授業だそうだ。校門を入ってから自分の校舎まで迷わずたどりつけるようになったし、トイレを探して校内をうろうろした挙句、出くわした教師に教室まで連れ帰ってもらうという不名誉な体験も、初日だけですんでいる。

中学校と違い、事務連絡だけのホームルームは短時間で終わる。ようやく顔と名前が一致しはじめたクラスメートに別れを告げてから、真名はスクールバッグを抱え、さてどうしようと考えた。

まだ仮入部の段階だが、入学前からこころづもりしていた部活も、昨日体験させてもらった。

――明日も活動してますから、是非来てちょうだいね。

帰り際、そう念を押されたが、なんだか今日はその気になれない。わかっている。ちょっとだけ、真名が期待していたのと、その部活動の内容がずれていたのだ。ほんのちょっとだけど。

もう少し、ほかの部活ものぞいてみよう。四月中に限り、一年生は仮入部という扱いなので、自由に部活を渡り歩いていいらしい。たしか、藤ヶ丘女子高校の部活の活動場所をまとめた地図（生徒会作成）が、図書室の前に貼られていたはずだ。

と、図書室の「返却ポスト」の前で、ふと真名は足を止めた。

「返却ポスト」はどこにでもあるシステムだろう。借りた本を返したいのに受付カウンターが閉まっている時、返却のために使うものだ。だが、今はポストの口が閉まり、「図書室は四月十日から開室します」と書いた紙で封印されている。まだ新学期が始まったばかりで通常業務ができないのだろう。なのに、閉められたポストの上に一冊の本が置いてあるのだ。

黄色い表紙の岩波《いわなみ》新書だった。目立つほどの埃《ほこり》もついていない。タイトルは『折々のうた』。背表紙の下のほうには図書館の本によくあるような数字つきのラベルが貼られ、表紙をめくった最初のページには「藤ヶ丘女子高校蔵書」の蔵書印があった。図書室の本らしい。

真名はどうしようかと考えながら、『折々のうた』をぱらぱらとめくってみた。どうも、詩とか短歌とか俳句とかを紹介している本のようだ。春のうたから季節の順に載っていて、うた一つごとに簡単な解説がついている。

流し読みしていた真名は、ふと、ある一行に目が引き寄せられた。


てふてふが一匹《いつぴき》韃靼《だつたん》海峡を渡つて行つた。　安西冬衛《あんざいふゆえ》

真名は、まず図書室のドアを押してみた。閉まっているのだから誰もいないかもしれないが……。いや、ぼそぼそとした声が中から聞こえてくる。そっと押すと静かに開いた。声がはっきり聞こえるようになった。かわいらしい声。真剣に何かを訴える女の子の声。

「先生、彼女、本気ですよ。だから先生にお願いしてるんです」

え、何か深刻な相談だろうかと真名はあわてたが、もう遅い。

図書室のカウンターの前に立っている二つの人影が、すでに真名に注目してしまっている。白いシャツの着方が少々だらしない地味な感じの中年の男の人と、セーラー服姿の先輩。どちらにも見覚えはないが、入学三日目の新入生には当たり前のことだろう。

「すみません、入ってきちゃって……」

口ごもる真名を安心させるように、先輩がにっこりと笑ってくれた。くりっとした丸い

目に、きっちりとした三つ編み。学年別に定められている上履きのラインはブルー。二年生だ。

「ううん、そんなことはないんだけど、ごめんなさい、今年度の図書室の開室は、返却ポストの稼働も含めて、明日からなの。今日やっと図書委員会が蔵書の点検を終わらせて、すべてちゃんと書棚にあるのを確認して、先生にも報告したところなの」

先輩の声は外見にふさわしくやわらかだ。その先輩から離れるようにして、もう一人、先生——だろう、たぶん——のほうが、真名の入ってきたドアに近づいていく。そして、ドアから出て行きながら、先輩に声をかけた。

「加藤、今の話は保留。まだおれは承諾したわけじゃないからな、先走るなよ」

「はい、新野《にいの》先生。またお願いにあがりますから、その節はよろしく。冷たくしないでくださいね、須崎が泣いちゃいますよ」

加藤先輩がかわいらしく声をかけたのに、新野先生は逃げるように出て行ってしまった。

見送った加藤先輩ががらりと声音を変えてつぶやく。

「まったくしょうがないなあ、決断力に欠けてるよ」

「あ、あの、私、お邪魔を……」

こちらを振り返った先輩はまた笑顔で、新入生歓迎モードの声に戻っている。

「ううん、そんなことないのよ。それで、図書室に何かご用かしら？　あ、私、去年から図書委員やってますから、大体のことはわかるつもりよ」

「実はこの本を見つけたんですけど……」

真名が示した『折々のうた』を見て、加藤先輩は眉をひそめた。

「この本、どこにあったの？」

「外の、返却ポストの上です」

「あらあら、ルール違反の返却本？　岩波新書も、きっちり在架チェックしたばかりなのに」

加藤先輩は窓際の書棚につかつかと近づいていった。そこには、『折々のうた』と同じ岩波新書がずらりと並んでいる。

「すごいでしょ。このシリーズを全巻そろえているのが、うちの学校の自慢なの。すごく古い時期のから新しいのまで、全部欠けることなくそろってるっていうのが。私には、そんなことがどうして自慢になるのかわからないけどね。新しいもので自然科学関係のなら借りる人もいるけど、古臭くなると誰も見向きもしないのに」

「ここに並んでいた本だったんですね……」

つぶやく真名に、加藤先輩はちらりと視線を寄こした。

「何か気になるの？」

「あ、いえ、何でもないです」

変なところが気になるのは、真名の性分だが、初対面の先輩に生意気なことを言ってはいけない。

ところが、加藤先輩は、にこやかな外見のまま押してくる。

「いいのよ、何でも言ってみて。ええと、あなたの名は……」

「あ、北条と言います。北条真名」

「北条さんが気になったままだと、私も気になっちゃう。ね、どんなことでもいいから」

何も言わないままでは帰してもらえなさそうだ。そう思った真名は言葉を選びながら口を開く。

「じゃあ、いいですか。さっき、先輩は本が『すべてちゃんと書棚にある』って、おっしゃってました。あの先生がまだいらっしゃる時に」

「新野にね。うん、そうよ。それで？」

「なのに、私は図書室の本を図書室の外で見つけました。先輩たちが本をチェックした後に。今日、図書室は開いていない、つまり誰もこの本を借りられないはずなのに」

先輩は声を出さずにほう、という口の形になった。

「よく気がつくのね。うん、明らかな矛盾がある」

そう言って笑ってくれたので、真名は気分が軽くなった。

「あ、でも、図書室の本なんだから、チェックの時に貸し出し中の本もあるのかな。それなら、誰が借りているかは図書委員の方にはわかるはずですよね」

「それが、そうはいかないんだな」

「え？」

「うちの学校、年度をまたいで本を借りることはできないの。昨年度に借りた本は昨年度中に返すルール。延滞者がいないかも今日図書委員はチェックした、そして延滞者はいなかった。つまり、真名ちゃんが見つけてくれたこの本は、誰も貸し出し手続きをしていない本なの」

「ああ……」

図書室の本の無断持ち出しか。

「規則違反よねえ。まあ、戻ってきたんだからよしとするか。でも、ほかにも変なことはあるよね」

「この本がないことが蔵書チェックの時に見落とされたことですか？　でも、あの、失礼かもしれないけど、チェックした図書委員の人たちが見落としたんじゃないでしょうか」

普通に考えればそれしか説明はつかないだろう。これだけ本がたくさんあるのだもの、一冊や二冊、ないことに気づかなくても不思議はない。

だが、加藤先輩はこう言った。

「そうね、それも一つの説明ではあるけどね」

「え」

真名は当てがはずれた思いで先輩を見る。ほかに何が考えられるというのだろう。

「まあ、ほかにもいろいろと考えられる」

いろいろ？

聞きたい。だが、加藤先輩は手をさしだしている。真名はその手に『折々のうた』を載せようとしてから、ふと、思いついて言った。

「あ、あの、もう一度、ちょっとだけ中を見てもいいですか？」

「ん？　ええどうぞ、じゃ、真名ちゃんが戻しておいて。図書番号のラベルの下に数字が書いてあるでしょ、岩波書店があらかじめつけている番号。それにしたがって並んでいるから、番号のとおりの場所に入れてくれればいいわ」

「ありがとうございます」

真名は『折々のうた』のページをめくり、さっきの歌をもう一度たしかめた。それから、ぎっしりならんだお仲間の新書の隙間を空けて、ていねいに「112」と「114」の間に押し込んだ。『折々のうた』に与えられていた番号は「113」だったのである。

「ありがとうございました」

図書室を出ようとして、真名はもう一つ思いついた。

「あの、どこか、放課後に一年生でも自由に使えるスペースってないですか？」

「スペース？　漠然とそう言われてもねえ……。何をしたいの？」

「あの、ただ、人が誰もいなくて、そうですね、畳一畳分くらいの平らなスペースさえあれば、どんなところでも……」

加藤先輩は腕を組んだ。

「うーん。昨日から本格的に一年生も放課後残って自由に見学していいことになってるでしょう。それを当て込んで、各部が新入生勧誘を活発に働きかけてるからなあ。この時期、特別教室の空きはないと思う。真名ちゃんのホームルーム教室……は、きっとまだ人が残っているよね。それはたぶんどの学年も同じだし。かと言って、外は外で、テニス部やソフトボール部が取り合いしてるしねえ」

考えていた加藤先輩は、やがて顔を上げた。

「誰もいない平らな場所って言ったら、屋上くらいしかないいんじゃないかしら」

親切にも、加藤先輩は屋上に通じる一番近い階段まで教えてくれた。

「あとの行き方はわかるよね？　じゃ、私はここで」

「ありがとうございます」

真名は丁寧《ていねい》に礼を言って加藤先輩を見送った。先輩があっさりした人でよかった。いったい何をするつもりなの、なんてついてくる人だったらかえって困っていたところだった。

——別に悪いことするわけでも、恥ずかしいことするわけでもないんだけどね。

そろそろ日が傾いてきているが、今日は快晴だ。屋上の風も気持ちがよい。風に乗って、終わりかけの桜の花びらが舞っている。藤ヶ丘の正門横には大きな桜がある。入学式のあと、新入生はみんなその桜の下で写真を撮った。毎年、同じような新入生をあの桜は見てきたことだろう。

なんだかセンチメンタルな気分になる。入学したての緊張が一段落したせいか。まだ着慣れない藤ヶ丘の制服の硬さが、三年前に初めて中学校の制服に袖を通した新鮮な昂《たか》ぶりを思い出させる。もっとさかのぼれば小学校の入学式、空《から》なのに重かったランドセルのごつごつした感触、教室の匂い……。

桜のせいかもしれない。庭のある家でも——真名の家も含め——、庭木として桜を植えているのはあまり見かけない気がする。桜は公園とか学校とか、ちょっとだけ特別な場所に咲く花なのだ。

真名は風が袖に飛ばしてきた桜の花びらを払いながら、隅にある倉庫みたいな建物の陰に陣取った。ここなら、風と、それから陽射《ひざ》しもさえぎられる。外は気持ちがいいけれど、真名がこれからしたいことには、できるだけ光や風の影響が少ない方がありがたいのだ。

ずっと肩にかけていたスクールバッグを足元に置くと、中から、常に持ち歩いている書道セットを取り出した。書道セットと言っても、普段使いの筆と小筆を大ぶりの書道用下敷きと数枚の半紙で巻いて、あとは外国産のミネラルウォーターが入っていたペットボトルに墨汁を詰めたものがすべて。昨日書道部に仮入部して書かせてもらった反故《ほご》も二十枚ほどそのままバッグに入れっぱなしになっている。屋上の床はコンクリートだが、この反故を下敷きの下にさらに敷けば、十分当たりは柔らかくなる。

真名が小学生の時からお世話になっている先生は特別あつらえの携帯書道セットを持っているが、高校生ならこれで十分だ。これだけの道具があれば、真名はどこでも書ができる。

——書きたい時が書くべき時、だもの。

てふてふが一匹韃靼海峡を渡つて行つた。

さっき知ったあの言葉が、真名の頭の中でイメージを結ぶ。半紙では書ききれない字数なので、バッグのペンケースからスティックの糊を取り出して、あるだけの半紙を横につないだ。六枚。それで、ちょうど半切《はんせつ》という料紙の大きさになった。

つまり、手持ちの紙をすべて使って、書けるのは一回だけ。

——書はいつも、真剣勝負。やり直しはきかない。

このメーカーのペットボトルを愛用するのは、口が広いからだ。墨汁を注《つ》ぎ足すのにも、筆に墨を含ませてから余分のしたたりを落とすのにも、うってつけである。

長めのボブにしている髪をピンで留めてから、真名は筆を構え、急ごしらえの半切をしばらく見つめた。書きたい形が、徐々に真っ白な紙に浮かび上がってくる。その全体像がはっきりと紙の上に見えたのを待って、大きく息を吸い、息を吐くのと同時に筆を躍らせる。もう迷わない。次に動くのを止めるのは、書き上がった時だ。

やがて真名は体を起こして大きく息をつく。

足元には書き上げたばかりの黒々とした書。

バランスはもう一つか。最初の「てふ」より二度目の「てふ」を少し小さくした方が面白かったかも。あと、一行書きにこだわらず、分かち書きにして最後の「行つた」を二行目として添えた方が下の空白を生かせたかもしれない。

「まだまだだな」

真名が小さくつぶやいた時、その「行つた」の字のところに丸い影がさした。

はっとして見上げる真名の目に、ちょっと首をすくめた女の子の姿が飛び込んできた。かわいい子だ。ショートカットで、大きな黒い目、白い肌。小柄だけどきびきびしているところが素敵だし、肩をすくめる仕草もかわいい。

「ごめんなさい、のぞき見するつもりなんかなかったんだけど、ここを通らないと階下に降りられないので……」

「あ、いいえ私こそ、こんなところで勝手に料紙を広げちゃって……」

まさか、ほかにも人がいたなんて。

狼狽《ろうばい》する真名は急いで書いたばかりの書をまるめようとしたが、彼女が止めた。

「気にしないでください、私だって勝手に屋上に来て好きに演奏しちゃってたんです、人のことをとやかく言うわけなんかいかないんです。……でも、放課後屋上で好きなことしてても、別に校則違反じゃないですよね？」

「そう……、だと思います、私一年生でくわしくないですけど」

「あら、あなたも一年生？　じゃ、同じだ。私、三田村理香《みたむらりか》って言います」

彼女は砕けた口調になって肩からかついでいた黒いケースを下ろした。真名はくわしくないが、たぶん楽器が入っているのだろう。軽音楽をやっているような人がよく持っているのを見かける。

「あ、私、北条真名と言います。どうぞよろしく」

「どうも、こちらこそ。そんなことより、真名ちゃん？　すごくうまいね。お習字、昔からやってるの？」

声の調子そのままの無邪気な瞳に見詰められ、真名は顔が赤くなるのを感じた。

「ええ……」

「こういう大きな紙に書くのってむずかしそうなのに。私なんか年に一度の書初め、いつも散々だったわ。え、たたんじゃうの？」

最後の言葉は真名が書いたばかりの書を折りたたもうとしたからだ。

「墨が変なところについちゃうんじゃない？　まだ乾いてないでしょ」

「いいです、あんまり気に入っていないし、捨てますから」

「え、どうして？　こんなに上手なのに……って、やってる人から見たら満足いかないのかな。でも、お手本見て書いたんじゃないんだよね。ここにはお手本、何もないもの」

理香がもう一度紙を広げながらそう言う。

「はい」

「それだけですごいんだけど、私なんかからしたら。それにこの句、ちょっといいね。

『てふてふ』って、チョウチョのことだよね。今日の晴れた空によく合ってる」

「あ、ああ、そうかもしれません」

理香が怪訝《けげん》そうな顔をしたので、真名は説明することにした。

「あの、その句、ですか、私ももとから知っていたわけじゃないんです。ついさっき、ふ
っと目について、面白そうな句だなあと思ったら、なんかこう、むくむくと、書きたい気
持ちがわいてきただけなんです」

書きたい時が書くべき時。真名の先生が口癖のように言っている言葉だ。

「ちょうちょうが、いっぴき、だったんかいきょうを、わたっていった」

理香が、歌うように言う。

「うん、面白い言葉だって思う。ちょうちょうと、だったんかいきょう。なんか、全然関係ない言葉をくっつけると、面白いね。曲ができそう」

理香は黒いケースをあけて中から鍵盤のついた楽器を取り出した。

「これね、学校のロッカーに置いてあるマイキーボードなの。合格祝いで買っちゃった、親に内緒で」

理香はヘッドフォンを真名に渡す。

「即興で一曲作るほどの才能はないから、名曲の勝手なアレンジだけど。お礼と言っては何だけど、聞いてみて」

言われたとおりヘッドフォンをつけると、理香は胡坐《あぐら》をかいてキーボードを膝に載せ、いきなり指を走らせ始めた。真名の耳にきれいな音が飛び込んでくる。

——うわあ……。

突然あふれる、きらきらした音の洪水に真名はただ圧倒されて聞き入った。なんて贅沢な音だろう。あ、このメロディーはよく知っている。だけどこんなにリズミカルに複雑な和音になるなんて。

やがて音楽はどんどん高まり、クライマックスを迎え、そしてやんだ。呆然《ぼうぜん》としてヘッドフォンを外す真名に、理香は笑いかける。

「小学唱歌『さくらさくら』、理香バージョン。ジャズ風の味付けをしてみました」

「すごい！」

真名の書の腕前なんて、この理香のテクニックに比べればたいしたことない。

「すごいです、理香さん！」

「それはどうも。ピアノはずっとやっているんだけど、楽譜通りに弾くのじゃつまらなくて、つい勝手な弾き方しちゃう」

「だってそれができるのってすごいことだと思います」

「あら、真名ちゃんがしていることだって同じじゃない。ほらこの書、文字によって大きさを変えたり配列をどうするかとか、全部自分でアレンジをするわけでしょ」

どちらからともなく笑い合う。

「でも、ただ私は『てふてふ』をそのまま受け取って、面白いと思っただけだから」

「どういうこと？」

興味津々といった顔でのぞきこむ理香に、つい、真名の口もほぐれる。

「あの、初めて見た時、その『てふてふ』というひらがなが、もろにというか、まんま、蝶の形を連想させたから」

「待って待って、真名」

理香は「ちゃん」づけもはずしてしまい、半切の右へ回り込んでひざまずくとじっと真名の書を見つめる。

「ほんとだ、こっちの角度から見ると、このひらがながチョウチョっぽく見えてきた！」

ほんとに、子どものように笑う人だな。真名は自分も嬉しくなって言った。

「そうでしょう？　さっき本で見た時に、ああこれは絶対に作者は蝶の形を現したくて、それで『てふてふ』ってわざと書いたんじゃないかなってひらめいたんです。それでその下には『一匹』『韃靼海峡』って、ごつごつした漢字を六つも並べて。ふんわりした『てふてふ』とごつごつの『一匹韃靼海峡』。絶対作者はその効果をねらってたって思うんです。そんなことを考えたら、つい、書きたい書きたいって我慢できなくなって、それで……」

「そう、表現したい時って待ったなしだよね」

「ええ」

どちらからともなく笑っていた。初めて友だちができた。


翌朝。真名のクラスは、一時間目、図書室に移動するように指示されていた。図書室の利用の仕方のガイダンスがあるのだそうだ。入っていった真名は、なんとなく妙な雰囲気を感じ取った。

カウンター前には椅子が生徒数分配置されていて、先に登校した生徒はもう座っている。

ところが、みんなの目が脇の壁の方に向けられるともなく向けられているのだ。真名がそっちを見ると、壁に貼ってある黒板があった。その真ん中あたりにはっきりした字でこう書かれている。

いくたびも雪の深さを尋ねけり
↓↓↓俳句同好会、本日午後四時、正門前でお待ちしてます！

これは、俳句らしい。隣の子にそっと聞いてみる。

「これ、どうしたの？」

「私たちが来たらもう書いてあったの。何だろうね、勧誘？」

まだクラス全員の名前も覚えていない時期だ。なんとなくみんなで様子を窺《うかが》ったままでいるうちに始業の合図の鐘が鳴り、元気よく先生が入ってきた。おや、昨日図書室にいた先生だ。……って、図書室担当なのだろうから、当たり前か。

「おはようございます。今年図書室の責任者をやっている新野と言います」

そして黒板の文字を見て顔をしかめた。

「いかんね、始業前に黒板はきれいにしておかなくては。……あ、あなた、北条さん？消してください」

新入生はどの教室でも座席表のとおりに並べと指示されている。先生は誰でもその座席表を持って入ってくるから、初対面の先生でも生徒の名前がわかるのだ。いちばん端の列の一番前に座っていた真名はあわてて立ち上がり、黒板消しを手に取る。最初の文字を消した時、列の反対側の方から、あ、というような声が上がった。先生がそっちを見る。

「何か？　……ええと、桐生《きりゅう》さんか」

尋ねられた生徒は赤くなって答えた。

「あ、いえ……。何でもありません」

そのまま、新野先生はすぐに利用の仕方の説明に移った。藤ヶ丘の生徒は全員個別の番号を与えられている。学年ごとに五十音順に並べられた場合の数字に、学年の数字をつけたもの。一年生の百八十二番の北条真名なら「１１８２」というように。これが図書の貸し出しカードのナンバーになるそうだ。

無事に一日の授業が終わったあと、真名はまた図書室へ向かった。せっかく利用の仕方を教わったのだもの。今日は一時間目から六時間目まで、一年生のそれぞれのクラスが同じガイダンスを受けたそうだ。そのせいか、図書室は一年生でいっぱいだった。

昨日見た『折々のうた』をもう一度取り出し、テーブルに行って半紙を取り出す。昨日の句をもう少しきちんと構成してみたくなったのだ。ここで書道セットを広げるのははばかられるけど、真名のペンケースにはいつも筆ペンが二本入っている。

ふと誰かの視線を感じて目を上げると、すぐ横にさっき新野先生に声をかけられていた桐生さんが立っていた。

「すごい、字が上手なのね」

桐生さんが見つめているのは、真名が散らし書きにした「てふてふ」の句だ。

「え、ええ、昨日この本をひょんなところで見つけてこの句が目に入ったの」

「ふうん。俳句が好きなんだ」

「ううん、俳句というより、好きなのは言葉、かな」

真名が昨日のことを簡単に説明するのを聞きながら、桐生さんは横に座る。手にしている図書館の本の下からノートが見えた。桐生夏樹《なつき》と名前がある。

「それより、桐生さんは何を調べているの」

持っているのは名句辞典。桐生夏樹が赤くなった。

「ひょっとして今朝の句について？」

「え、ええ」

「桐生さんこそ俳句が好きなの？」

「うん。それと……。そうだ、ね、北条さんは俳句同好会って知ってる？」

真名は首をかしげた。今は消されているけど、今朝黒板にはたしかにそう書いてあった。

でも、そんな同好会は学校からもらった部活動一覧には載っていなかったようだが……。

真名の反応に、夏樹は大きくうなずいた。

「そうよね。でも、私そこへ誘われたの。二月の、入学説明会の時に。だけど一覧には載っていなかったから……」

真名はふと思い当たった。

「あ、じゃあ、今日の放課後あの場所に行ってみるの？」

二人で同時に壁の時計を見た、時刻は午後三時四十七分。指定されていたのは午後四時。

「うん。とにかく二月に会った先輩が一番いる可能性が高い場所だもの」

「そうよね。俳句同好会、楽しいといいね」

「ありがとう。ところで、北条さんはどこに入りたい？」

「うん、一応仮入部はしたところはあるんだけど、一昨日《おととい》……。でもまだはっきり決めていないの」

一昨日のぞいた書道部では、部員が全員、姿勢を正して、楷書《かいしょ》の臨書に励んでいた。臨書とはつまりお手本をできるだけ真似て書く書道の稽古法で、藤ケ丘女子高校の手本は『九成宮醴泉銘《きゅうせいきゅうれいせんのめい》』だった。楷書の基本と言われる中国の古典だ。真名に説明してくれた二年生には、新入生の活動はまず一か月、この臨書だけと言われた。

――野球で千本ノックって言うでしょ。わが書道部は、まず千枚ノックが伝統なの。一日五十枚、二十日で千枚。

今まで個人の先生の書道教室で好きなものを好きなように書いてきた真名には、あの活動はあまりに堅苦しかった。

でも、そんなことをむやみに人に言ってはいけないような気がする。

「じゃ、北条さん、……いや、真名ちゃん、私そろそろ行くね」

桐生夏樹が立ち上がると、その向こう側で一人の二年生が熱心に何か調べているのが目に入った。視線は手元の本に落とされているから、向こうは真名に気づいていない。

二年生とすぐにわかったのは、一昨日、書道部で真名の指導をしてくれたその人だからだ。

真名は急いで立ち上がる。

「夏樹ちゃん、私も一緒に行っていい？」

正門の横には大きな桜の木があった。入学式の時、新入生がかわるがわる記念写真を撮った桜は、今満開を過ぎ、花びらを散らしている。

そしてその桜に一枚の垂れ幕を結びつけている生徒がいた。

〈俳句同好会、会員絶賛募集中！〉

ええと、もうひとつ字はうまくないかな……。

そんなことを考えている真名の横で、夏樹が声をはずませた。

「やっぱり！」

そうだ、字のうまい下手はこの場合関係ないのだ。夏樹は目当ての人に出会えたらしい。

「じゃあ、あの先輩なのね？」

「うん……」

夏樹が桜の木に近づく。真名はあとに続く。

だがその時、帰りかけたほかの生徒がその先輩に話しかけた。夏樹は立ち止まる。先輩が手から放した垂れ幕がひるがえり、反対の面が見えた。一句書いてある。

さまざまのこと思ひ出す桜かな

夏樹はポケットから出した紙にその句を書きつけながらも、先輩から目を離さない。と、その視線に気づいたように先輩はこちらを振り向いた。そして嬉しそうな声を上げる。

「よかった！　あなたに会えた」

今まで話していた相手にはそそくさと手を振り、小走りに近寄ってくる。

柔らかい髪がふわりと色白の顔を取り巻いている。美人ではないかもしれないが、優しい表情がかわいらしい。とりわけ、こんなにあけっぱなしの笑みを浮かべていると。

「ええと、あなたの名前は……？」

「桐生夏樹と言います」

「よかった！　私は須崎茜。二月にあった時、私ほかのことで頭がいっぱいで、肝心のあなたの名前を聞きそびれたし、自分の名前を言ったかどうかも覚えてなくて。どうやったらあなたを見つけられるか、トーコと一生懸命考えたの」

「トーコ？　それがあの時の、もう一人の先輩ですか」

「そう。トーコと二人、どうにかあなたにアピールできないか、考えてみたの。それと、俳句に興味を持つプラスアルファを集められるような企画を」

「それがこの俳句ですか」

夏樹が句を書きつけた紙を見せながら聞くと、茜先輩はにこにこした。

「そう。夏樹ちゃんだけじゃなく、ほかにも来てくれた人がいるなんて、大成功ね」

そこで初めて視線を向けられた真名は、あわてて自己紹介して、それからつけ加えた。

「この垂れ幕の俳句も、この場所にぴったりですね」

桜を思わせるような薄墨の散らし書きにしたら、きっと素敵だ。

「さまざまのこと思ひ出す桜かな。芭蕉よ」

夏樹は声を上げた。

「わあ、これ、芭蕉の句なんですか。でも、本当に桜って、小学校や中学校の入学式のこととか、昔の切ない記憶を呼び起こしますよね」

真名はちょっとびっくりして、それから嬉しくなった。夏樹も真名と同じようなことを考えるんだ。

「ほかにもいい句はいっぱいあるわよ」

そう言ってから、茜先輩は、ふと夏樹が手にしている紙を見た。

「夏樹ちゃん、それもう一度見せてもらってもいい？」

茜先輩は、その紙を裏返す。

「あ、それは……」

夏樹が使っていたのは、さっき図書室で真名が「てふてふ」の句を書き散らした半紙だった。そう言えばあの時夏樹と話し込んでいて、自分の書を夏樹がどうしたか気にしていなかった。

茜先輩が真名を見る。

「これ、メモ書きしてある夏樹ちゃんの字とは違うみたいだけど、ひょっとしてあなたが？」

「はい」

「すごい！　真名ちゃん、お習字をするのね」

「はい。小学生のときからやってて……」

「じゃ、部活は書道部で決定？」

「いいえ……」

真名は口ごもった。堅苦しい藤ヶ丘女子校書道部には気が進まないのだが、あんまりけすけにも言えない。

「あ、じゃあ、私はこれで」

そう挨拶《あいさつ》して立ち去ろうとした真名だが、その前に茜先輩に腕をつかまれた。

「ね、お願い。もう少しつき合って。あなたも俳句同好会に入ってほしいの」

夏樹がちょっと嬉しそうな、でも不思議そうな顔で聞く。

「先輩、書と俳句と、何か関係があるんですか？」

「あら、おおありよ」

茜先輩はそれだけ言うと、二人の手を引っ張って走り出した。


放課後の生徒でいっぱいの図書室を抜け、その隣の小さな事務室みたいなところに案内された。図書委員会が使ったり、事務用品や図書室に出す前の本の準備をしたりする部屋だそうだ。

「図書準備室。俳句同好会はなにしろまだ立ち上げ前で活動場所を確保できていないから、とりあえずはここに集まってるの」

真名と夏樹が自己紹介したあとでそう説明してくれたのは、この部屋の古びたテーブルでまた別の垂れ幕を書いていたもう一人の二年生。昨日会った加藤さんだった。

「春風や闘志いだきて丘に立つ。大きくていい句でしょ、作者は高浜虚子。あ、私のことはトーコと呼んで。すごいね茜、大成功だ、新入生が二人獲得できたなんて」

そしてトーコ先輩も、真名の書に目の色を変えている。

「茜、夏樹ちゃんもだけど、こっちもすごい人材かもしれない」

「ね?」

盛り上がる二年生二人に真名はとまどう。夏樹はちょっとわけがわからないながらも、なんだか嬉しそうだ。

「そんなたいしたものじゃないです。昨日加藤先輩にお見せした『折々のうた』でその俳句を見つけた時、字がぱっと目の中に飛び込んでくるほどインパクトがあって、だから書きたくなっただけです。昨日は大きな紙にトライしてみたんだけど、満足のいく出来じゃなくて……」

そう説明する真名の目の前に、トーコ先輩が自分の携帯電話をさしだした。

「ね、これを見て」

その画面には一枚の写真が表示されている。

どこか、商店街のアーケードのようだ。制服を着た生徒が左右の机についている。数えると全部で六人。だが画面の外にはほかにもいるのかもしれない。左の机には赤い布、右には白い布がかけられている。写真の一番手前には、ピントがぼけているが、三人の人の後頭部が見える。

だが、真名の目を引きつけたのは前景の人たちでも生徒たちでもない。写真の中央でピントを当てられている、アーケードの天井からつりさげられた二枚の短冊に書かれた文字。印刷されたものではない。これは……。

——書だ。

右手、白い枠の中にはかなり太字の楷書。書全体は写真ではわからないが「夏座敷《なつざしき》」の字が読み取れた。墨のかすれ具合がいい。起筆《きひつ》が力強い。

左手の短冊はまったく別の書風だ。筆も違うだろうが、おそらく別の人が書いている。楷書というより行書だ。「夏の座敷に」……あとは何と書いてあるんだろう。

知らず知らずのうちに真名の右手が動く。真名ならどう書くだろう。そうか、この「夏」の字はかなり縦長だと思うが、次の「の」を小さくおさめているからバランスが取れているんだ。

「どう、面白い？」

トーコ先輩の声で真名は我に返る。

「……先輩、これ、何ですか？」

明らかに、この写真の主役は二枚の書だ。だが、書道展の光景には見えない。

「真名ちゃん、これね、俳句甲子園の対戦中のところを地元の新聞社が撮った写真なの」

「はいくこうしえん？」

真名が初めて聞く言葉だ。俳句で高校生が試合をするのか？

「うん。毎年、四国の松山で開かれている、俳句日本一の学校を決める高校生の大会なの」

「そうか、この二枚の書に書かれているのは俳句なんですね。一部しか写ってないからわからなかったけど……」

「対戦形式だから紅白二チームに分かれる。その写真にいる高校生たちが出場選手ね。フレームアウトしている選手もいるけど、一チームは五人。それぞれ、あらかじめ作っておいた俳句をそうやって短冊に書いて発表して、相手チームの俳句を批評して、自分たちの俳句の方が優れていることをアピールする。手前に後頭部だけ写っているのは二つの俳句の審査をする審査員で、俳句の専門家、俳人と呼ばれる人たちがつとめる。それぞれの俳句の出来に十点満点で点数がつけられ、プラスアルファの得点が、相手チームの句への鑑賞が優れていた側に加算される」

トーコ先輩の説明をよそに、真名はまた画面の中の書を観察した。こうして見ていると、右の書は若干うるさい。線が太すぎるのではないか。強くアピールしたい意図はわかるけど、これでは余白が生きない。画数の多い字が並んでいるのでなおさらだ。あと……。

「だから真名ちゃんにいてほしい」

「はい？」

目の前から携帯電話が消えた。先輩は携帯電話を持ったままの手で、横に広げた真名の書を指さしている。

「真名ちゃん、この句を本で見つけた時、字が目の中に飛び込んできたんだって？」

「はい」

真名の癖だ。気になる文字はそこだけが別物のように輝いて見える。この句は何と言っても「てふてふ」と「韃靼海峡」の字面《じづら》のコントラストが秀逸だった。

「あと、文字が形に見えてきたとか。それ、稀有《けう》な才能だって。うちの高校が俳句甲子園で勝ち進むためには、絶対に真名ちゃんが必要だと思う」

「先輩……」

トーコ先輩の顔がぐっと近づいてきたものだから、真名はあわてた。

「どうかな？」

何かほかにも聞こえた気もするが、先輩に圧倒されていてよくわからない。

「……わかりました、先輩」

「ほんと？」

「はい」

真名の書が役に立つなら。

「ありがとう！」

真名が両手をトーコ先輩に握りしめられた時だ。

「……コ？　ねえ、トーコ？」

茜先輩は遠慮がちにほほ笑んでから、トーコ先輩に言った。

「真名ちゃんが入ってくれるのは本当に嬉しいけど、トーコ、まだ真名ちゃんに言ってないことがあるよね。全部ちゃんと説明してからでないと、まるでだましたみたいになっちゃうよ」

「やだなあ、茜、だますなんて。ちゃんと説明するよ、このトーコさん、詐欺師じゃないんだから。あのね、真名ちゃん、実は俳句甲子園において、出場選手は書を提出しません」

「は？」

真名はもう一度ぽかんとした。

ええと、書をやっているからという理由で自分は今俳句甲子園に必要な人材だってスカウトされて、でも俳句甲子園で書は提出しなくて……？

混乱している真名に、茜先輩も言葉を添えた。

「俳句甲子園のこと、トーコが今説明してたよね。だけどね、細かく言うと、俳句甲子園にエントリーする学校は対戦前にあらかじめ俳句を提出していて、その俳句は大会の実行委員会のほうでこういう短冊にしていただくの。それと、以前にはさっきの写真みたいに実際に書道をやってる方の書いた短冊を使った大会もあったらしいけど、現在は一律に楷書体でプリントアウトしているはず」

「はあ。じゃ……」

トーコ先輩がもう一度あとを引取る。

「そう、うちの学校が俳句を作ってエントリーしたとしても、その俳句を、大会のために、真名ちゃんに書いてもらうわけにはいかないの。でもね、真名ちゃん」

トーコ先輩の顔が、またぐっと近づいてくる。トーコ先輩、マスカラをつけてるわけでもなさそうなのに、すごくそろった、真黒なまつ毛だ。

「真名ちゃんのお習字の才能が俳句同好会に必要だと思ったのは、嘘じゃないよ。本心」

「ええと、どういうところに必要なんですか」

見詰められすぎて、真名の声は変に緊張してしまう。

トーコ先輩は劇的な身振りで真名の書に半身を向けた。

「大会の場では、大きな短冊で俳句が披露されるよね、茜」

「うん、披講ね」

「ヒコウ？」

「俳句を披露すること。みんな覚えておいて」

「ああ、はいはい、披講、披講と。それでさ、大きな字になって掲げられると、ノートに書きつけるのとは全然違って見えない？　真名ちゃんがいれば、私たちはふだんから、本番に近い形で、自分たちの俳句をチェックすることができる。そうするときっと、言葉を入れ替えたほうがいいとか、字面を判断してひらがなを漢字に直したほうがいいとか、そういうふうに俳句を吟味するのに、すごい有利になると思う」

主張するトーコ先輩を困ったように見やって、茜先輩が口を開いた。

「ただね、トーコ、もう一つ、細かいことだけど言っておかなくちゃいけないと思うんだけど」

「あら、何？　私ほかには何も真名ちゃんを言いくるめたりしてないけど」

「うん、トーコにそのつもりはないんだろうけどね、今のうちに訂正したほうがいいっていうか……、つまり、その」

そこで一度言葉を切った茜先輩は、改めて真名の書をながめた。

「それにしても、真名ちゃんのお習字は本当にすごいと思うわ」

「ね？　このセンス、すごいよね。何も見ないで、平凡な活字の俳句をこういう芸術にできるんだもの」

すると、茜先輩はさらに困った顔になる。

「うん、そこなんだけどね。あの……、これ俳句じゃないの」

「え？」

トーコ先輩と真名と、夏樹の声までがそろってしまった。

「待って待って、茜。あんた前に、自由律俳句っていうのがあるって教えてくれたでしょ。五七五のリズムに合わない俳句。この、真名ちゃんが書いたやつだけどさ、『てふてふ』って春の季語もある、ちゃんと読んでいけばそれなりのリズムもある、これでも俳句じゃないの？　あ、自由律俳句には季語は必須じゃなかったか、とにかくさ、いかにも自由律俳句っぽく見えるよ？」

「うん……。でも、やっぱり、俳句とはみなされてない」

「あの、字数がちょっと多いんじゃないでしょうか」

真名は遠慮がちに口をはさむ。指を折って数えていたトーコ先輩が顔を上げた。

「たしかに十七音《おん》よりは大幅に増えているけど、自由律俳句ならこういうのもありなんじゃないの？　ええと、ちょうちょうがいっぴきだったんかいきょうをわたっていった。これで何音？」

「二十五音かなあ」

茜先輩も几帳面に指を折りながら答える。

「そんなになる？　『韃靼海峡』なんて四音じゃないの」

「いや、俳句では、八音と数えると思う」

「だって四拍で言えるじゃない」

「待て待て」

そこで、まったく別の声がした。四人がびっくりして見やる。図書室に通じるドアにもたれて一人の先生がこっちを見ている。今日図書室の説明をしてくれた新野先生だ。一瞬どきりとした一年生二人に比べ、二年生二人は動じない。トーコ先輩が平然と聞き返した。

「あら、新野先生。何か？」

たぶん三十代の新野先生は、失礼ながらいかにも高校教師と言った冴えない外見だ。でも顔は穏やかで、今は面白そうな表情を浮かべている。こちらの話をずっと聞いていたらしい。

「たしかに今の若い者は『だったんかいきょう』を四音ととらえるかもしれないな。英語の二重母音に慣れているから」

「ほら、新野もこう言ってるじゃない。ラップにしたら、絶対四拍で『だっ』『たん』『かい』『きょう』、だよ」

「トーコ、新野先生、でしょ。あのね、俳句の伝統からすると、発音した時の音数で数えるのが原則だよ。ラップって、そんな、J-POPじゃないんだから」

それでもトーコ先輩はまだ納得がいかないようで、さらに食い下がる。

「あ、思い出した。茜、この間茜に俳句の講義してもらった時、これくらい字数の多い俳句も教わったよ。ええとたしか、金子《かねこ》なんとかっていう人の」

「ああ、あれかな」

茜先輩が自分のバッグから取り出したノートを広げて、トーコ先輩と真名の間の机に置いた。几帳面なペン字で一行、書いてある。


きよお！ と喚《わめ》いてこの汽車は行く新緑の夜中 金子兜太《とうた》

「これね、俳句甲子園にも関わったことがある、現代の大御所的俳人の作よ」

「これ、何ですか……」

夏樹が度肝を抜かれたように尋ねた。これも十七音よりはずっと長い。それに、汽車が喚いて夜中に突っ走るって、現実の風景ではない、アニメの世界か？ 俳句って、もっとお行儀がよくて、わびさびを尊重する、枯れているものじゃなかったのか？

茜先輩が楽しそうに笑った。

「うん、いったいこれをどう鑑賞すればいいのかうまく答えが見つからないけど、まあ、とにかくすごいよね。強烈だわ」

「茜、今は内容より形式の問題よ。この句、全部で何音あるのよ？ 二十二音？ 二十三音？」

「『きよお』を『キョー』と現代仮名遣いに直せば二十二音だね」

「ほら、この安西の詩と大差ないじゃない。なのに金子兜太のほうはれっきとした俳句って認められてるんでしょ？　この違いは何なのよ？」

トーコ先輩に迫られた茜先輩はますます困った顔になる。

と、また、のんびりした声が助け舟を出した。

「それは金子兜太が自分の作を俳句と言ったからだろうなあ」

しばらく生徒たちは沈黙した。

「……それだけ？　それだけのことなの、新野、先生？」

さすがのトーコ先輩も毒気を抜かれている。

こちらに歩いてくる新野先生だけが平然としていた。

「うん。安西冬衛は自身を詩人と呼び、詩として発表した。だから『てふてふ』の作は詩、くわしく言えば一行詩というくくりになる。一方、俳人の金子の作は俳句と認識された。それだけのことだ」

「ああ、やだ、なんだかすごく恥ずかしい！」

トーコ先輩が、頬を両手で押さえた。

「何か今、すごく恥ずかしい。えらそうに真名たちに講義しちゃったこととか。ここんとこ、季語だ切れ字だ俳句の景だって茜から説明受けてたし、自分でも多少はわかってきたつもりになってたのに、なんか、大本《おおもと》のところで何もわかってないみたい」

悪いと思いながらも、真名は思わず笑ってしまった。言葉遣いも気取らなくなったトーコ先輩、急にかわいく見えてきたではないか。トーコ先輩がしょんぼりする。

「ごめん、でも笑わないで、真名」

あわてて真名は取りつくろった。

「すみません。でも、そんなものかもしれません。書にだってそういうの、ありますよ。書道展とか見に行っても、何が書いてあるのか誰にもわからないような作品が」

夏樹も口を添えた。

「そうか、書いた人が書だと言えば書になるし、水墨画と言えば画になる。そういうことでいいんじゃないでしょうか」

夏樹の言葉に、茜先輩の顔がほころんだ。

「トーコ、真名も夏樹も俳句同好会に必要な人材だね。夏樹のディベート力、真名の書。それにね、真名、俳句甲子園では直接に必要ないけど、実作の時には、どんどん、こういう大型短冊に書いてくれるといいな。絶対その方が、私たちのためになる」

「わかりました」

一生懸命受験勉強して入学を許された、あこがれの学校だ。その学校の上級生が、二人も、真名のことを認めてくれた。そのことが、すなおに嬉しい。

「それにしても、君ら、本気で俳句をやるつもりなのか」

新野先生の質問に、トーコ先輩が勢いよく食いついた。

「ねえ、新野先生？　顧問引き受けてくれますよね？　ほら、今の感じじゃ、やっぱり相当俳句にくわしそうじゃない」

「おい、加藤」

新野先生はあわてたが、トーコ先輩は強引だ。

「俳句同好会、現実になってきました。今ここにいる希望者は四人。藤ケ丘の同好会成立基準を満たしたわ」

そこで新野先生は何かに思い当たったようだ。

「今日新入生に向けて図書室ガイダンスをやったんだが、毎時間毎時間、消しても消しても始業前の黒板に子規の句が書いてあったんだが……。ひょっとしてあれも加藤たちの仕業《わざ》か？」

「そのとおり。私が毎度毎度、消されても消されても書きに来たのよ。熱心に会員募集しているでしょ？　ね、先生、お願い」

勢いよく迫られて新野先生は後じさりする。

「待ってくれ、おれは俳句の専門家じゃないし、第一国語科でもない、英語教師だぞ……」

「だって今、滔々《とうとう》と金子兜太について語ってたじゃない」

「読んで知っているだけだよ、自分で本格的に俳句を作ったことはない。第一、おれは今年度図書委員会で忙しい。去年夏まで専任の司書教論だった森《もり》先生が転職されて、今この図書室の専任がいないからおれが任されているんだ」

「図書委員会の業務なら、この委員長のトーコさんに任せてください。ね？」

「加藤、今の話、おれはまだ引き受けていないからな。いいか、保留、保留だぞ」

そう言って新野先生は出て行く。

「あら逃げたわ」

新野先生の背中を見送りながらトーコ先輩がつぶやくのに、茜先輩が心配そうに聞く。

「ねえ、トーコ、顧問は大丈夫なの？　新野先生、英語の教師だし……」

「でも茜、実は新野って俳句にくわしいのよ。それに、国語科だと主任の富士に気がねしそうだから、かえって違う科がいいと思ったの。大丈夫、私にまかせておいて。絶対に新野を引き込んでやる」

トーコ先輩は自信たっぷりに言った。

茜先輩はまだ不安そうだが、そこで一年生二人を思い出したのか、笑顔でこちらに向き直った。

「ともあれよかった。こんなに有望な新人が獲得できたなんて。言葉を大切にする人でないと、やっぱり一緒に試合はできないと思うの。誰でもいいってわけじゃないのよね。夏の大会まで実はあんまり時間がないから、一回入ったのにやっぱり向いてませんなんて退会する人には、最初から入ってほしくないし」

茜先輩の視線の先には夏樹がいる。桜が呼び起こす記憶を熱弁していた夏樹。同じことを考えても、真名は言葉が出てこないのに。そうだ、この人たちは夏樹に呼びかけるために今日六回も俳句を黒板に書きに来たのだ。

真名は夏樹がうらやましくなった。だがそこで茜先輩と目が合った。

「そして真名ちゃんは書が好き。紙に書かれた言葉に、すごく敏感で繊細。それもすごく大事なこと」

「え、でもそれだけでいいのか……」

褒められるのは嬉しいが、まだ不安が残る。すると、トーコ先輩が首を振った。

「あのねえ、何のために私たち二人が、歳時記をひっくり返して、いかに人目を引く俳句を見つけるか、睡眠時間削って探したと思ってるのよ？　真名みたいに俳句に反応してくれる子を見つけるためじゃない！」

図書室の黒板に俳句を書いて。正門の桜に垂れ幕を結びつけて。

俳句に反応してくれる子を見つけるために。

真名の感激した顔に、トーコ先輩がちょっとだけ気まずそうに言った。

「ええとね、白状すれば、もちろん、もっとたくさん来てくれればいいと思っていたよ。でも、結局、やっぱりピンと来てくれたのは二人だけだったみたいだけどね。もう誰も来そうにないものね。……こういうのじゃ不満？」

夏樹が真名を見る。真名はうなずき、そして二人は声をそろえた。

「いいえ。やります」


その後、真名は図書室の、岩波新書の棚へ向かった。事の発端になった「てふてふ」のほかにも書きたい俳句がないかどうか、探してみよう。夏樹もついてくる。

だが、その棚の前には先客がいた。

『折々のうた』を手にじっとたたずんでいる生徒。上級生のようだ。

真名と夏樹に気づいた彼女ははっとしたように『折々のうた』を棚に戻して、足早に立ち去った。途中で茜先輩にぶつかり、小さくあやまる。

「ごめんなさい、須崎さん」

「ううん、井野《いの》さん」

井野さんの後ろ姿を見送るトーコ先輩が尋ねた。

「茜も今の人知ってるの？　同じ図書委員やってるから私は知ってるけど」

「うん。井野瑞穂《みずほ》さんね。去年同じクラスだった」

「ふうん……。ちょっといい？」

トーコ先輩は後輩二人が開いている『折々のうた』をちょっと取り上げ、表紙と奥付をじっくり見てから夏樹の手に返し、カウンターに向かう。

「トーコ？　どうしたの？」

「ちょっと思いついたことがある」

トーコ先輩は名前がずらりと書いてあるリストをぱらぱらとめくっている。

「これ、去年の、うちの学校の全生徒の名簿。うちの学校は生徒一人一人に個別番号を振っているでしょ。まず一年生には「1」二年生には「2」三年生には「3」を頭につける。さらに、学年別に五十音に並べてつけた通し番号を加えると、一人一人別個の番号を与えられることになる」

「うん、そうね。たとえば図書室の貸し出しカードの番号もそれを使うよね。でもそれが何か？」

「真名がね、その『折々のうた』、使用不可の返却ポストの上にあるのを見つけてくれたの。昨日」

トーコ先輩は昨日のことを茜先輩にざっと説明した。

「つまり、誰かが去年度のうちに無断持ち出しした『折々のうた』を、昨日こっそり返そうとしたってこと？」

「そうかもしれない。でもそれだとちょっと疑問が残る。昨日、図書委員は全部の本をチェックして、岩波新書は全冊棚にあるのを確認したのに、どうして一冊欠けているのを見落としたのか？　ってね」

「うっかりしたんじゃ……？」

「それも一つの可能性。昨日真名もそう言った。でも別の可能性もある。岩波新書をチェックした図書委員が『折々のうた』がない事実を隠した、と」

「まあ、そうだけど……」

「それで私も図書委員だからたまたま知っていた。井野瑞穂さんが去年度から引き続き図書委員をやっていて、昨日岩波新書の在架チェックをしていたことを」

さっきの人が？

驚く真名や夏樹を気にするように見やって、茜先輩がたしなめるように言う。

「それはトーコの推測の域を出ないでしょ？」

「うん、もちろん。『折々のうた』なんて地味な本だしね。ほしがる理由はわからない。だから、『折々のうた』だけの特徴が何かないか、考えてみた。内容を別にすれば、ほかの本との違いは一つしか見つけられなかった。通しナンバー」

トーコ先輩は背表紙の一番下を示す。ナンバーは「113」。

「それで、井野さんの個別番号、去年はこれ」

トーコ先輩の指が今度は図書委員会の生徒リストの一点を差す。

113　井野瑞穂。

「もちろん、ただの偶然かもね。同じ番号の岩波新書に井野さんがこだわる理由なんて思いつかないものね。……ごめん、今のは全部私の変なこだわり」

トーコ先輩は笑ったが、今度は茜先輩が考え込んでしまっていた。

〈予選エントリー締め切りまであと三十五日〉

第三章

藻《も》の花や

――三田村理香《みたむらりか》

藤ヶ丘女子高校A棟、屋上。

時刻は午後四時少し前である。

殺風景なコンクリートの床が、お日様に照らされて、白くまぶしい。

何もない場所だから、放課後にここへ上がってくる生徒はあまりいない。誰にも邪魔されない、それがとりえの場所だ。

三田村理香は、右手に持ったケースを太陽に温められた床に置き、あたりを見回した。

誰もいない。一人で行動することには慣れているし、ほかのクラスメートは部活に急いでいる頃だろう。みんな、入部したてで先輩の顔色を窺っている毎日のはずだ。結局どこにも入部しなかった理香は、それに比べればお気楽な毎日を送っている。

ケースから取り出したのは、買ったばかりのキーボード。

六十一鍵。かなり大きくて重くて持ち運びが面倒なのだが、最低でもこのくらいの数のキーがないと、やっぱり満足な演奏はできない。

このキーボードを手に入れたのはつい最近だ。学校に持ってきて以来、毎日、昼休みと放課後に触り続けて、ようやくピアノとは違う感触になじんできたところだ。

下校途中に下車したターミナル駅の家電量販店で、散々迷った挙句に買ったのだ。お年玉をはたいた、理香としては高価な品だ。

誰もいない家に持ちかえるのはどうということはなかったが、翌朝、制服の上からケースをかついで玄関を出る時には、どきどきした。

——行ってらっしゃい。あら、それ何？

母親にそう聞かれたら、どう答えていいか、考えがまとまっていなかったから。

でも、母親はうまい具合に作業終了のお知らせチャイムが鳴った洗濯機にかかりきりで、理香の方を向かずにいってらっしゃい、と声をかけただけだった。

この藤ヶ丘女子には、何台かのピアノがある。それもほとんどが国産ではない。さすが私立の女子校。でも、そういうピアノは特別室に麗々《れいれい》しく置かれていて、専科の先生が授業準備に弾いていたり、全国大会を目指す合唱部が猛練習のために使っていたりするから、一年坊主がのこのこと入って勝手に弾くのはためらわれる。

そこでこのキーボードを買ったというわけだ。今の理香の一番の宝物。立てればロッカーの中になんとか納められるし、ヘッドフォンをつければ無音になるからどこででも使える。花の女子高生が床に胡坐をかいて鉛筆片手に五線紙をにらんでいても見とがめられない場所を確保できれば、の話だが。

そんな理香の欲求にかなう最適の場所が、この、殺風景で誰もいない屋上なのだ。

理香はキーをたたきながらヘッドフォンをはずして、音が外に漏《も》れていないのを確かめる。それから、本式にキーボードと向かい合う。

手始めに、バッハのインヴェンション第一番から。ハ長調モデラートの短い曲で、ほぼ白鍵《はっけん》だけを使うため、指馴《な》らしにちょうどいい。次に、同じくインヴェンションの第四番、ニ短調アレグロ。こちらは黒鍵《こっけん》を交え、テンポも速くなるから指のアップ用。

ピアノをやっている頃はいつも、この二曲から練習を始めるのが理香の習慣だった。バスケ部の練習開始がストレッチと軽いランだったのと同じようなものだ。

ウォーミングアップと言うなら、バイエルやツェルニーや、鍵盤を端から端まで高速で弾いていくスケール練習が基本中の基本。それはよくわかっている。でも、そういう、いかにもオーソドックスなものはつまらないのだ。つまらないなんて、ピアノの先生には口が裂けても言えなかったけど。

指が動くのを確かめたところで、楽譜を取り出す。何か弾き語りがしてみたくなったのだ。どうせ歌ってみるなら、まず、しばらく遠ざかっていたピアノを思い出すのに役立つ曲はないかと考えていたのだが。

――やっぱり、基本は大事だし、ここはクラシックだよね。でも、がちがちのバロックとかじゃ、弾き語りは無理だし。

というわけで、目をつけたのは、たまたま家に残っていた昔の楽譜集の中の、簡単な曲だった。

『アメイジング・グレイス』

まだ楽譜通りのごく簡単な伴奏をつけているだけだ。でも、自分で口ずさんでみると、とても気持ちがいい。

楽譜はハ長調、Cコードから始まる。小さく口ずさむ。

英語の詞の意味は何となくしかわからないけれど、曲の歌い出しはまっすぐな、お日様に向かうような感じで、そのまま盛り上がり、そしてCコードで終わる。

——いいなあ、シンプルだけどやっぱり気持ちがいい。

鍵盤から指を離してヘッドフォンを外した時だ。拍手の音に、理香は顔を上げた。

校舎へのドアのところに、先週ここで会った北条真名が立っている。

理香は赤くなってキーボードのスイッチを切った。つい夢中になってしまって、声を張り上げていたらしい。恥ずかしい。

「理香ちゃん、声もいいのね」

「いや、お恥ずかしい、聞かなかったことにして」

「今の歌は、『アメイジング・グレイス』よね？」

「うん。歌い出しがまっすぐに伸びていく感じで、すごく気持ちいいのよね。日本語にできないかなと考えたこともあったんだけど、『ありがたいお恵み』とか『素晴らしき恩恵』とか、どうひねってもぴんとこなくて、結局そのまま原語で歌ってる」

「そうなんだ……」

真名はもじもじしてから思い切ったように言った。

「理香ちゃんは、部活は？」

「帰宅部予定」

中学生の時はバスケに熱中した。でも、高校生になってまで、本格的に取り組む気にはなれなかった。藤ヶ丘のバスケ部が、都大会で上位になれるほど強くて当然練習が厳しいということも、気後れした理由だ。小柄で手が小さい理香は、どんなに動き回っても、やっぱりディフェンスに阻《はば》まれてシュートの成功率が低く、中学の時ももう一つ伸び悩んでいたのだ。

だから今は、昼休みや放課後、こうして、一人でキーボードをいじっているのがいい。

すると、真名がこう言った。

「ね、理香ちゃん、私たちと一緒に俳句やってみない？」

「俳句？」

真名のあまりにも日常からかけ離れた言葉に、理香は一瞬対応できなかった。だが真名は真面目な顔だ。

「うん。新入会員を募っているの。今日、めでたく同好会承認が取れたの」

「あの、よりによってどうして私に？　私、俳句なんて向いてないよ？」

「でも、先輩たちに理香ちゃんのこと話したら、そんなに音楽が得意な人ならぜひ会ってみたいって」

その時、真名の後ろからもう一人現れた。

「真名ちゃん、私が話すわ。あ、私、須崎茜と言います」

柔らかい髪質の二年生。そのまた後ろにあと二人、一人はたぶん真名と同じクラスの一年生だ。一年生が桐生夏樹、もう一人の二年生の方はトーコと自己紹介してくれる。それから改めて茜先輩が言った。

「安西冬衛の詩のことで話が合った人がいるって真名ちゃんが教えてくれたの。それで私たち、その人の言語センスは素晴らしいんじゃないかって思って」

「は？」

「音楽をやっている人って言葉について鋭いと思うのよ。今『アメイジング・グレイス』について語っているのを聞いて、ますます確信したわ」

「いいえ、そんなこと」

「たとえばね……」

否定する理香にかまわず、茜先輩はあたりをきょろきょろと見回した。

「ここは殺風景だけど、裏庭の池が見えるわね。水草、つまり藻《も》がある。うん、『藻の花』で探してみるわね」

茜先輩は手元の本をぱらぱらとめくる。

「何ですか、その本は」

「ああ、歳時記よ。ええと、藻の花、藻の花……」

そして、ノートの白いページに二行書きつけて、理香の前に広げる。

「この二つの俳句、どう思う？」

藻の花やわが生き方をわが生きて

藻の花もわが生き方をわが生きて

理香は三回見直してしまった。同じことが二回書いてあるのかと思ったが、よくよく見ると一か所だけ違っている。

——藻の花や、

——藻の花も。

「……これ、間違い探しか何かですか？」

「や」と「も」、たった一文字の違いだ。

「ね、むずかしく考えなくていいから。この二つを比べてみると、どっちがいい？」

なんだか面白くなって、理香は、合計でもたった三十字の日本語をじっと見つめる。

「あの、これはつまり、どっちかが正解なんですよね？」

「うん、そういうこと。意味は『藻の花が咲いているな、私は自分らしい生き方をしよう』かな。一番目の『や』は詠嘆《えいたん》を表す間投助詞《かんとうじょし》」

うわ。急に国語の授業みたいになってしまった。

理香はまたノートを見、それから池に浮かぶ花を見下ろして考える。二つの句を、小さくつぶやいてみる。自分らしい生き方をしよう、か。豪華なバラなんかじゃなくて、わざわざ地味な水草の花を取り上げているのがいい。

さっきまで弾いていた『アメイジング・グレイス』のメロディーが耳の中で鳴っている。

「うーん……。すっと入ってくるのは『藻の花も』のほうですかね」

なぜか茜先輩は肩を落とした。

「そう思った理由は？」

「理由って、わかりやすいのと……あ、『藻の花や』だと、古くさくありません？」

先輩の肩がますます落ちる。

「まあ、そうか……。そもそも俳句というのは、伝統にのっとったものだしね。古くさいと言われれば、それまでなんだけど」

「『藻の花や』なんて、日常会話に使わないですものね。ん？　……あれ」

理香は、もう少し大きな声で、もう一度二つの俳句を詠み上げてみる。

「どうしたの？」

「声に出してみると感じが変わりました。私やっぱり『藻の花や』のほうが好きかも」

いきなり茜先輩の顔がアップで迫ってきたことに、理香は思わず体を引いた。

「せ、先輩、何ですか……」

「感じが変わった理由は？」

そんなに迫られたら何も考えられなくなる。時間稼ぎのつもりで、理香は逆に質問した。

「つまり、『藻の花や』の俳句が本当の形なんですね」

「そう。富安風生《とみやすふうせい》の句」

「はあ……」

俳句的正解は『藻の花や』なわけか。

たしかに古くさい。これってつまり、「古池や蛙飛び込む水の音」とか「松島やああ松島や松島や」とかの、あの『や』か。ええと、何とか言った、受験の時にちゃんと覚えた、あれはたしか……。

「この『や』は、切れ字とかいうやつですか」

「そうなの。ね、どこがいい？」

「ちょっと待ってもらえますか」

『アメイジング・グレイス』の最初の数小節を弾いてみる。なんとなくこの曲を頭に浮かべたら、すんなりと正解の方の句に似合っていると思えたのだ。アメイジング・グレイス、素晴らしき恩恵。恩恵には当然自然の恵みも入っているだろうから、植物も『アメイジング・グレイス』に含めていいのかもしれない。曲のコード進行は単純だ。C、ハ長調の音符で言ったらドミソ。続いてAm、ラドミ。F、ドファラ。またC。今度は歌詞を口ずさまずに、藻の花を思い描きながらコードを和音で弾いてみる。

とろりとした緑色の水に浮かぶ花は、明るいだけのイメージではない。でも、かといって暗いわけではない。

私は私の生き方をなんて、いさぎよくてかっこよい。水草の花という、目立たない存在だからよけいにかっこよく聞こえる。特に、「藻の花や」……ここの響きはなんだかCのコードっぽい。ためしに「藻の花も」と歌ってみると、イメージが変わる。「も」の音が強調されて、もごもごしてしまう。

「あ！」

わかった。

「今、メロディーつけて心の中で歌ってみた感想なんですけど、それでいいですか？」

「もちろんいいけど、いつもそうやってるの？」

「はい。私の癖で」

気になる言葉を見つけると、どういう曲が合うか、まずコードを選んでみる。簡単なメロディーを勝手につけてしまう。言葉が短かったら、勝手にサビを作ってリフレインしてしまえばいい。

茜先輩が納得したようにうなずいた。

「そうか、五七五だって、それなりに昔の歌みたいなものだしね。同じようなリズムだし」

「あ、でもどっちかと言うと、歌には七五調が多いですかね。ほら、『蛍の光』とか」

『蛍の光』がすっと出てきたのは、つい最近、散々歌わされたからだ。

「それで、どうして切れ字の『や』を使った方の俳句をいいかと思ったか、ってことを答えればいいんですよね。いや、ただ口ずさんでみてそう思っただけなんですけど。で、どうしてかって理由を今思いついたんです」

周囲の目が光った気がして、理香はあわてて言い訳する。

「でも、すごく単純で、たぶんこれじゃ正解じゃないですよ。なあんだって言われるだけで」

「それでいいのよ、教えて」

茜先輩が優しく促す。

「『藻の花も』とすると、歌っていても口ごもる感じがするんです。『も』の音が二回もあってこもるというかくもるというか、そう、ぱっとしない感じ。それに比べて、『藻の花や』で一回切ると、そのこもる感じが消えませんか？　それは、『や』がア段の音だからだと思うんです。ア段の音って明るい感じがしません？」

「明るい？　ア段って、つまり、アカサタナハマヤラワの音、ってことでしょ？　それが明るいの？」

夏樹が不思議そうに尋ねた。どう説明すればわかってもらえるのか、理香は言葉を探す。

「そう。私、ア段の音ってCコードのイメージがあるんですよ。ほら、ドミソの和音」

一瞬会員たちはきょとんとした顔になったが、トーコ先輩がぱっと顔を輝かせて、こう受けてくれた。

「そう言えば、ドミソの和音って明るいイメージかも。ほら、たいていの童謡とか、それで始まるよね。『チューリップ』とか、『こいのぼり』とか」

「あ、そう言えばそうね」

これは茜先輩。一年生の二人も納得した顔になってくれた。

それに勇気づけられて、理香は続ける。

「そもそも、人間の一番自然な発声は『ア』に近い音なんだそうです。これは私の先生の受け売りですけど。ほら、合唱や演劇の発声練習とかも、たいてい『アー』じゃないですか。人間にとって何も意識しないでも出てくる音なんですよ。だから赤ちゃんの泣き声もアーンアーン、になる。言葉に関係なく」

皆さんが感心した顔になってくれるが、理香の説明は、これでほとんど終わりだ。

「……それだけです。だから『や』で言葉が切れるほうが、なんか、明るくて、ちょっと雰囲気を変える感じだなって。すみません、全然理屈になってない」

トーコ先輩が、呆然とした顔になっている。

「ううん、そんなことないよ。三田村さん、理香ちゃんか、私今、すごいことに気づかされた気がする」

「え？」

「ようやく顧問を引き受けた新野が、最初の俳句講義でぐだぐだと、切れ字は俳句の基本だ、特に『や』を季語に付けるのは王道だってしつこく言ってても全然心に響かなかったんだけどさ、『や』って詠嘆の間投助詞なんだよね？　詠嘆なんて難しい言葉使うからわかりにくいのよ、感情表現のための言葉って考えれば、今の理香ちゃんの発言、すごく納得いかない？」

「ああ！」

真名が声を上げると、夏樹がぷっと噴き出した。

「真名ちゃん、今の『ああ』も同じ理屈かも。人間が納得したり驚いたりすると、本能的に思わず出てくる言葉っていうか、音のわけでしょ」

「わあ、ほんと……あ」

「たしかに、『あ』で感心するよね、普通」

「思いがけない人に会ったら『あら』とか『やあ』だし」

「お風呂入って気持ちよくなっても『ああ～』だわ」

誰からともなく、にぎやかな笑い声が上がる。トーコ先輩なんか、いつのまにか理香の手を握っている。

「すごいよ！　私たち今、すごい発見したのかも！　昔々の人も、『や』って、感嘆とか、驚きとか、そういうことを表す時につい漏れる音だったから、そのまま言葉にしたんじゃないの？　だからこそ切れ字『や』は感動を表すの！　どう？　いいよ、偶然でも、こじつけでも。今、結構大事なことを納得したんだから。俳句を作るなら、しっかりと声を出すこと。で、新野がこだわる切れ字とやらも、声に出した時にはちゃんと効果があること。感嘆のイメージを出せること。いいじゃない、これで私たちとしては一歩前進なんでしょ？　それで十分だよ」

茜先輩が深くうなずく。

「そうだよね。声に出して俳句を作る、か。うん、考えてみれば当たり前かも。もともと俳句って、句会で読み上げていたものだったんだから。……ね、三田村さん、いいえ、理香ちゃん。俳句同好会に入って。あなたが必要なの」

真名もきっぱりとつけ加える。

「そう、五人目の会員です」

トーコ先輩がたたみかけた。

「私たちは俳句甲子園を目指す、だから五人はどうしても必要なの」

「あ、あの俳句甲子園って……」

理香も負けないように言葉をはさんだが、トーコ先輩の迫力は変わらない。

「俳句同好会は夏に行われる俳句甲子園という大会を目指しているの。チームは五人編成。会長がここにいる茜、副会長というかマネージャーが私。それから、北条真名」

トーコ先輩は真名を指さして、理香を見た。

「書道の達人なの」

真名が顔を赤らめる。理香は、あのてふてふの書を思い出して納得した。

そして次に、もう一人の一年生に笑いかけた。

「こちらは桐生夏樹。入学前にスカウトしていた人材」

夏樹が照れくさそうな、でも嬉しそうな顔をする。

「論理的で的確な反応がうまい」

さっき、真名が「ああ」と言ったとたん、きちんと的確に突っ込んでいた夏樹。

最後にトーコ先輩は理香を見た。

「そして、理香、あなたに入ってほしい。みんなが見込んだ才能だ」

理香はあっけにとられたままだ。いつのまにか呼び捨てにされてしまっているが、それよりも、突然振られた役割がぴんとこない。

「え、才能って……？」

「これだけ言葉の、音としての響きに敏感なセンスを持っているのはすごい武器になる」

なんでもかんでも音符と音声に変換したがる理香。

たしかにそう言われると、じわじわと納得できる……気がする。

だが。ここで、俳句同好会に飲まれてしまっていいのか。自分のペースをつかめないうちに、俳句甲子園とやらに巻き込まれてしまいそうではないか。

「ええと、私が五人目になるって、私は……」

四対の目が理香に注目するが、ひるんではいられない。

「なんか今、すごく褒めてもらいましたけど、私、俳句なんてしたことないし」

トーコ先輩がこともなげに手を振る。

「大丈夫、その点は、須崎会長をのぞけば、あとの三人も同じだから。基本の切れ字のことでこんなにごたごたしてる程度だし」

「いや、でも……」

なおも抵抗しようとすると、トーコ先輩の声がかわいらしくなった。

「理香、私たち、図書準備室で活動してるんだけど、そこでキーボード弾いてもいいわよ。あ、このさい図書準備室にずっと置いておいてもかまわない。図書委員長としての私の権限で認めてあげる。司書の先生は今年いないし、図書委員会の顧問は私が説得するから、問題ない」
・すごいところを突いてくる。
「え、まあ、それはありがたいですけど」

たしかに魅力的だ。天気やほかの生徒の目を気にしないで弾けるのは。

家では、『アメイジング・グレイス』を弾いて歌っている姿は見せられない。母が何と言うかはわかっている。

――いやだわ、どうしてそんな中途半端な演奏するの。勝手にアレンジなんかするのは、理香にはまだ早いわよ。いい？　楽譜は正確に。まだまだ基本を固めなくちゃいけない時期でしょ？

母が認めるのは、おとなしくクラシックを演奏する理香だ。小学生の時みたいに。母が選んだ裾の長いドレスを着せられて、腰まである長い髪にひらひらのリボンをつけて、舞台の上でバッハやショパンを弾いている、お人形みたいな理香だけだ。

それにうんざりした理香は、中学校に入るとピアノの先生についてレッスンを受けるのをやめた。長い髪を生まれて初めてばっさり切って、あこがれだったバスケ部に入った。

小学校の時には、母にボールにさわることを禁じられていたのだ。

——そんな、大事な発表会の前に指を怪我《けが》でもしたらどうするの。

一度体育の授業中に理香が突き指して激怒した母に怒鳴りこまれて以来、先生も理香を敬遠するようになっていた。

——ドッジボールの時も、三田村さんはボールを取ろうとしないでもいいから。逃げ回っているだけなら、怪我の心配もないわよね。

もっとも、そんなに大事にしていた指だけど、理香は人より手が小さくて、どう頑張っても、ピアノでは伸び悩んだ。バスケットでも人よりうまくはなれなかったのと同じに。スポーツも音楽も、結局人より抜きんでることはできないと思っていた。高校は気楽に過ごそうとも思っていた。でも、理香を見込んでくれた人たちと、好きなように演奏できる場所が与えられるなら、俳句同好会に入ってもいいか……。

理香の表情から察したのか、会員たちがにこにこしている。理香は口を開いた。

「入会します」

ぱちぱちと拍手。トーコ先輩がこぶしを握る。

「よし、これで俳句甲子園に行ける」

　続いて茜先輩が提案した。

「ところでいい天気だし、吟行《ぎんこう》しようか。季題は『藻の花』」

「え、茜、『藻の花』だと地味だし、イメージ浮かびにくい。もっと普通のにして」

「仕方ないなあ、トーコ。じゃあ……『葉桜』ならどう？」

「いいねえ。じゃ、桜並木を歩きに行こう」

　なんだか楽しそうだ。理香は改めてぺこりとお辞儀をする。

「どうぞよろしくお願いします」


「葉桜を通る風シャツの汗消して」

　数日後、また放課後。理香が先輩二人と図書準備室にいた時だ。トーコ先輩が外を眺めながら、唐突にそう一句詠んだ。茜先輩が遠慮がちに言う。

「……トーコ、ちょっといいかな？　『汗』も夏の季語だったと思う」

「え、そうなの？　じゃあ、『葉桜』と『汗』、両方を一つの句には使えないのね？」

「うん、一般的にはそうだね。季重なりってことになっちゃうから。あと……、今のトーコの句だと、葉桜を通る風がシャツの汗を消す、ってそのまんま一つの文なので、それもちょっと……」

トーコ先輩はため息をついた。

「やっぱり私には創作は無理だなあ」

茜先輩が申し訳なさそうに笑う。トーコ先輩はすごく頭がいいしてきぱきしているし物知りなのに、どうも俳句が苦手らしい。そんなところもかわいいのだけれど。

「ところで茜は？」

「うーん」

しばらく窓の外を見たあとで、茜先輩はゆっくりと言葉を選んだ。

「葉桜やバレーコートに友散りて」

すると、トーコ先輩が茜先輩の顔をじっと見ている。

「何？　トーコ」

「いや、茜、すごく基本に忠実そうな俳句作ってるなって思って」

「そりゃあ、そうよ。私だって今まで全く自己流なことしかしてこなかったんだもの。だから今のところは、新野先生や参考書の指示通りに作るのが一番の早道だと思う。私たち全員、超初心者なんだから」

「だけどさ、そもそも茜が作りたかったのは、自己流でいいから、破格《はかく》や破調《はちょう》の句だったんでしょ？　ほら、自由律俳句とか」

茜先輩はまだ外を見つめている。それからぽつんと言った。

「そういう句は、俳句甲子園で不利」

「不利？」

「そう。私、過去の出場校の句を結構調べてみたの。大半は、五七五に忠実、きちんと約束ごとにのっとった句なのよ。出場するからには、やっぱりそういう定石《じょうせき》をものにしないと」

「だって、茜は、自由律俳句を詠んでる男の子に再会したいんじゃないの？」

「トーコ、その話はちょっと置いといて」

茜先輩は理香を見て、あわててさえぎった。

「ただ試合に出るだけじゃなくて、俳句で勝負できるようにならなくちゃ。だから、勝つ俳句をする。だいたいそうでなきゃ、こうやってほかの人まで巻き込んだ責任が取れない。会長なんかやっちゃいけないでしょ。トーコや、一年生たちに対しても失礼すぎると思う」

「本気なんだ、茜会長」

茜先輩はしっかりとうなずいた。

「なんだか邪念が消えてきた」

トーコ先輩が笑う。

「頼もしいね、会長。俳句同好会やってる茜を見ていたい私としては大変に満足だよ」

先輩二人のなんだか大人っぽいやり取りを理香がおとなしく聞いていると、茜先輩が笑ってこちらを見た。

「ごめんね理香ちゃん、わからない話をしちゃって」

「いいえ」

「茜会長が話してくれるよ、身の上話」

トーコ先輩があおるように言う。だがその時に準備室のドアが開いた。

「あの、みなさん。お願いがあるんだけど」

二年生だ。二人の先輩はそろって目を丸くして、それから茜先輩が尋ねた。

「ええと、何かしら、井野さん……」

その人はまっすぐにこちらを見て、簡単に言った。

「井野瑞穂と言います。俳句同好会に入会したいんですけど」

〈予選エントリー締め切りまであと二十五日〉

第四章

夏痩《や》せて

――井《い》野《の》瑞《みず》穂《ほ》

瑞穂は終鈴が鳴ると同時に教室を飛び出した。活動場所である図書準備室に一番乗りしたい。今年発足したばかりの俳句同好会に最後に入った瑞穂は、ほんの数日の差だが一番の新入りだ。だからほかの会員がいるところにあとから入るのが苦手なのだ。なんだかよそ者扱いされている気がして。

藤ヶ丘の図書室はなかなか充実している。その図書室を抜けてカウンター横の、準備室へのドアを開けると、中にいたのは顧問の新野先生だけだった。今年英会話を教わっている。つまり英語科の先生なのだが、たしかに俳句にくわしい。今週ずっと俳句の基礎知識を教わってきたからそれはわかる。熱心に取り組んでくれてもいる。今も、会員数分のプリントを用意してくれているらしい。

「先生、手伝いましょうか」

「おお、ありがたい」

合計四枚のプリントを六セット。きちんとそろえてそれぞれの椅子の前に並べ終わったところで、新野先生は伸びをして腰をたたいた。

「やれやれ、こういう中腰の作業はつらいんだよなあ。助かったぞ井野」

その仕草に、瑞穂は思わず笑ってしまう。

「先生、おじさんくさいです」

「仕方ない、おれはおっさんだ」

新野先生は屈託なく言う。「それに、おっさんくさくなるのは教師の保身の術だ」

「保身？」

「言葉遣いや性質や、そしてたぶん外見も老けているだろうな。それは、私立の女子校教師なんかやっているから身についてしまった処世術だ。若くて、しかも自分の若さを自覚している君らは向かうところ敵なしだからな」

瑞穂はちょっとどきっとする。

「そういう君らと平和にやっていくには、教師としての高い能力と、プラスアルファ――ちょっと抜けていたり教科外での特技のアピールができたり、外見が整っていたり――が必要なんだ。外見で全く勝負できないおれは、面白い授業と生徒にいじられやすいキャラで、なんとか乗り切ってきた。ほかにもそういうけなげな努力をしている先生方はいるはずだ」

瑞穂は、国語教師が『古今集《こきんしゅう》』の恋の歌を解説する時に「ぼくには縁がない世界ですけどね……」と自虐たっぷりにつぶやいたのを思い出した。

「今どきの女の子は『面白い』ものには一定の評価を与えるからな。君らはすでに子どもではない。恐ろしいほどシビアだ。よく言えば成熟、悪く言えば可愛げがない」

瑞穂は新野先生を見直した。よく見ているんだ。

「ま、これも仕事の内だ」

「だから俳句についてもこんなに準備してくれるんですか」

「うん。おれは俳句に関しては素人《しろうと》だ。理論から入るしかないから、必然的に資料が多くなる。感性に頼れないからな」

真面目なのだ。押しつけられた顧問——図書室で本を読みながら準備室などでのやりとりに耳をすましていたおかげで、俳句同好会発足までの経緯《いきさつ》がなんとなく窺われたから、それもわかる——なんか、もっと名ばかりで、いい加減にしてもいいのに。

その新野先生は今できあがったばかりの資料を一セット、瑞穂に押しつけた。

「今日から次の段階に進むぞ。俳句の基礎理論は終わった、いよいよ実作だ」

「はい」

「校長先生も期待しているそうだ。対外アピールに使えるからな。俳句甲子園は藤ヶ丘のイメージにもぴったりなんだそうだよ」

「どういうことですか?」

「藤ヶ丘のような進学校は、文化系の全国大会ならばハードルが高くない。なんといっても体力的な負担は少ないし、学力の高い子だからこそ参加できる分野がたくさんある」

「はあ、たしかに」

「そして、認知度が高まったにしても、バレーやバスケットの参加校よりも母数が桁違いに小さい。あけすけに言って、上を狙いやすい。強豪古豪《きょうごうここう》と呼ばれる名門校がひしめく東京都では、バレー部は三回勝っても四回勝っても都大会の決勝戦にすら出られないが、俳句甲子園ならば、運がよければ二、三回の勝利で全国大会に行けるはずだ。……ただまあ、富士先生はあまりいい顔をしないと思うが」

「え、そうなんですか？　どうして……」

気になる。瑞穂は文芸部も兼ねていて、富士先生はそこの顧問なのだ。だが新野先生は気軽な調子で答える。

「国語科主任の富士先生は俳句に否定的なんだよ。別に君らが気にすることではない。好きなことに突き進むのは、君らの特権だ」

一年生三人がどやどやと入ってきたために、瑞穂はそれ以上のことを聞きそびれた。

いよいよ実作スタート。

図書準備室のホワイトボードの横で、新野先生が講義の態勢に入る。

「さて、今まで俳句の基礎を説明してきたわけだが。ともかく、少しはわかってきたか」

「そんな、たったこれだけで俳句わかりますなんて言えるほどの度胸はないです」

殊勝な顔で夏樹が答える。「今作ってるのだって、これで俳句になってるのかどうか、まだ疑問が残るくらいなんだから」

新野先生は安心させるような笑顔を浮かべた。

「ではまず、今後のスケジュールをもう一度確認しよう」

今度は一年生たちが力強くうなずくのを、トーコが見守っている。瑞穂にもわかってきたのだが、活動の先頭に立つのは会長の茜、そして会員が活動できるようにサポートするのがトーコ。副会長というよりマネージャーのようだ。

「今年度の地方ブロックエントリーは五月十五日締め切り。エントリー後、実行委員会指定の対戦オーダー表に俳句を記入して提出することで、申し込みが完了する。今年の兼題についてはまた後日」

兼題とは俳句独特の用語で、あらかじめ設定されたお題のことだ。各人がそれに沿った俳句を詠むことで、句意がある程度揃《そろ》い、競いやすくなる。

「次に、おれなりにまとめた俳句甲子園の傾向と対策だ。過去の試合を分析した結果、ポイントは二つあると思った」

先生はホワイトボードに一行書いた。

・第一　鑑賞点をもぎとること。

「すでに説明したとおり、試合では句に対する作品点のほかに鑑賞点がどちらか優れていた方のチームに与えられる。これがけっこう物を言うんだ。ただけなせばいいってものじゃない、正しく相手チームの句を理解して建設的に鑑賞すること。次に第二のポイントだが」

さらに一行書き足された。

・第二　作品点七点を目指すこと。

「え？　七点でいいの？」

そう聞き返したのはトーコだ。ほかのみんなもそれでいいのかという顔だ。作品点は十点満点である。

「そうだ、ともかく初心者は七点を目指す。実際、過去の大会でも九点を取った句はかなり少ない。九点が出たら会場がどよめくほどだ。まあ八点もらえれば上等だし、地方大会ならそれだけで勝てる対戦も多い。だが、八点は理想として、せめて七点は必ず取れるようにしよう。もっと正確には六点の句にはしないようにしよう、かな」

「そうすれば勝てるの？」

トーコが身を乗り出すのに、先生は微妙な表情をした。

「必ず勝てるとは言い切れないな。鑑賞点込みで同点になっても、作品点の高い句の方が優先される。つまり、こちらが作品点七点プラス鑑賞点一点で合計八点取っても、相手が作品点八点の句を出して来たらその時点でこちらの負けだ」

「じゃ、その八点と七点の違いは何？」

しつこく食い下がるトーコに、新野先生は肩をすくめた。

「おれにもわからない。それがわかったら苦労はないんだが」

ええー、と一斉に上がる不満を、新野先生は手で抑えた。

「だが、もともと俳句を得点化するなんて、結局どこかでは無理があるじゃないか。審査員の主観が入るんだから」

会員たちは脱力したが、先生は力説を続ける。

「だからつまり、最後には自分が納得した句を出すしかないが、七点の句を頑張って作ろうということなんだ。そして初心者でも七点は目指せる、と思う。俳句として明らかにこれはないっていう欠点を避けて真面目に作った句であれば。実際、作品点七点の句っていうのは圧倒的に多いんだよ。で、さっきも言った通りこちらが七点、相手が八点であれば、その時点でどうしようもない。こちらの負けだ。ただし相手だっていつも八点取れるとは限らない。だからこちらの戦略としてはそれ以外の、お互い作品点七点という同点勝負に的を絞る。その場合に、第一のポイントである鑑賞点が生きてくる」

トーコが体を起こした。

「あ、鑑賞点をもぎとるって、そういうこと？　七点同士の時、こっちが鑑賞点を取って合計八点で勝てるように？」

新野先生は大きくうなずいた。

「そういうことだ。つまり、勝つための大前提は七点の句を作ること。……ということで、そのための実践だが」

新野先生はホワイトボードに向き直った。

「エントリーの締め切りまで時間がない。そこで、おれが調べてきた中で最速と思われる上達法を教える。板書するから各自メモを取ること」


〈次回までの課題〉

左記の指示に従って実作すること。
一　季語を決め、『や』『かな』のいずれかをつけ、それを上五《かみご》とする。
二　自分の選んだ季語からできるだけかけはなれた五音の体言を見つけ、それを下五《しもご》とする。

三　下五を説明する七音の言葉を選び、それを中七《なかしち》とする。

上五、中七、下五とは、それぞれ俳句の五七五を表す用語だ。これも俳句独自のものである。

「季語は各自で選んでもいいが、最初は統一しよう。ほかの人の作品と自分の作品を比べて参考にしやすいし、俳句甲子園の兼題へのトレーニングにもなる。さて……」

生徒たちの顔を見回していると、茜先輩が口を開いた。

「あの、それじゃ、『葉桜』はどうでしょうか。みんな作ったことがあります」

新野はうなずいた。

「いいね。では『葉桜』に切れ字は『や』、そのあとにおのおのの感性に従って、中七、下五を発見すること。外を歩けば、さわやかな葉桜はどこにでも見つけられるだろう。実感しやすいはずだ。実際、俳句甲子園の兼題も、夏の季語が多いしな」

みんな忙しくペンを走らせている。瑞穂もおつき合いでちょろっと書きつけた。

全員のペンが止まるのを待ってから、新野先生もマーカーを置いた。

「何か質問は？」

夏樹の手が挙がった。

「それだと、先生、『葉桜』の句、全員が似通った感じにならないですか？」

「自分の個性を出す方法が、たった十二音に限られるから、ということかな？」

「そう」

「だがな、俳句はもともと、ものすごく限られたものなんだ」

新野先生はにこやかに言う。「その十二音をどれほど個性的にできるか、そこにエネルギーを注ぐしかない。入門書を多少は読んだが、おれはそう理解した」

それから、新野先生は赤いマーカーを手に取り、板書のある部分に傍線を引いた。


季語からできるだけかけはなれた五音の体言を見つけ、それを下五とする。


「ここは、指導書で特に強調されていたことだ。高浜虚子御大直伝《おんたいじきでん》。初心者は季語を用い、『や』『かな』のどちらか一つを使って作句すべし、となる」

「はあ、虚子の……」

「ま、おれが直接参考にしたのは、藤田湘子《ふじたしょうし》の入門書からだが。これが君らには最速の必勝法だと思う。今年のエントリーに間に合わせようというんなら、時間がないぞ。常勝校は去年の大会が終わった翌日から準備を始めている。中高一貫校なら、中学一年生のときから訓練されている。気を引き締めていこう」

翌日。六人は、これと選んだ句をあらかじめ短冊に清書してきた。短冊と言っても、A三判の紙を縦に二つ折りにしたものだ。

新野先生は慣れた手つきで生徒から集めた六枚の短冊をまとめ、一枚一枚、じっくりと目を通していく。生徒たちが緊張した顔つきで見守っているが、それを気にする様子はない。

そして、さほど時をかけずに顔を上げた。

兼題「葉桜」。いったいどんな句が出てくるのか。そして先生はどんな講評を加えるのか。

「では、まず一句目」

先生は手に取った短冊をホワイトボードにマグネットでとめた。

葉桜やバレーコートの仲間の輪

生徒たちの緊張は、わかっているのだろう。それをほぐすように、穏やかな声で二吟したあと、すぐにこう続けた。

「うん、悪くない。課題に沿っている」

その言葉に、室内の空気が少しだけほぐれた。

「ええと、この句の作者は……？」

手を挙げたのは、会長の茜だ。

先生は短冊に何度も目を走らせながら続ける。

「葉桜の季節は、もう新学期とは呼ばないか。ようやく新しいクラスメートにもなじんできた頃。これは体育の授業か、昼休みか、桜の木の横のバレーコートで仲良しが輪になっている。そういう景でいいか、須崎」

「景」とは、句に詠まれている情景のことだ。

「はい」

「うん、高校生らしい健康的な句だ」

茜がほっとしたような笑顔を見せた。

「はい。クラスのみんなともやっと仲良くなれて、バレーができるくらいの大勢の人を仲間って呼べるようになったことが嬉しかったんです」

「うん、そういう気分がよく伝わってくる。では次」

先生が次の短冊を取り上げた。

葉桜や小鳥が描く空の線

「この句を詠んだのは……」

手を挙げたのは、一年生の三田村理香だった。

「葉桜を見上げていたら、その向こうの空に小鳥が飛んだ。小鳥の動きが、まるで空中に線を描いているようだ。三田村、これはそういう句でいいか」

理香が声を弾ませて答える。

「はい。葉桜と空と、二つの言葉を使いたかったんです。どっちも、すごく音が気持ちい言葉だから」

「よくわかる。ただ、この句については、いわゆる『つきすぎている』という評が出る気がするんだ」

理香の要領を得ない顔を見守りながら、先生は続ける。

「『葉桜』を見上げている光景は、誰でも思い浮かべられる。するとその見上げた先に『小鳥』、さらに『空』。その連想もかなり易しくないか？　昨日指示した『かけはなれたもの』を取り合わせようとする手法からは、外れてしまうだろう？」

「はあ……」

理香は、まだ納得していない顔だ。「あの、私、葉桜の梢《こずえ》の先が風に揺れて、同じように小鳥もふわっとした線を描いて飛んで、両方のその曲線がきれいだなっていうところを描きたかったんです」

先生が、その顔をのぞきこんだ。

「え？　じゃあ、この『や』は、切れ字ではなく、『&』の意味か？　この上五と中七は『葉桜と小鳥が描く』なのか？」

「はい」

そこで理香は、何かに気づいた表情になる。「あ、切れ字っていうのは違うんですか？」

「初心者にありがちな間違いだが、この句は『葉桜や』で一回切れ、『小鳥が描く空の線』が一続きの景と解釈をされると思う。たとえば、『葉桜も小鳥も描く』ならば、三田村の詠みたかった景色を表現できるかな。ただしそれだと課題から外れてしまうのと、『空の線』がちょっと乱暴かな……」

先生に言われてしばらく頭をひねっていた理香が、また思いついて口を開く。

「あ、じゃあ、『放物線』ではどうでしょうか？」

そこで茜が口をはさむ。

「うん、放物線ならなだらかな曲線ね。でも、葉桜が放物線を描くっていうと、またニュアンスが変わらないかなあ？　放物線って、その名のとおり、上がって落ちるイメージでしょ。小鳥が地上へ降りるというのは自然だけど、勢いのよい若葉には散るイメージはなくない？」

「いや、いい指摘だな、須崎」

新野先生が感心する。場がさらに和み、さらに声が上がった。

「あ、じゃあ『曲線』だったらどう?」

これは真名だ。「ほら、葉桜が、枝の先で揺れているわけだから」

「でも、それじゃ五音にまとまらないよ……」

生徒同士の議論を先生は引き取った。

「もう一度推敲《すいこう》だな。では次」

葉桜や青に光りし友の顔

作者は真名。新野先生は腕を組んで問いかける。

「うーん、みんな、どう思う?」

「『葉桜』と『青く光っている友だちの顔』を詠んでいるわけでしょう。いいんじゃないでしょうか」

「だが、葉桜越しの光を想像してみてくれ。どうだ?」

真名があっと言う顔になった。

「そう、青いんだ。そもそも青葉という言葉は、葉桜とほとんど類語と言ってもいいだろう？　葉桜を通した光だから、友の顔が青い。こういう、説明をしてしまう句よりも、異なるものをぶつける句のほうが面白いとされている……らしい」

最後がちょっと自信なさげだが、先生の言っていることはわかる。真名もそう思ったようだ。

「……あの、もう一度推敲していいですか」

「どうぞどうぞ」

新野は短冊を真名に渡すと、次の短冊をホワイトボードにとめる。

「さて、次」

葉桜や広がり伸びて届く空

「作者は……、桐生か。この句は、実は明確におれの注文から外れている。わかるか？」

夏樹は途方に暮れる。横で理香が手を挙げた。

「あの……。私もわかりません。夏樹の句も、真名の句と同じような言葉の順序に見えます」

「そうか。ほかにはどうかな？」

そこで茜が発言した。

「あの、十七音がすっとつながってしまうということでしょうか」

先生がぱっと笑顔になった。

「そう。そういうことだ。これを、一物《いちぶつ》仕立ての句と言うらしい。たったひとつの対象だけを詠んでいる句だな。ええと、どう説明しようかな……。うん、つまり、桐生の句では『広がり伸びて届く』のは『葉桜』だろう？　それに対して北条の句は、『青に光』っているのは『友の顔』で、そこに『葉桜』という別の要素が加わっている。まあたしかに『葉桜』が『青』いのは当たり前ではあるが、とにかく『友の顔』というもう一つの対象を取り込んではいる。こういうのを二つの対象の結合、二物衝撃《にぶつしょうげき》と言うそうだ、この句では不完全だが。○○がこうなって、だからこうなる。そういうふうになだらかに詠んでしまうのは損なんだ。俳句はたった十七音しかないんだから。つまりだ、第一構文だけの俳句を作るなということかな」

茜が顔を曇らせた。

「新野先生、英語の授業はやめてください」

「まあまあ、いいから聞け」

こういう説明になると新野先生は生き生きしてくる。先生の専門だからだろう。

「いいか。桐生の句は、主部が『葉桜』、述部が『広がり伸びて届く』。それに対して、北条の句は同じ体言止めでも、実質的には主部が『友の顔』、そして『光りし』は述語的な働きをしている。そこに、構文から外れた『葉桜』が取り合わせてある。こういう複雑さを俳句はよしとするんだ」

新野先生はチョークを取り上げて短冊の横にS、Vと書き込んだ。

「な？　まだわからなかったら、英訳してみろ……。英語の構文で俳句を解説する。他言語から分析するとかえってわかりやすい」

そこで茜が遠慮がちに口をはさんだ。

「先生、面白いんですが……。少し脱線していませんか」

先生は頭を掻《か》いた。

「そうだな。じゃ、次」

葉桜や緑の風が吹きすぎる

「作者は加藤か」

トーコが自信なさげにうなずいた。先生が首をひねる。

「言いたいことはわかる。だがな、どう言っていいか、初心者の俳句は季語を離れた一点に、まず集中して作ってみるべきだと思う」

ますます心細そうになるトーコに先生は噛《か》んで含めるようにつけ加えた。

「ああ、それから、『緑の風』と言うが、失礼だがありきたりの言葉だよな？　そういう誰でも使いそうな言葉で表現するのはかえって危険だ。そうだな、まず、『緑の風』を使わずにさわやかな風が吹いているとわかる表現を探してみよう」

「え、先生、余計にわからなくなった」

まごまごするトーコを新野先生はなだめる。

「おれもうまく説明できていないな。待ってろ。ひととおり講評が終わったら外に出て風を観察しよう。おれも考える」

先生が困っている。たしかに、ニュアンスを論理的に説明しようとしてもしきれない気がする。俳句は文芸作品だ。理屈だけでいい悪いを言えるものではない。

「……さて、それでは最後の句」

葉桜に隠せる色が嬉しくて

「これは井野の句だね」

「はい」

きっぱりと言う瑞穂を見たほかの会員たちの顔に、とまどいが広がっている。でも、気にしない。

みんなを代表するように、茜が口を開いた。

「あの……、井野さん、先生の指示は、切れ字に『や』を使え、っていうことだと思ったんだけど……」

そんなことわかっている。でも、そういう気分になれなかったのだ。

「芭蕉は四十八字、皆切れ字なりと言いました。そうですよね、新野先生？」

だからつい切り口上になってしまう。先生、返事に困っている。でもさらにたたみかけるように、瑞穂は言葉を重ねた。

「なのでこれでもいいと思いました」

新野先生がなだめるように、穏やかな声で答えた。

「うーん、じゃあ、切れ字のことはひとまず置いておこう。ところで、この『隠せる』というのは『隠している』ということかな？」

瑞穂は首を横に振る。

「いいえ、『隠すことができる』のほうです。さっき新野先生は、『葉桜』から『青』のイメージは近いとおっしゃいました。だから葉桜の下の青い影、という景もありじゃないでしょうか」

瑞穂は真名をちらりと見て、また言葉を続けた。

「それから、『色』は自分の表情のことです。『忍ぶれど色に出《い》でにけり我が恋は』。その

『色』です。葉桜の下で、青い影のおかげで、自分の表情を、心の内を隠すことができて、嬉しかった。そういう場面を詠みました」

先生が困ったように首をかしげた。

「……今はまだ、俳句で自分を語らないほうがいいな」

え？

「あの、どういうことでしょうか……」

顔を曇らせる瑞穂に、新野先生は嚙み砕くように言い含める。

「さっきも言ったが、そして誰でもわかることだが、俳句はとにかく短い。その中に季語まで含んでいるんだから、なおさらのことだろう。だから、俳句は詠み手の心情を述べるのには最適の選択とは言えない、とおれは考える」

「え、でも……、自分の心情を表現するのが文芸なんじゃないですか」

詰め寄る瑞穂に、先生はあいかわらずやんわりとした口調のままで答えた。

「自分を語りたいのならば、むしろほかの表現方法のほうがいいんじゃないかな。もっと長い韻文とか、いっそ小説とか」

瑞穂は返事ができなくなった。先生が気分を変えるように明るい声を出す。

「では、外に行くぞ」

校外に出ると、じきに桜並木の道に出る。兼題と同じ葉桜が続く道だ。

歩いているうちにどうしても瑞穂は一人になってしまう。後ろで一年生たちが新野先生を取り囲んでおしゃべりをしている。理香の声がひときわ通る。

「さっきの先生の話、すごくそうか！　って思いました。俳句って、短すぎますよ。十七音しかないんだもん。それなのに日本語ってすごくくどくどしてるじゃないですか？」

「あの、三田村……」

先生が答えようとしたが、理香は止まらない。

「たとえばですよ。『私はあなたを愛している』。たったこれだけ言うのに、日本語は十四音も使っちゃうんですもん。ラブソングだったら歌うのに二小節は必要ですよ？『I love you』なら『私』って歌う間に歌えるし、二小節あったら四回もリフレインできるっていうのに」

話の内容は面白いので、瑞穂もつい聞き耳を立ててしまう。先生のきょとんとした顔に気づいた夏樹が、あわてて説明している。

「あ、すみません、理香はミュージシャンなんです。英語の詞とか、よく歌っているもので……」

「だから、日本語ってそもそもまだるっこしいものなんですよ」

理香はきっぱりとそう締めくくったが、先生はたしなめるように言った。

「待て待て、三田村。たしかにそういう一面もある。だがな、俳句は、英語とは違う日本語の特性を生かしているんだよ」

「どういう特性ですか」

理香が口をとがらせた。

「つまりな、日本語では実に多くのものが省略できるんだ」

「え、省略？」

そこで夏樹が、その場をなごませるような声で引き取った。

「考えてみれば、理香ちゃん、先生の言うとおり、日本語には省略できるものもたくさんあるよ。『I love you』も、普通に会話するんだったら『愛してる』だけで意味が通じちゃうじゃない？『私』も『あなた』も入れないのが自然だよ」

「そうだ、三田村、『愛してる』なら二小節で四回繰り返せるんじゃないか」

楽しそうに言った新野先生は、それから真名を見た。

「ん？　どうした、北条？」

真名がもじもじした顔になっているのだ。

「あの、ほかの例にできませんか？　あんまりその言葉を繰り返すのって、なんだか、その、恥ずかしいんですが」

「ん？『愛してる』のことか？」

新野先生がさらに大声で聞き返した、その時。理香が無遠慮に言った。

「でも瑞穂先輩は、そういうの好きそうよね」

瑞穂の顔色が変わる。

「それで何か悪い？　人間の大切な感情だと思うけど」

「でも感情そのままって幼稚な気がしません？」

幼稚なのはどっちだ。理香とのやりとりをほかの会員が困ったように見ているが、引き下がるつもりはない。

「さらけだすのをこわがる方がよっぽど幼稚でしょ」

なおも言い返そうとした理香を、トーコがさえぎった。

「ほら、もうそのくらいにして」

仲裁され、理香は口をつぐんだ。トーコはてきぱきと続ける。

「それより先生、ちょうどいいから歩きながら練習試合の話をしていい？」

「練習試合？」

トーコ以外の会員の足が止まる。トーコだけが平然としている。

「日程は来週の土曜」

「え、そんな急に？」

「俳句甲子園エントリーまでの時間を考えたら、これでも遅いくらいよ。先生が方々に声をかけたら、応じてくれる学校が見つかったの」

「どこ?」

「東亜女子学園《とうあじょしがくえん》、由緒正しい私立のお嬢様校ね。兼題は『ぶらんこ』。今日の練習の成果を生かして作ってもいいんじゃない、ほかの方法でもいいけど」

「私は今日の方式でいく。まだまだ未熟だから」

そう言ったのは茜。一年生もそれぞれうなずく。

「そうですよね、最初は基礎トレーニング重視です。ピアノの基礎に、バイエルとツェルニーをとにかく練習しろっていうようなものですね」

「書道の基本は永字八法《えいじはっぽう》ですし」

「合気道も、まず受けの型から習ってます」

「え、夏樹、合気道なんてやってるの?」

「はい、祖父が経験者で」

「うわあ、帰り道が頼もしい」

トーコがまた割って入る。

「ほらほら、無駄話はそれくらい。それで出場選手五人なんだけど……」

トーコがそれ以上続ける前に、瑞穂は口をはさんだ。

「もちろん、私は外して。一番新入りだもの」

トーコが返事に困っている横から、茜が答えた。

「そうね。今回はそうさせて」

一年生三人は吟行のあとそのまま帰って行った。会長の茜と副会長兼マネージャーのトーコは生徒会室に寄るそうだ。結局、瑞穂は新野先生と二人きりで図書準備室に戻る羽目になった。

「井野もお疲れさん」

そう言って部屋を出ようとする先生に、瑞穂は呼びかけた。

「先生……。私の句、駄目ですか？」

何かを作るというのは自分をさらけだすことだ。瑞穂はずっとそう思ってきた。それが封じられたら、どうすればいいのか。

わからない。

先生は困ったように言った。

「すまんな、井野。おれにも、どうすればいいのかわからない。これは指導者としてのおれの問題だ。おれにも、好きな俳句、というのはもちろんある。だが、その句のどこがいいのか説明するのも、どうやったらいい句になるのか指導するにも、やっぱりおれには限界があるんだ」

「そんな、謝らないでください、先生」

瑞穂は少しだけ気がほぐれた。いい先生だな。それに、こうやって二人でいても、新野先生なら息が詰まるようなこともない。周囲をリラックスさせてくれる人だ。

「先生の好きな句って、どういうのですか？」

「うん、たとえばこれだな」

新野先生が迷いもなくホワイトボードに書いた句を見て瑞穂はどきりとした。よく知っている。

去年今年貫く棒の如きもの

「それ、高浜虚子ですよね。藤ヶ丘オリジナルの教科書にも載っている」

動揺を隠すために、わざと軽く言ってみる。

「うん。そして、俳句の魅力が詰まっているとおれは思う。さっき、解釈のために英訳してみろなんて思いつきを言ってしまったが、あれも万能じゃないな。その証拠に、この句はすごく英語に変換しにくい。だが、この句を見た日本人は誰でも、ああそう言えばわかる、と膝を打つと思う。と言ってどうわかったのか説明しようにも、これまた大変な言葉数がいりそうで、しかも一人一人思い浮かべた情景が違っていそうだ」

「でも、本当に印象的ですよね。一度聞いたら忘れられない。大好きです」

そう、大好きだった。瑞穂も、あの人も。

「昨日力説した初心者の俳句作法などとはかけ離れている。一物仕立ての句そのものだ。だがなあ、これは近代俳句の巨頭の虚子の作だ。同じ真似が、高校生の、しかも初心者にできるはずがない。初心者にはもっと別のアプローチが必要なんだ。……どうしたもんかなあ」

そこで新野先生は瑞穂に手を振った。

「まあ、おれも考える。だから、井野も頑張れ。偉そうなことは言えないが、井野は考えていることを整理して本当に表現したい言葉を見つけられるようになりさえすれば、すごく前途有望だと思うぞ」

褒められたのだと気づいたのは、先生がいなくなったあとだった。一人になった図書準備室で、瑞穂は顔を赤らめる。まるで一年前に戻ったような、でもその時とは違う、穏やかな気持ちだった。

翌週の土曜日、新野先生に連れられて、一行は東亜女子学園の文芸部を訪問した。きれいな校舎におしとやかな生徒たち。放課後の校舎なのに、ばたばた走り回る足音も甲高《かんだか》いおしゃべりも聞こえない。同じ女子校でもずいぶん違うものだ。

こちらのチームは茜、トーコ、夏樹、真名、理香。瑞穂は自分から言い出したとおり、補欠。招待された藤ヶ丘は赤チームとして客席から向かって左のテーブルにつき、東亜女子学園は右のテーブルにやはり五人。ハの字形に置かれた二つのテーブルの間には縦長のホワイトボードが二基立てられていて、両チームがあらかじめ提出した計三句はすでにそこに用意されている。

今日は一試合なので三戦行われるだけだ。超初心者の藤ヶ丘がそれしか句を用意できなかったのだ。互いに一句を披講したあとそれぞれの句について質疑が行われ、そのあと三人の審査員が優勢のチーム色の旗を揚げて勝敗を決する……という段取りだ。今日の審査員は東亜女子学園が指導をお願いしている俳人の方とその同人だそうだ。

兼題は「ぶらんこ」。春の季語だ。

先鋒戦《せんぽうせん》。

（赤）ほら行くよ空《から》のぶらんこ揺れ続け

（白）ぶらんこの鉄錆《てつさび》の香《か》を手に家路

「それでは赤の句に対し、白チーム質問を」

司会にそう促された瞬間、姿勢よく座っている東亜女子学園の生徒たちのまとう雰囲気ががらりと変わった。おとなしそうな生徒たちなのに、三本も手が挙がる。そして一人が立ち上がった。

「一読して景がわかりにくいのですが、上五『ほら行くよ』は会話の言葉なのですか？」

「今の質問に対して赤チーム、回答を」

しばらくの沈黙。茜先輩に目で促され、作者の真名が挙手をした。

「はい、これは会話です。ブランコに乗っていた人物が、『ほら行くよ』と促され、ブランコを下りた。乗り手がいなくなったブランコはまだ揺れ続けている、そういう光景です」

真名が答え終わったとたん、今度は四本の手が挙がる。

「ですが、今のご説明の景は見えてきません」

なんなんだ、これは。

瑞穂は内心怖気《おじけ》づいていた。藤ケ丘の会員たちが楽しく優しく和気あいあいと句を鑑賞していたあの図書準備室の雰囲気は、この会場のどこにもない。

「それから、下五が『揺れ続け』となっていて言い切りの形にしていない意図を教えてください」

「あの、それは、揺れ続けている情景を描きたかったからで……」

「それは、『揺れ続く』でも十分表現できたと思いますが」

ほら、もうちょっと言い返して。

思わず瑞穂が体を乗り出したところで司会の声が割って入った。

「はい、そこまで。それでは次に白チームの句に対して赤チーム、質問をどうぞ」

質疑の時間はストップウォッチで厳密に計測されている。ぐずぐずしてはいられない。

藤ヶ丘の超初心者選手たちもそう思ったのだろう、真っ先にトーコが手を挙げた。

「一読して、いい句だと思いました。公園の遊具って、どうしてあんなに錆びやすいんでしょうね。遊んでいると必ず鉄錆の匂いが手に付きますよね。遊び終わって帰る時も、その匂いがまだ手に残っている。ああわかる、楽しい思いも一緒に残っている、そんなことまで伝わってきます」

トーコはすごく好意的に鑑賞している。だが、相手チームの五人はちょっと拍子抜けした顔になった。

「はい、そのとおりの鑑賞で結構です」

あっというまにボールは藤ヶ丘側に投げ返されてきた。その後、また沈黙が続いてしまう。もっと何か発言しなくてはいけないのに。

「赤チーム、いかがですか？」

司会に促され、意を決したように茜が手を挙げて発言し始めたところで、無情にもタイムアウト。

「それでは判定！」

結果は白三本。

最初の試合、藤ヶ丘は負けた。

わかっていた。超初心者の集まりだもの。でもやっぱり、体がこわばる。

それでももう次の試合は始まっている。


中堅戦。攻守所を変え、白から披講。

(白) ぶらんこに最後の一人夕の青

(赤) ぶらんこや髪の匂いと冷たさと

赤から質疑開始。とにかく何か言わなければという焦りは五人とも持っていたようで、茜と夏樹とトーコの手が挙がる。発言者はまたトーコ。

「『最後の一人』という言葉、ちょっとさびしい情景が浮かんできます。そこに夕方の青味を帯びてきた空気が素敵だと思いました。『夕の青』という表現がいいと思います」

その発言に、相手チームがまたちょっと笑った。

次に白チームからの質疑。

「『髪の匂いと冷たさと』。これはブランコで揺れていて、自分の髪の匂いやその冷たさを改めて感じているという景でしょうか」

「そ、そうですが」

「ですが、この中七と下五では躍動感が出ていません。せっかくブランコという季語を取り合わせながら句全体に動きがないのでは、とてももったいないと思うのですが」

作者の茜も、言葉に詰まっている。

「……ですが、ブランコに乗っているからこそ髪が揺れる、ああこんな匂いだったか、こんなに冷たいのか、再認識する。そうじゃないでしょうか……」

「では、構成についてお聞きします。『髪の匂いと冷たさと』とありますが、『冷たさ』と対《つい》にするなら『どんな髪の匂いなのか』、それを詠むべきではないのでしょうか」

ああ、時間がない。茜は必死に応戦しようとする。

「ですが……」

そこでまたもやタイムアウト。

「はい、質疑はそこまで。判定お願いします」

……赤一本白二本。旗一本を獲得しただけ、さっきよりはましなのか。

大将戦。

(赤) ぶらんこや子どもの声も放物線

(白) 鞦韆《しゅうせん》揺れ長き一瞬地は固し

質疑は再度白から。

「ブランコに乗っている子どもの声が、ブランコと一緒に近づいたり遠ざかったりする。その景はわかりますが、それはブランコに乗っているなら当たり前ですよね？ それから、ブランコの軌道は放物線ではないと思いますが？」

まったく、どうしてみんなこんなに喧嘩腰なんだろう。たった十七音で当たり前でないことを詠むなんて、難しすぎる。

茜が必死に防戦しているが、ほかの四人はそれどころではなさそうだ。手元の歳時記を忙しくめくっている。

——ネックは『鞦韆』か。

瑞穂は心の中でうめく。

鞦韆はブランコのことだ。でも、馴染《なじ》みのない言葉だろう。読み方を知らなければ歳時記の索引にたどり着くにも時間がかかってしまう。結果、藤ヶ丘はまたろくに発言もできないうちに時間切れになってしまった。

「判定！」

旗の揚がる前から勝負はわかっていた。白三本。

藤ヶ丘女子高校、惨敗。

帰り道はみんな無言だった。当たり前だろう。俳句を少しだけわかって楽しくなってきたところだったのに、その自信が何も根拠のないものだと思い知らされたのだ。瑞穂も怖気づいていた。みんなの句、そんなに悪くないと思っていたのに、まるで自分まで否定されたような気持ちだった。俳句で試合するとはどういうことか、思い知らされた。とんでもないということを思い知らされた。

こんなに物を知らないで、戦い方も知らないで、俳句甲子園なんて出られるんだろうか。

だがその時、トーコがぱんと手をたたいて大きな声を出した。

「みんな、そんなにしょげないで。これからもっと強くなれる。私、考えるから」

トーコの励ましがそれなりに効いたのだろうか。次の活動日、全員がちゃんと図書準備室に集まった。

そのことに瑞穂はちょっと驚いた。やっぱり無理、もうやめる、一人くらいはそう言い出すかと思ったのに。それに、意外にみんな平然としている。

「まあ、負けたけど、こういうのは慣れてるんです」

理香がさばさばとそう言った。「コンクールに出ても、うわ絶対にかなわないってテクニックの人は必ずいるし」

「はい、世の中にはうわてがいるものですよね」

こっちは真名。間に座っている夏樹はまだへこんでいるようだが、一年生トリオは大丈夫だろう。そして会長の茜も気丈に笑っている。

「まあなんだ、何はともあれ、いい経験をしたな」

新野先生も何でもない顔をしている。

それで気がほぐれたのか、トーコが大げさに肩をすくめてみせた。

「それにしても俳句の試合ってあんなに非友好的なものなの？　あんなに相手の句をけなさなきゃいけないの？」

新野先生がなだめるように答えた。

「けなす一方でなくてもいいんだがな。まあ、場数を踏むことだ。そうすれば突っ込みどころがわかってくる。たとえば相手の句に『鞦韆揺れ』とあっただろう？　ブランコが揺れるのは当たり前なんだから揺れの二字は不要じゃないかとか、上五のところが結果六音になっているのは必然性があるのか、ほかの表現にすれば上五の定型におさめられたんじゃないか……というようにな」

「ああ、なるほど」

みんながうなずくのに、先生はふとつぶやく。

「こういうことならおれにも指摘できるんだが、問題はやはり実作の方だな……」

そして自分が注目を集めているのに気づいたのか、口調を変えた。

「まあ、実作については今考えがあるんだ。具体化したら報告する」

「どんなこと？　先生」

トーコが食いついたが、先生ははぐらかす。

「まだシークレットだ。待ってろ。ああ、それからもう一つ。歳時記は熟読して頭にたたきこむこと。鞦韆くらいは覚えておけ」

最後の指摘に茜と瑞穂を除いた四人が首をすくめる。

「じゃあ、作句開始」

その日の活動が終わる頃には、雰囲気はずいぶん回復していた。そして終了後。瑞穂はトーコに耳打ちされた。

「ね、ちょっと話があるんだけど」

二人きりになった図書準備室。

ぱん、と軽い音がして、瑞穂の目の前の机に、一枚の紙が置かれた。

「これ、俳句甲子園のエントリーフォームのコピー」

机の向かい側に座ったトーコが、まだ何も記入されていないその紙をすべらせた。

「……それで？」

「ねえ、とりあえず、座ってくれないかなあ？」

トーコは人懐っこい笑顔で瑞穂を見上げて頼むようにそう言う。

「なんか、ずっと見上げてるのも疲れるし。わざわざ同好会の活動後も残ってもらってるっていうのに、これじゃ私が引きずり回してるような気になっちゃう」

たしかに、あまりに喧嘩腰に見えるのもまずいだろう。

瑞穂はトーコに勧められていた椅子に、ゆっくりと腰を下ろした。

「それで、瑞穂、折り入っての相談なんだけど。このエントリーの締め切りが迫っている。定員五名、補欠登録もできるけどね」

「うん。知ってる」

瑞穂も、俳句甲子園のことは自分で調べているのだから。

「それに対して、私たち同好会の会員は六名でしょ」

「うん」

瑞穂は用心深く答えて、またエントリーフォームに目を落とす。トーコと視線を合わせなくてもすむように。

「それで、再確認なんだけど、俳句甲子園の大会について説明するね」

「あ、うん」

話はやっぱりこのことか。そろそろ出ると思ってたけど。

要領よく説明してくれるトーコの声にもうわの空で、瑞穂はあれこれ考える。

そう、俳句甲子園は、一チーム五名で参加する。

俳句同好会に入った時から、実際のメンバー編成はどうなるんだろうと不安だった。入会するまでわからなかったけれど、瑞穂が入った時、すでに五名の会員がいたのだ。

——私が入会したいって言わなければ、初期メンバーだけですんなりエントリーできていたんだ。

余計者の瑞穂さえいなければ。

自分を余計者とは考えないようにしてきた。瑞穂は、自分で言うのも何だが、国語の成績は学年でもトップクラスだ。国語の文学史の授業を受けている時にクラスメートの反応を窺うだけでも、自分の知識はすごいとわかる。うぬぼれではない。『枕草子《まくらのそうし》』や『徒然《つれづれ》草《ぐさ》』どころか『源氏《げんじ》物語』だって読んでいる。原文じゃなくて、現代語対訳のだけど。でも、漫画で読んで『源氏』をわかった気になってるクラスメートとは一緒にされたくない。俳句だって、一時期熱中していた。マイ歳時記を持っている高校生なんて、すごく貴重だと思う。

——そうかな。

瑞穂の心の中でもう一人の瑞穂がそうささやく。

——あんたは協調性ないし、作句経験者と言ったたって、たいしたキャリアでもないじゃない。その証拠に、今日作った句だって、あんたより初心者の一年生のほうが高評価なくらいだった。

それはともかく、瑞穂みたいに知識のあるメンバーは貴重なはずだ。順当にいけば、二年生三人——瑞穂とトーコと、ここにはいない会長の茜——と、三人の一年生のうちの二人をエントリーメンバーにするのがいい。

だいたい、二年生をさし置いて一年生がメンバーに入るなんて、そんなの……。

——はずれた二年生のメンツが立たないって？　情けない人間だね、瑞穂。

「……瑞穂？　続きを話していい？」

「ん？　ああ、ごめんなさい、どうぞ」

自分一人の考えに夢中になっているうちにトーコの説明は終わっていたようだ。

「まだ締め切りには少し時間があるけど、そろそろスタメンは決定した方がいいかなって」

ほら来た。

どうしてここに、会長の茜がいないんだろう。

——こういう話って、役つきの会員がそろって説得するものじゃないの？　落とすメンバーには。

瑞穂の頭の中に、いろんな声が渦まく。

——でも、あんたが落ちるとはまだ決まってないじゃない。

「うちの一年生三人のことなんだけどね」

トーコのきびきびした声で、瑞穂はまた現実に引き戻される。

「私たち、あの三人をＡＶＤ担当って勝手に呼んでるんだけど」

「ＡＶＤ？」

「そう。『Ａ』はオーディオ、つまり音声担当。三田村理香。声に出した時の言葉の響きにすごく敏感で、センスがあるでしょ」

「そうね」

たとえば今日の練習でも。歳時記をめくりながら、突然理香はこんなことを言い出した。

——ねえ、『神田川祭の中を流れけり』って、この句、すごく晴れ晴れしてますよね。

それ、ア段の音がいっぱいあるからじゃないでしょうか。ほら、十七音の内九音もア段。だからとってもおめでたい感じなんだと思います。

——わかったわかった、理香。わかったから、実作に戻ろう。

トーコは軽くあしらったが、瑞穂には新鮮だった。音で俳句を楽しむなんて。

それを思い出しながら瑞穂は続けた。

「たしかに。それと、理香って声もすごく通って聞きやすい気がする」

「そうだね。あの子いい声してる。さすが、一人カラオケが趣味で、カラオケボックスにマイキーボードを持ち込んで弾き語りするのがストレス解消法って言うだけあるわ」

「ふうん」

理香とトーコはそんな話もできているのか。瑞穂は一度も一年生とプライベートな会話ができていないことに、今気づいた。そう言えば、この間ほかの会員がカラオケに行くと言っていたっけ。でも音痴を気にしている瑞穂はことわってしまったのだ。

「マイクの使い方もうまいしね。それがカラオケのおかげっていうのは笑っちゃうけど、大事な能力よね。俳句甲子園では互いに相手校の句を鑑賞して発表するのにマイクを使うから、そこでもたもたしている学校はやっぱりパフォーマンス力が欠けると思われやすいもの」

瑞穂は無言でまたうなずいた。認めたくないが、今抱いているこのネガティブな感情は、嫉妬《しっと》だ。

下級生相手に。瑞穂の気も知らないトーコは、次の話を始めている。

「そして『V』はビジュアル担当北条真名。書道何段だったかな、とにかくそっちでも大会に出られるくらいの腕前で、視覚に訴える字面を選別できる」

「うん」

それもよく知っている。

真名は会員の句を毛筆で大きな紙に清書してくれる。それを遠くから見ると、たしかに印象が変わる句があるのだ。いつも自分のパソコンに句を作りためていた瑞穂には、これも新鮮な体験だった。

「そして最後の『D』はディベート担当、桐生夏樹。論理を組み立てるのが得意で人の言葉尻にも敏感。悪く言えば揚げ足取りが上手なだけなんだって本人は気にしてるけど」

「ううん、しゃべれるってことはそれだけで俳句甲子園には強いと思う。彼女、この間全校集会でクラス代表としてしゃべってたけど、たしかに全然あがってなかったし」

――俳句甲子園で勝利をおさめるにはどういう戦術がいいか。

新野先生が力説していたことだ。

――ポイントの第一は、鑑賞点をもぎとること。

トーコもあれを思い出していたらしい。

「新野が言っていた通りよね。鑑賞点がものを言う本番で、とにかく話し続けられる人間は強い」

瑞穂はじっとトーコの話を聞いていた。トーコの言うとおりだと思うけど、それにしても。

――私たち、ね。

その中に瑞穂は含まれない。茜会長とトーコは二人だけで、もう全部決めていたわけだ。

「そうだね、トーコ。私もそう思う」

複雑な気持ちを押し隠して、瑞穂は静かにうなずいた。たしかに、一年生三人は強い戦力だ。ここで、私はどうなるのよなんて見苦しくわめくのは、情けなさすぎる。瑞穂にだってプライドがある。

「それと、やっぱりうちの主軸は会長の茜でしょ」

「うん」

これもそのとおりだ。須崎茜は、一見ふわふわしているが、俳句に関してはすごくシビアだし熱心だし、実際、王道の俳句を作り続ける。先生の言うポイントの第二、「七点の句」を。先週の練習試合でも、今日の作句でもそうだった。

瑞穂にはそれができない。教科書通りの句を作るなんて、かえって恥ずかしいと思ってしまう。自分にしか作れない、すごくとんがって、人を驚かすような句でなきゃ、作る意味がないと思う。

なのに、評価されるのは、『骨法《こつぽう》正しい』と言われる須崎茜の句の方だ。

でも、いい。俳句甲子園の場でだって『骨法正しい』俳句は評価が高いんだから、須崎茜をはずすことはできない。

「これで四人。で、最後の一人なんだけど」

もういいよ、トーコ。

——こんなに丁寧に、外堀をじりじり埋めるみたいにして、私がいかにいらない人間か説明してくれなくてもよかったよ。そんなこと、もう最初からわかってたから。

一年生三人の能力も、茜会長の才能も、いまさら確認してもらわなくたってわかってた。

そして、このトーコ。

俳句は初心者だと言うし、たしかに句はぱっとしないが、夏樹に負けないくらいしゃべりは得意だし、頭の回転の速さは夏樹以上。対戦時間の短い俳句甲子園——鑑賞時間は一句につき、たった三分（決勝戦をのぞく）——で、一番鑑賞点獲得に貢献できるのはトーコに間違いない。

つまり。

——私、井野瑞穂はいらない人間だ。

別に、こういう経験は初めてじゃない。

自分がすごく得意なジャンルだ、みんなに認められてるって思っていたフィールドで、気がつけば誰にも相手にされない井の中の蛙だったと思い知らされるのは。

かまわない。俳句を続けたいって思ったのは、俳句続けてますってアピールしたい人がいるからだ。瑞穂はその人とつながり続けるために俳句をやっているのだ。俳句甲子園なんかどうでもいい。

そう思おうとするそばから、別の自分がささやく。

——どうでもよくはないでしょ。俳句甲子園に出ますって言ったら、きっと応援してくれる、褒めてくれる、そう期待したのも事実じゃないの。

「……だから瑞穂、お願いね」

「え?」

しばらく、トーコの言葉の意味がわからなかった。

それから、目を丸くしてトーコを見る。

「トーコ、今何て?」

「瑞穂、五人目のメンバーになって。実際に試合での順番を決めるのはもう少しあと、実際に句がそろうまで延ばすけど。顧問の意見も聞かないといけないしね」

「ちょっと待って。じゃ、トーコは?」

瑞穂はまだトーコの提案に半信半疑だ。だが、トーコはあっさり答える。

「私は補欠に回る」

「どうして?」

「私は創作ができない人間なの」

「そんなことないよ、みんな初心者なのは一緒じゃない」

ちょっと心にもない言い方かな。でも、全くの嘘でもない。瑞穂も自信をなくしかけているところだ。

トーコは不思議な笑い方をした。

「酷だなあ、瑞穂」

「え?」

「瑞穂にはわからないか。世の中には、そういう才能がない人間もいるんだよ」

「俳句を作るのにそんな特別な才能なんて必要かなあ」

長編小説を書くわけではないのに。ところが、トーコの目がきびしくなった。

「できる人間にはわからないのかな。さかあがりができない人間は、自分がどうしてできないのか説明できないでしょ。それと同じだよ。音痴の人間にどうして音をはずしちゃうのよって聞くのは酷じゃない?」

瑞穂が返事を探している間に、トーコはさっさと出て行ってしまった。

帰宅したのは七時過ぎだ。さっさと夕食を終わらせ、家族を残して自分の部屋に入る。母に淹《い》れてもらったミルクティーを飲みながら、デスクのパソコンを起動させた。

まずは習慣となっているネット上の創作板のサイトを立ち上げる。高校で文芸部をやっているような人間が、自由に集まって意見交換をしている場だ。

ここには、中学校時代の文芸部の仲間のブログからたどりついた。自由にコメントも書き込めるし、自分のブログへ誘導して作品を読んでもらうこともできる。俳句にも、ここで出会ったのだ。種田山頭火や尾崎放哉についてエッセイを書いているKANというハンドルネームの人がいて、そしてその先にハンドルネーム『種子《しゅし》』がいた……。

ネット句会を呼びかけていた、常連の『種子』は、小説も書いている人だった。ともすれば他人への批評が過熱しすぎて荒れがちなネット上でも、あたりが柔らかく公平で、建設的なムードに戻せる人だった。瑞穂はその語り口が大好きになった。

その縁で、『種子』が紹介していたある高校の文化祭イベントに参加した。その時はわからなかったけど、今考えればあれは明らかに俳句甲子園を意識した模擬試合だったのだ。その司会が『種子』。思ったとおりに大人の男性で、容赦なく相手に突っ込んでいく選手たちを、上手にまとめていた。ネット句会の時と同じに。

試合終了後、参加していた高校生たちは屈託なく話し合っていた。瑞穂はとてもその輪の中に入っていく勇気はなかったが、彼らの言葉の端々から、『種子』がとある高校に勤めていることを知った。

ふっと、『折々のうた』の本のことが頭に浮かんだ。手放すのが惜しくて、何か月もずっとロッカーの中にしまいっぱなしにしてしまった岩波新書。図書委員の風上にも置けない行動だ。返さないといけないと気づいたのは図書委員会の新年度の活動の時だなんて。俳句甲子園も、あこがれたけど自分にできるとは思えなかった。だいたい、校内で呼びかけて五人編成のチームを作るなんて、とても無理だと瑞穂は尻込みしてしまったのだ。茜とトーコがあっさりとクリアしたその最初の段階さえ乗り越えられなかった瑞穂。

自分にはできないことばかりだ。

ネットを見ていると、世の中にはこんなに優秀な人間がいるのか、ため息が出てくる。俳句甲子園は当然高校生が主人公なのだから、三年近く前に瑞穂が見ていた選手たちはもうほとんどがいない。卒業後もそれなりに活動している人はいるみたいだけど、やっぱり数は少ない。どんどん人が変わる。だから今は、瑞穂も以前ほど熱心に関わってはいない。せいぜい『種子』のブログだけだ。

『種子』は変わらず折々の随想を俳句をおりまぜてつづっている。新しい仕事も順調のようだ。

『種子』に、もう何か月も連絡していない。

もう一度ため息をついてパソコンを閉じ、学校から持ち帰ったノートを開く。最初は手書きする方がうまくいくのだ。パソコンに保存していくのは、句として整ったものだけだ。明日までに、もう少し作句しなければならない。

まずは、次に予定されている練習試合用の作品をしあげる。先週東亜女子学園を訪問しての練習試合、藤ヶ丘は散々だったのに、新野先生はさらに強い相手を引っ張ってきた。至光《しこう》学園。去年も俳句甲子園に出て、東京大会ではかなりいい結果を出しているらしい。

――だから、次の試合からは瑞穂、お願いね。

自分の屈折した劣等感になんて、今は浸っている場合ではない。とにかく俳句同好会に入れたんだもの。会員でいる限り、そして俳句甲子園を目指す限り、メンバーとも仲良くやっていかなければいけない。そしてチームに貢献しなくては。『種子』のために俳句を続けると決めたのだから。

今日もいろんなことを考えさせられた。同好会のこと、トーコの話してくれたこと、処理のできない自分の感情。

とりあえず指定されたとおり三句作って、また新しいページをめくる。

いよいよ俳句甲子園の兼題にも取りかからなければ。今年の兼題はすでに実行委員会から発表されている。地方ブロックの兼題は、例年どおり夏の季語が三題。

夜店
百日紅《さるすべり》

歳時記をぱらぱらとめくりながら、今は真夏だと自分に言い聞かせる。本当は五月だが、季節を先取りしなければならない。

自慢ではないが、こういうのは得意だ。目を宙にさまよわせて、夏の空気を思い出そうとする。

エアコンから噴き出る湿った冷風。外からは、じいじいとうるさい、名前も知らない虫の声。今夜は浴衣《ゆかた》を着てお祭に行くのだ……。

三十分後。

兼題に沿って作った句は、二十八句。

瑞穂は満足してながめる。

きっとそのうちにまた言葉を変えたくなったりするけど、とりあえず、明日同好会に行く前に選べばいい。

これなんか、すごく好きだ。

異世界は橋の向こうに夜店の灯《ひ》

いつもは暗い場所に、派手な夜店の明かりが並ぶ祭の夜。はしゃいで歩き回って、突然我に返る。ここはどこ。途方に暮れる女の子は、一人、まるで違う世界に迷い込んだようだ。

ひょっとしたら全部が夢だったの？　私は誰？　どこにいればいい？

そんな小説を書きかけたこともある。読んでもらったのは『種子』だけだけど。

粗筋をブログに上げた時は、常連のネット友だちから、結構酷評が返ってきた。

——ここではないどこか、自分の居場所を探すって、よく使われるフレーズだよねえ。

——同意。誰でもよく感じることじゃない？　結構ありふれてるっていうか……。

そんな中、『種子』だけは優しかった。

——誰にでもわかる感情を、うん、そのとおりって思わせたら、その時点でひとまず成功だと思うよ。だからまずは書いてみたら。

そう励まされても結局小説は完成できず、瑞穂は俳句に向き合うことにしたのだ。『種子』の専門分野だし。『種子』とは話が合ったし。だいたい、『種子』というハンドルネームは絶対『虚子』や『秋桜子』に影響されている。

——口語俳句にも興味があるの？　いいじゃない。三橋鷹女《みつはしたかじょ》なんかも、あの時代から刺激的な句を作り続けたよね。

あの一言は、本当に嬉しかった。

三橋鷹女。

みんな夢雪割草《ゆきわりそう》が咲いたのね

夏痩せて嫌ひなものは嫌ひなり

女はしとやかにと言われた時代に、口語でも文語でも自由な句を作った人。その好きな俳人を『種子』が引き合いに出してくれただけで、瑞穂は嬉しかった。

嫌いなものは嫌い。でも、本当にそうだろうか。好きなのか嫌いなのか、一体何が好きで何が嫌いなのか、自分でもわからないことがたくさんありすぎて……。

――『種子』のことだって同じじゃない。

瑞穂はため息をつきながら、ノートを閉じた。

数日経《た》って、二度目の練習試合の日がやってきた。相手は至光学園。会場は、藤ヶ丘の会議室。

「いやあ、女子校は華やかでいいですねえ」

至光学園文芸部顧問の小田《おだ》先生は、瑞穂たちの父親くらいの年齢に見えるおじさんだった。引率してきた生徒たちを紹介してくれる。

五人。一年生二名、幸田《こうだ》さん、塚脇《つかわき》さん、二年生が三人、石井《いしい》さんと後藤《ごとう》さん、そして、

「部長の高梨《たかなし》と言います。今日は、初対面の人と試合できるというので、楽しみです。よろしくお願いいたします」

気を呑まれているからかもしれないが、相手が全員ものすごく賢そうに見える。審査員は三名。至光学園がいつも指導をしてもらっている、小田先生所属の俳句雑誌の同人だという。

「至光学園の諸君の作句はお手伝いしていますが、今日はあくまでも初見の作の審査です。条件は両校とも同じですからご安心を」

「よろしくお願いします」

新野先生が神妙な顔で頭を下げる。「まったくの初心者の集まりですから、こういう機会は本当に貴重です」

試合開始。今日は二試合予定だ。

至光学園チームはアウェイだというのに、全然物おじしていない、場馴《ばな》れした雰囲気だ。かなりの俳句経験者なのかもしれない。

対して藤ヶ丘の方は超初心者集団。

いやでも先週の負けっぷりを思い出す。これで俳句甲子園に行くの？　今更ながら無謀な気がしてきた。だが、今日はとにかく乗り切らないといけない。瑞穂がしゃべりまくるしかないのかもしれない。

第一試合。赤チーム至光学園対、白チーム藤ヶ丘。兼題は「汗」。

先鋒戦、赤から披講。

(赤)　汗拭きて負けた記憶も過去のもの

(白)　稽古着の汗のにおいとすれちがう

なんとか質問をひねり出してこちらの時間を終わらせ、次に相手からの質問を受けて立とうとする。

「それでは、赤チーム質問をどうぞ」

立ち上がったのは高梨君。

「稽古着の汗のにおいとすれちがう」

高梨君は詠じてからふっと笑った。「景はわかりますが、『汗のにおいとすれちがう』というのは作りすぎではないでしょうか。現実には、誰かとすれ違うなら、まず視覚で認識しますよね？　わざわざ『汗のにおい』と取り出すところに作為を感じます」

意地悪な見方だ。でも、たしかにそう突っ込まれるかもしれないとは覚悟してきた。準備ができている分、こちらも先週よりは落ち着いている。

「白チーム回答を」

この句の作者である夏樹が挙手する。

「上五の『稽古着』でわかる通り、作者がすれ違ったのは、どんな武道なのか、稽古帰りの人です。そういう人であるからエネルギッシュに、足早に歩く。そして稽古着というのはそこまで見慣れたものでもありません。すれ違った作者は一瞬のことで稽古着にしか注目できなかった、けれど、汗のにおいだけは後まで残り、はっきりと印象に刻まれた。作りすぎではないと思います」

夏樹が座ると、すかさず高梨君が口をはさむ。

「そうでしょうか」

はっきりとわかる挑戦的な口調だ。

「やはり、ぼくは、景があまりはっきりしないと思うのですが」

よく「景」という語を持ち出す人だが、それはさておき。瑞穂は反論への反論を開始した。

「そうですか？　汗のにおいに注目したことで、すれ違った人の激しい稽古や充実した生活ぶりまでわかりませんか？」

きちんと反論したつもりだったのに、高梨君は平然としている。

「ちょっと視点を変えていいですか。全体としてひらがなが多いですね。そちらの言う激しい稽古とか充実ぶりとか、そういうのはひらがなのぼんやりした感じとはそぐわないと思うのですが」

「あの」

決心したような声で真名が手を挙げた。「たしかにひらがなはやわらかいイメージではありますが、ぼんやりしているわけじゃないと思います。ひらがなのやわらかさと稽古の激しさがそぐわないということはないと思います」

「どうかな」

すかさず、高梨君が突っ込む。「やっぱり、奇をてらわずに漢字を取りまぜた方がすんなり入ると思いますよ」

弁が立つ男ではある。だが、はっきり言うと、嫌味な男だ。

こいつ、絶対に友だちが少ない。

「すんなり入らなくちゃいけませんか？」

「だってすんなり入るっていうのはわかりやすいってことでしょう」

高梨君の反論に瑞穂がさらに言葉を重ねる前に、茜が入ってきた。

「今高梨君のおっしゃった『すんなり』と『わかりやすい』は同じじゃないと思うんですけど。たしかにひらがなが続くと、どういう言葉か、一瞬考えますよね。でも、だからこそ、ゆっくりと読んでゆっくりと心の中に入ってくる。それはわかりにくいというのとは違うと思います」

やがて判定。

赤一本白二本。

え？　次の瞬間、藤ヶ丘の五人は手を取り合って喜んでしまった。瑞穂も思わず両隣の一年生の肩を抱いていた。

勝てた！　勝つって、こんなに嬉しいのか！　ネット上で自分のコメントに同意がもらえた時よりも、ずっとずっと何倍も、体に力が満ちてくる。あたたかいものに包まれる。

思わず頰が緩む。たぶん、ものすごくだらしない顔になっていると思うのに、それも気にならない。

すなおに、嬉しい。やっててよかった。

中堅戦。

急に笑顔が増えた藤ヶ丘に比べ、相手チームはにくらしいほど落ち着いている。攻守所を変え、白から披講。作者は真名。

(白) 汗取りの紙しなやかに友笑う

(赤) 計算の紙堆《うずたか》し汗拭ふ

白の句、「しなやかに」は汗取り紙がしなやかなのか、友の笑い方がしなやかなのか、藤ヶ丘はうまく説明できなかった。

結果、赤三本で藤ヶ丘の負け。続く大将戦も赤二本白一本で負け。

先鋒戦に勝って大喜びしたものの、第一回戦、終わってみれば藤ヶ丘は一対二で負けた。

続く第二回戦の兼題は「鼻」。季語ではないが、俳句甲子園では、準決勝まで進むと、こうした季語とは関係ない漢字一字の兼題が出されるのだそうだ。超初心者集団の藤ヶ丘に比べ、至光学園は優勝を狙うつもりで準備をしているということだ。

だが、季語とは違って「鼻」を入れて作句というのはむずかしい。イメージがつかみにくいし、歳時記を繰って例句を見つけることもできない。

覚悟していたとおり、藤ヶ丘は「鼻」の句、先鋒戦中堅戦と立て続けに負けた。テーブルに並んだ五人はもちろん、空気がどんよりしている。でも、負け惜しみじゃなく、先週のように何もかも否定されたショックは受けていない……と思いたい。ここまで負け続けて慣れてきたのか、単に感覚が麻痺《まひ》しているのか。

いよいよ最終戦。

どうせ勝てないだろうなと思っていたから、ここに瑞穂の句を持ってきた。いいよと言った会員もやってみろと言った新野先生も、肝が太いのかやけっぱちなのか。

大将戦。

至光学園は高梨君の披講だった。

(赤) 窓越しのテレビ「鼻差か」春闌《た》ける

続いて瑞穂が立ち上がる。

（白）重たくても鼻で笑おう「やはりきらい」

この句でいいとみんなが言ってくれるとは思わなかった。最初から否定される覚悟で出した句だ。

第一に、季語がない。無季俳句も俳句として認められているけれど、季語に従うのが初心者の心得というのは常識だ。しかも六七六、字余りを重ねている。どうしても読んでいてもたもたした感じになる。

いろんな常識を無視した句である。まさに、王道の逆を行っている。

それでも瑞穂はこの句を出したかった。兼題「鼻」を聞いた時に真っ先に思い出したのがこの句だったのだ。作ったのはまだ一年生の時。

——面白いね。あの句を思い出しました。「夏痩せて嫌ひなものは嫌ひなり」。

あの時の嬉しさ。あの人が、瑞穂の好きなその句を、瑞穂の句で思い出してくれたなんて。

でも、今日出てきたほかの句に比べたら、この句が浮いているのは明らかだ。

「では赤チーム、質問を」

司会の言葉が終わるか終わらないかのうちに、やっぱり高梨君が意欲満々で口を開いた。

——うわあ、攻撃される。

瑞穂は、げんなりしながら覚悟を決める。

「無季俳句を作るには、それなりの覚悟がいるとぼくは思うんですが。そのへんのところ、この句はどうなんでしょう」

瑞穂は口をつぐんだままだ。この句については、何を言っても言い訳になりそうなので、何も説明すまいと決めてきたのだ。

「私、この句が好きです」

穏やかに受けてくれたのは、茜だった。

「たしかに季語はありませんが、この句の気持ちよさは、『鼻で笑おう』、この言葉でないと出なかったんじゃないかと思ったんです。だから季語がないことは気になりませんでした」

「じゃあ、次に。口語というのは気になりませんか？　ぼくたちはやっぱり俳句の伝統を学ぶべきだと思うんですよ。それを無視して、たとえば『鼻で笑おう』という表現には必然性がありますかね？　たとえば『鼻で笑ひて』と置き換えればよかったんじゃないでしょうか」

「それじゃ軽やかさが出なくなるんじゃありませんか」

今度は夏樹だ。「重々しければいいってものでもないでしょう？　口語でしか言えないものもあると思うんですけど」

「そうでしょうかね」

高梨君も、まだひるまない。

「ぼくは、そこまでして、俳句としてのリズムを崩してまで、この十九音でしか表現できないものというのが感じられないんですが。たとえば上五を『重くても』とすなおに詠むことはできたでしょう？　これじゃ、もたもたしてませんか？」

とたんに、二つの声が同時に飛び出した。

「だから『重た』いんじゃん」

「だから『重たし』って表現なんだと思います」

瑞穂は信じられない思いだった。トーコをさしおいてメンバーになった自分を一年生がどう思っているのか、ずっとこわかったけど。

理香と夏樹も瑞穂をフォローしてくれている。

「藤ヶ丘、発言は司会者の指名を待ってくださいね」

やんわりと注意されたのも気にならなかったくらいだ。しかも。

「判定！」

瑞穂の句に、旗が揚がった。一本だけだったけど。

結局、藤ヶ丘は二戦二敗した。

こうなるだろうと覚悟していたつもりだったのに、自分が思いのほか意気消沈しているのに瑞穂は驚いた。

一番俳句にくわしいつもりだったのに。くやしい。情けない。そしてなんだか、体が熱い。

それに比べると、ほかのメンバーは意外にがっかりしていない。

「六戦中で一勝できたね」

「うん、この間は全敗だったのにね」

「しかも、鑑賞点がついた勝負もあったじゃない。すごい、進歩だよ」

トーコがそう言って笑う。「やっぱり、瑞穂にやってもらってよかったんだ」

練習後、瑞穂は茜とトーコと、初めて三人で帰っているところだ。

「試合してよかったね」

「うん。すごい収穫があった。あの高梨って奴はいけ好かなかったけど」

「トーコ、そんなこと言わないの。高梨君こそ、ありがたかったよ。ああいうタイプが、きっと俳句甲子園にはぞろぞろいるんだから」

「うわあ、そうか。覚悟しておかないとね」

茜とトーコの会話を聞いているうちに、瑞穂は自然に言葉が出ていた。

「ね、ちょっと聞いてくれる？」

二人から向けられる視線を意識しながら、瑞穂は前を向いたまま続けた。

「私たちが強くなるために、新野先生のほかにも助力をお願いするのはどうかな。もちろん新野先生の了承がないと駄目だけど、筋が通った提案なら、新野先生はノーとは言わない気がする」

とたんにトーコと茜がいろめきたった。

「当てはあるの？」

瑞穂はうなずいた。

「去年の夏まで、うちの学校の司書教諭だった森先生。夏休みの終わりに、ある図書館に勤められるようになったって退職した人。俳句やってるよ。ネットにサイトを持っていて、ネット句会とか主宰してる」

そう、ハンドルネーム『種子』。『種子』がいるからこそ、瑞穂は藤ヶ丘に入学したのだ。

瑞穂の秘密を知らない二人は、熱心に取り囲む。

「うわあ、それはすごい」

「司書教諭だった森ね？　私結構好きだったよ。うん、森なら、新野も反対しないと思う。ぜひ、お願いしよう」

大喜びの二人がちょっと落ち着くのを待ってから、瑞穂はまた口を開いた。

「どうして私がそんなにくわしく知ってるかって、聞かないの？」

それから瑞穂は質問されるより早く言葉を続けた。

「あのね。私、森先生と、入学前から知り合ってたの」

二人は黙って話の続きを待ってくれている。

「私、中学生の時から高校生たちが運営しているネットのある創作サイトによく行ってるんだけど、そこで下手な感想書き込んでも優しいコメント返してくれる人がいて、そのうちオフ会みたいな場所で直接話をしたらますます気になっちゃって……。だけど向こうはもちろん、私のことなんて子どもとしか思ってなくて、何にもなかったんだけど……」

先生のブログに、今思い出したら赤面するしかないコメントを何通も送りつけてしまったこと。未完成の小説まで読ませてしまったこと。

「その人、藤ヶ丘に入学してみたら、先生してた……、つまりそれが森先生だったの」

ずるいな。正直には白状できなかった。本当は逆なんだとは。森先生に近づきたくて藤ヶ丘を受けたとは。だってそこまで言ったら、やっぱり常軌を逸していると思われそうだから。

でも、それ以外のことは打ち明けてしまった。

図書室づきの森先生に近づきたくて、一年生から図書委員を続けていたこと。森先生は瑞穂を認めても、何も顔には出さない。出してくれない。ネット上での交流もなくなった。

瑞穂はそれが寂しくて、つい次の行動に移ってしまった。去年の夏休み。図書室にいたのは瑞穂と森先生だけだった。ずらりと並んだ岩波新書の棚の前。

——先生、ほら、この整理番号、藤ヶ丘で生徒に付けている番号をほとんどカバーしてますよね。私は一年生で学年の通し番号13番だから113番、ほら、この『折々のうた』ですよ。

そんなふうに下手なきっかけを作って、森先生に『折々のうた』を渡した。中に、自作の詩をはさんで。次の時、棚に戻っている『折々のうた』をどきどきしながら開いてみたら、手紙はなくなっていた。森先生は瑞穂の手紙を受け取ってくれたのだ。

同じ学校の生徒になってしまったからには、軽はずみに学校の外では会えない。ネットの『種子』も、もう二度とオフ会の誘いなどしてくれなくなっていた。それは当たり前だと思う。校内では教師と、たくさんいる中の教え子の一人、そんな関係でしかいられない。

あの夏、さらに三回、瑞穂は『折々のうた』を先生の目の前で棚に返却した。三度とも、小さなメモをはさんで。自分の名前も森先生の名前も書いたりしない。ただ、どうしても先生に見せたい自作の句とか、取りとめのないエッセイまがいのものだ。

そして夏休みの終わり。

——井野さん、参考になるかな。

最後の図書室当番の時、今度は森先生がそう言って『折々のうた』を渡してくれた。中には、瑞穂が前にはさんだ四枚のメモ。きちんと語句は訂正され、講評が書いてあった。生徒の作品を教師が添削する、当たり前の流れだ。

たったそれだけ。そのまま森先生は新しい職場へと、藤ヶ丘を去った。

それなのに、二人だけの思い出ができたような——気がして、瑞穂はその『折々のうた』を書架に戻せずに、一年生の間中自分の手元に置いてしまった。学年が変わっても。新年度、蔵書点検をすることも知らず、このままではいけないと思いながら使用できない返却ポストの上に置いたりして……。

いつのまにか、三人の足は止まっていた。

「そのことで、誰かに不審がられたかもしれない。ごめん。図書委員としてはあるまじきことだったよね」

瑞穂はそこまで話し終わると、二人に頭を下げた。

馬鹿みたい、そう言われるかもしれない。教師を追っかけて、相手にされないのにまだあきらめられないなんて。俳句同好会に入ったのも、俳句甲子園に出るんです、そう言えればまた森先生にアプローチできると思ったからなのだ。今日の試合に出るまでは、そのうちこっそり自作を森先生のブログに送って添削をお願いして、またそんな交流を再開するきっかけにできればと思っていた。

でも今は違う。勝ちたい。そのためには作句のアドバイスだけでは駄目なのだ。そして、瑞穂だけが上達しても駄目なのだ。

茜やトーコに何も言わずに、知らん顔して森先生に指導をお願いしてもよかったのかもしれない。でもチームになるからには、話しておかなくてはいけないことだと思った。今日みたいに、自分の句をほかの会員がフォローしてくれることの、なんとも言えない嬉しさを味わってしまった後では。

——ずいぶんぼかして言ったけど、でもやっぱり、引かれるよね。

ところが。

「いいなあ」

思いがけず、トーコがうらやましそうな声を上げた。「いいじゃない、恋ができるなんて。森、まだ若いし、性格はよかったし」

「そんなんじゃないよ」

瑞穂は赤くなって否定する。自意識過剰で、独り相撲《ずもう》を取っていただけだ。恋なんて呼べるものではない気がする。茜も優しく口をはさんだ。

「うん、いいじゃない」

「あ、でも、それを言ったら茜だってそうか」

トーコに視線を向けられると、今度はなぜか茜があわてた。

「え、私のこと？」

狼狽した茜は、瑞穂にも見つめられているのに気づくと、決心したように言った。

「……でも、そうだよね。チームメートなんだから、白状する。恥ずかしいけど」

トーコが補足する。

「あのね、茜はね、会いたい人がいるのよ。他校の俳句甲子園出場者に」

「他校の？」

瑞穂はつい、まじまじと茜を見つめてしまう。茜がますます赤くなる。

「芳賀高校って、去年出場している男子校の生徒が、ひょっとしたら昔の知り合いかなっていう気がして、大会に行けばそのこと確かめられるかなって……。ごめん、瑞穂、すごく不純な動機よね。でも、連絡先もわからなくなってる子だから、ひょっとしたらって……あ、でも、今は違うのよ。真剣に大会を目指してる。潤君に会えるかどうかにはかかわらず、とにかくみんなで俳句やりたいから」

目当ての人は潤君というのか。

「うん。わかった」

なんだかつかえていたものを吐き出せて、さっぱりした思いだった。

瑞穂はまた歩き出す。あとの二人も足を速めて瑞穂に並んだ。

「おなかすいたね」

「どこかで、三人だけの反省会開いていこうか」

「うん、賛成」

瑞穂はずいぶん悩んでから『種子』のブログのコメント欄に連絡した。

――俳句甲子園に出たいんです。指導してくれませんか？

エンターキーを押すのにこんなに手が震えたのは初めてだ。すると、あっというまに返信が来た。

――頑張れ。心から応援します。それから、ぼくに声をかけてくれてありがとう。ただ、本当に申し訳ないんだが、返事はしばらく待ってくれますか。

きっとこれは遠回しのことわりなのだろう。

でもいい。ちゃんと応援してもらえたから。

瑞穂がそうやって自分の心をなだめながら過ごして、二日後。

「強力な助っ人を用意したぞ」

新野先生が満面の笑みを浮かべて図書準備室にやってきた。そのすぐ後ろにもう一人。

瑞穂は目を丸くした。

「森先生……」

「一年生は初対面だが、二年生はよく知っているな。去年の夏まで、ここの図書室に勤務してくださっていた森先生だ。ある大学図書館に異動されたんだが、俳句の造詣が深く、作句歴も十年以上の頼もしい指導者だ。おれが口説いていたのを容《い》れてくださり、今回、校長にも了承を得た。これから、外部講師の格で俳句の実作指導をお願いできるぞ」

トーコと茜がこっちを振り向いてにこにこしている。瑞穂のおかげだと思っているのだ。でも、そうじゃない。瑞穂が働きかけるより早く、新野先生が森先生にお願いをしていたのだ。大人の事情か何かですぐには公表できず、森先生は瑞穂への返事も保留していたのだろう。

でも、そんなことはあとで話せばいい。それよりも今はただ嬉しい。

久しぶりの森先生は、何も変わっていない。瑞穂は胸がいっぱいで、ただ頭を下げた。

「実作者に教わってみて、やっぱり違うのがわかったわ」

その日の帰り道。茜がしみじみと言ったのに、瑞穂も深くうなずいた。

「うん。どこがどうなんて、うまく説明できないけど……」

「でも、違うんだよね」

新野先生の理屈はわかりやすい。でもそれ以外、それ以上のものを森先生はすくい取ってくれる。

異世界は橋の向こうに夜店の灯

――これは私の句です。夜店の灯は、日常とは違う彩りですよね。まるで異次元のような。だから異世界という言葉を使ったんです。橋を渡ればその異世界に入る、自分はまだ橋のこちら側。そういう危うさに橋はぴったりだと思いました。

――詠みたかった景はよくわかりますよ。でもね、井野さんはもっと言葉に頼るといいかな。

森先生にそう言われた時、瑞穂だけでなく会員全員意味がわからなかった。森先生はさらにくわしく説明してくれた。

――俳句の世界では『季語を信頼する』と言います。『夜店』は日常とはかけ離れたもの、つまり『夜店』だけ句に取り入れればそれ以上の言葉を費やさなくても、そこは異世界になるんです。

瑞穂はものすごく大きなことに気づかされたような気がした。

――井野さんのこの句、『橋』と『夜店』の取り合わせがいいですよ。『橋』というのは異なる二つのものをつなぐものですからね。この句では日常と非日常という大きな世界をつないでいる。だから句も大きい。ならば、『橋』と『夜店』に内包されているイメージ……たとえば『橋』にある向こう側に渡るイメージ、『夜店』にある先ほど言ったような異世界のイメージ、それはもう句には盛り込まずにこの二つの言葉にまかせましょう。とすると、それ以外で、この句の中でもっと際立たせたい言葉と言えば何だと思いますか？

夏樹が手を挙げた。

——『灯』でしょうか？

——そう、その通り。『夜店の灯』、きれいであやしいその灯が作者にはどう見えているんでしょう。

瑞穂は懸命にイメージを形にしようとする。森先生がほかの会員の句を指導している間もずっと言葉の先にある世界を追いかけた。

そしてわかった。橋にさしかかりながら見る夜店の灯を、どう表せば、一番きれいであやしげで力がこもるのか。

夜店の灯ふくらむ橋の袂《たもと》かな

——いいぞ、井野、よく発見した！

一番興奮したのは森先生でも会員でもなく、新野先生だった。

——こうしてみると『ふくらむ』が実にいいな！　作者が夜店に近づいている、その動きと不安まじりの期待感までわかる。あやしげなイメージがあるのも夜店にぴったりだ！

いやあ、ありがとうございます、森先生！

——先生、子どもみたい。

トーコが笑い、それからつけ加えた。

——……って、私も今、結構嬉しくて興奮してるんだけどね。

以来、森先生の指導の下、俳句同好会は猛練習を開始し、そして無事にエントリーを完了した。

今年の兼題に沿っての創作句も提出した。

あとは対戦の日を待つのみ。

「なんだか、本番のずっと前に句を提出するのって、いいのか悪いのか」

提出後の、ちょっとほっとした空気の流れる活動日。理香がそうつぶやいた。

「俳句甲子園の実行委員会の作業を考えれば当然だとは思うんですけど。十分な余裕を持って句を集めておかないと、当日の準備が整わないですよね。でもやっぱり落ち着かないなあ」

「理香って、レポートとかもぎりぎりまで推敲するタイプでしょ」

「はい。与えられている時間は全部使い切らなきゃ損じゃないですか。最後の十秒でもっといいアイディアが浮かぶことだって、あるんだから」

「私もそう」

瑞穂も同意した。何回小説を書き直しても、一日経てばもっといい表現を思いつくのだ。

「真名ってさ、いろんな書道展に出品したりしてるんでしょ？　そういうのは郵送？」

振られた真名はいつもどおりおっとりと答える。

「大体はそうですね。私は先生に勧められるままに書いてますから、あとで入賞を知らされても、何を出したかもう忘れてることとかもあります」

「あ、そういうのと俳句甲子園は全く別よ」

茜が会長らしく活を入れた。「これからずっと、作品のことを考え続けていくからね。現在のできる限りの句を出したから、あとできることは提出句を愛し続けていくことだけなの。誰の作かはもう関係ない。私たち全員で全部の句をこれから読み込んで読み込んで、どんなに突っ込まれても完璧に擁護《ようご》できるように準備していくのよ。なにしろ、突っ込んでくるのはこの間の高梨君みたいな人が五人いるようなチームなんだから」

瑞穂は大きくうなずいた。

「あの句はみんな、私たちの子どもみたいなものだもんね」

「そう。だから全身全霊で愛していくの」

「うわあ」

照れと感嘆がないまぜになった歓声が会員から上がるが、茜は動じない。

「愛して愛し抜いて、当日はその愛をぶちまけるわよ。ところで、新野先生からいただいてきた地方大会当日の諸注意を今からトーコが配るから、ちゃんと読んでおいてね」

「え、なんだか集合時間がめちゃめちゃ早くない？」

その紙に目を走らせた瑞穂がこぼすのに、トーコはなだめるように言う。

「仕方ないのよ、羽田《はねだ》空港まで余裕を持って行かなくちゃいけないもの」

「どうして羽田なのかしら」

東京会場は例年どおり羽田空港である。

「みんな都内の高校なのに、わざわざ羽田まで行かなくちゃいけないなんて。どこの学校も電車乗り継いでモノレールまで乗っていく場所なんて。地方から飛行機乗ってくる参加校があるっていうんなら別だけど、これは東京の学校の試合でしょ」

真名が思いついたように言う。

「むしろ、どこの学校からも多少不便な場所の方が公平ってことじゃないでしょうか」

その後に続けて夏樹も言う。

「それに、飛行機で来なくちゃいけないような遠方の学校が東京で参加することも、できるんですしね。大会規定にのっとれば、エントリーの希望は日本全国どこの会場にも出せるんだから。実際にそういう地方高校があったとしたら、場所が羽田空港っていうのはすごくありがたいですよね。飛行機降りたらすぐ試合会場なんだから」

「ルール上はね。でもさあ、わざわざ自分の地元とは全然違う地方で出場しようと考える？」

だがそう言ってから瑞穂はむきになった自分を反省した。「まあいいや、帰ろうか」

一週間後。実行委員会から届いた東京会場の参加要領を見た茜の顔がこわばった。

「これ……」

「どうしたの？」

不思議そうに尋ねるトーコより先に、瑞穂は気づいた。

「芳賀高校の名前がない……？」

「え、芳賀高校、今年は出場しないの？」

茜のお目当てかもしれない男の子がいる学校が。

と、茜は顔を上げてきっぱりと言った。

「どこが参加しようと参加しまいと、そんなの関係ないよね。さあ、模擬試合開始」


会長の個人的事情にはかまわず、俳句同好会は当日に向けて着々と準備を重ねていった。

マイクに慣れること。発声をきちんとすること。新野先生や森先生にあらゆる限りの質問を考えてもらい、どう返すかみんなで頭をひねって作り上げた想定問答集を、暗記するほど読み込むこと。

そして何より大事な健康管理と喉《のど》のケア。

当日は万全な状態で全員が会場に臨まなければ、始まらない。

前日、最後の想定問答練習を終え、翌日の集合場所を確認して俳句同好会は解散した。羽田空港での現地集合でもよかったのだが、真名が一人で行くのは不安だと言うので、学校最寄りの駅で待ち合わせることにしている。

もう、やれることはない。あるとすれば制服をきちんとチェックして髪もしっかりシャンプー&ブローして——対戦中にスカートのシミや髪型が気になったりしたら集中できなくなってしまう——ちゃんと眠ることくらいのものだ。

だが、ベッドで瑞穂がうとうとしかけた時、携帯が着信音を鳴らした。トーコからの連絡だ。

——ね、俳句甲子園の対戦結果を見て。今日の結果がもうアップされてるから。

東京は例年どおり日曜日に開催だが、地方によっては今日、つまり土曜日に試合が行われたのだ。

言われたとおりにパソコンを立ち上げて、ブックマークしておいたページに飛ぶ。

「え？」

一人きりの暗い部屋で、思わず声が出てしまった。

宇都宮《うつのみや》会場優勝
芳賀高校（東京）

――東京じゃなくて、ほかの会場に出ていたんだ。

エントリーの希望は日本全国どこの会場にも出せるんだから。

でもさあ、わざわざ自分の地元とは全然違う地方で出場しようと考える？

――本当にそういうことを考えた学校があったのか。

東京会場は年々参加校が増えてきていると噂されていた。激戦を避けるなら、あえて他の地方へエントリーすればいい。

芳賀高校はそういう戦術を採ったわけだ。そして見事、全国大会への出場を決めた。

と、いうことは。

茜が芳賀高校チームのメンバーに会うためには、四国松山で行われる全国大会に出場するしかない。

明日の東京会場大会で優勝して。

〈東京大会まであと一日〉

第五章

閑《しずか》さや

——富士真砂子《ふじまさこ》

東京はまだ梅雨《つゆ》入りしていないらしい。だが、モノレールの窓から見えた空は雲が低く、今にも雨が落ちてきそうだった。

羽田空港に来るのは三か月ぶりだ。春休み、出勤日をやりくりして数少ない女友達と北海道に行った、あの時以来だから。

富士真砂子は羽田空港第一ビル駅でモノレールを下りて、表示を頼りにエスカレーターに向かう。羽田空港が大がかりなリニューアルをしてからかなり経つと思うのだが、利用するのが一年に数えるほどとあって、まだこの広大な場所に慣れていない。

ただし、今日はフライトの予定があるわけではない。目指す場所は、第一旅客ターミナルビル二階の特設会場だ。そこで、ある大会が開かれる。

俳句甲子園東京会場大会。

富士の勤務する藤ヶ丘女子高校の俳句同好会が、出場するのである。

「新野先生、いよいよ明日ですね。俳句甲子園」

昨日、帰り際に俳句同好会顧問の新野先生にそう声をかけたら、なぜかぎょっとした顔をされた。

「は、はあ……、そうなんです」

新野先生は富士より十歳ほど年下になるのだろうか。教科主任の富士にとっては気軽に話せる相手だが、向こうからすれば、年長の、しかも一応役付きの同僚ではそうもいかないのかもしれない。

それでなくても、女子校に勤める男性教師は、いつも、どこか肩身を狭くしているように見える。ことに、藤ヶ丘のようによく言えば自由闊達《かったつ》、悪く言えば野放図《のほうず》な生徒ばかりがいる学校では。この新野先生も、藤ヶ丘の男子職員の典型のような英語教師だ。

英語科の新野先生が俳句の指導に当たることからして、富士としては疑問を感じる。生徒会が承認し、校長が最終的なオーケーを出し、去年藤ヶ丘を退職された森先生にまで指導を要請したことだから、異論を出せる筋合いではない、それは百も承知の上で。

だが、内心思うことはいろいろあっても、富士はそれをおくびにも出さず、にこやかに新野先生を激励した。

「明日は頑張ってくださいね。私も、応援に参りますから」

「は？　あの、おいでになる……んですか？」

「もちろんです。わが校生徒の晴れ舞台じゃありませんか」

「はあ……。ありがとうございます」

少々気の抜けたような顔で頭を下げる新野先生に会釈して、富士は職員室を出た。来週の授業に備えて調べたいことがあったのを思い出して、図書室に向かう。

歩きながら思い出した。たしか、今年結成された藤ヶ丘女子高校の俳句同好会は、図書室に隣接している図書準備室で活動をしているはずだ。新設の課外活動の常で、ほかに活動場所を確保できなかったらしい。図書委員会顧問の新野先生が図書室の管理も受け持っているため、その縁で図書準備室の使用を学校側に願い出たのだろう。昨年度半ばで図書室司書だった森先生が退職して以来、後任が決まっていないのだ。

はたして、図書室から開いたドア越しに、準備室内で生徒が真剣な顔を突き合わせているのが見えた。

富士は、そっと足音を忍ばせて、書架に向かう。あそこに集まっているのが、俳句同好会の面々だ。会長は、二年生の須崎さん。数か月前、富士に向かって「俳句は文学です」と食い下がってきた生徒だ。国語の成績は優秀。去年の夏休み明けに提出した課題は素晴らしい完成度だった。須崎さんの横に見えた加藤さんも、最近彼女とよくくっついているのを見かける。

須崎さんにとって、富士は敬遠したい相手に見えていることだろう。だから、声をかけようとは思わなかった。

だが、しばらく経った時。

「やだ、その古語辞典、名前を控えてない。ちょっと待って、もう一度取ってくる」

そんな声とともに、一人の生徒が出てきた。富士に気づいて、立ち止まる。

「あ……、富士先生」

これも二年生の井野さんだ。彼女もよく知っている。だが、須崎さんや加藤さんとは違って、富士に親しんでくれている生徒だ。富士が顧問をしている文芸部にも所属しているから。井野さんはこちらに会釈して、国語辞典の棚に近づく。

「大会はいよいよ明日ですか」

慣れた様子で棚から岩波古語辞典を引っ張り出す井野さんに声をかけると、弾んだ声が返ってきた。

「はい」

富士は少しだけ驚いた。井野さんは、こんなに明るい反応をする子だったろうか。

文芸部での活動を見る限り、井野さんはよくありがちな「文学少女」に見えた。自分のうちに色々な思いを抱えすぎ、それを何より大事に思う反面、自分のオリジナリティなどどこにもないのではないかという危惧も捨てきれない、だからいつも身構えている女の子。

それは三十年前の自分にもよく似ている。

だが、今目の前にいる井野さんは、まっすぐ富士の目を見つめている。芯が太くなったようだ。

「準備はもうできているんですか」

富士がそう尋ねると、井野さんは困ったように笑った。

「うーん、準備完了って言い切る自信はないです。できるだけのことはやったと思うんですけど、でも、すぐに、そんなことない、足りないことだらけって気にもなるし……」

屈託のない井野さんと話しているうちに、富士もつい、お節介を焼く気になった。これは教師の性《さが》だろう。

「井野さん、俳句甲子園は兼題が与えられていて、それに沿った句をもう提出しているんですよね」

「はい」

「じゃあ、その兼題についていろんな辞書の説明をコピーして、まとめておきなさい。みんな愛用の辞書や歳時記は持っていくでしょうけれど、いざという時何冊もの資料を見比べている時間はないでしょう」

井野さんが困ったように小さく笑った。

「あの、富士先生、ありがとうございます。でも、この図書室にある辞書は全部、もうコピーし終わりました。新野先生に、同じようなことを指示されたので」

「ああ……、そうだったの」

富士は少しだけ恥ずかしくなる。「ごめんなさいね、余計なことを言いましたね」

「いいえ。ありがとうございます。私、文芸部と兼部になってしまうからって、富士先生にお話しした時、やりたいなら入会しなさいって言っていただけて、すごくありがたかったんです」

「かまいませんよ、そんなことは」

そうだ、井野さんは、俳句同好会に入りたいと富士に相談に来た時、ちょっと思いつめた顔をしていた。兼部することに、そんなに罪悪感を持っていたのか。

「忙しいのに時間を取らせましたね。すみません」

富士はほほ笑んで、日本史大事典を置いてある書棚に向かうことにした。


〈第一試合〉

羽田空港第一旅客ターミナル、二階。

目指す場所をそこまで把握していても、やはり会場を見つけるのに少し迷った。会場が思っていたより小さかったせいもある。広い羽田空港のターミナルの中では、ほんのささやかなスペースだ。

富士がたどり着いた時にはもう大会は始まっていた。足早に近づきながら耳を澄ます。マイクを通して聞こえてくる声は、男子のものだ。そして答える声も男子。

富士はほっとして、やや速度を緩める。

俳句甲子園については一通りの知識しかないが、各校があらかじめ提出しておいた句を披講し、相手チームが質問という名の批評を行い、それについて作者側が説明という反論を試みる——そうした質疑応答の内容と投句そのものによって勝負が決まるということは知っている。

両サイドから男子の声が聞こえてくるということは、この試合に藤ヶ丘は出ていないのだ。

特設会場の中央には「俳句甲子園」と大きな看板が掲げられ、その下に、俳句の書かれた二枚の大短冊が吊《つ》るされている。一番目立つところにはハの字形に二つのテーブル。白い布が掛けられたテーブルに着席しているのは男子生徒五名、赤の方には男子二名女子三名。

「……ですから、ここは『光る空』でなければならないんです。季語が動くというのは当たらないと思います」

やや小さい声で白チームの男子生徒が言い終わり、席に着くや否や、反対側の赤のテーブルから五本の手がまっすぐに勢いよく挙がった。

「では……、至光学園、高梨君」

「それではちょっと視点を変えます。中七……」

これか。噂の新星、至光学園チーム。

東京郊外に位置する私立の共学校だが、昨年、気鋭の俳人が国語教師として赴任した。以降、俳句甲子園を目指して強力に指導をしていると、人づてに聞いたことがある。

少子化が進む中、どこの高校も生徒の確保には腐心している。課外活動が活発であることのアピールは、優秀な生徒募集に大変有効だし、それ自体はまっとうな手段だ。俳句甲子園という、まだ目新しく攻略が比較的たやすいターゲットに目をつけるのも、悪いことではない。

東京会場にエントリーしているのは合計四チーム。リーグ方式、つまり総当たり戦なので各校が三試合、全部で六試合行うことになる。そして勝ち点の一番多い優勝校が全国大会への出場権を勝ち取るというルールだそうだ。全国大会へ進むには、もう一つ、作句だけを審査してもらう方法もあるが、そちらの方が勝算は低い。

四チームの中で上位を目指す程度のハードルなら、新進のチームでもまずまずの結果を残せる可能性は高いだろう。百数十校が参加する本家全国高校野球の地方大会と比較したら、どれほど勝ち上がりやすいかは明白である。

富士はそういった学校経営のあり方を批判しているわけではない。ただ……。

文芸という、大変に個人的な営みをそういったタイトルレースに使うことに違和感があるだけだ。たしかに、俳句は初心者でも入りやすいジャンルだろう。だからと言って、俳句甲子園に勝つことを目的として俳句を始める、それは正しいことなのか。

ただし、そういった富士の疑問と、参加選手の真剣さは全く別の話だ。自校の生徒が奮闘するのなら、応援はしなくてはいけない。

さて、初出場の藤ヶ丘の五人はどう戦うのか。

富士が見るところ、この至光学園はたしかに弁舌さわやかに戦っているし、披講されている句も俳句としての体裁が整っている。

発言していた至光学園の高梨君が席に着くと、観客席からかなり大きな拍手が起きた。

そして、行司《ぎょうじ》の声。

「そこまで。さて、ここまで一対一の好勝負でしたが、いよいよ大将戦の判定に移ります。それでは審査員の先生方、お願いいたします。判定！」

その声とともに審査員席から三本の赤い旗が揚がった。会場が小さくどよめく。

「判定は赤三本白二本！　第一試合を制したのは二対一で赤チーム、至光学園チームでした！　それでは各審査員の得点内訳を発表いたします。八嶋《やしま》先生、赤八点、白七点、鑑賞点一点が赤に入って、合計九対七で赤。次に……」

至光学園の選手たちは肩をたたき合って喜んでいる。応援している関係者がいるのだろう、観客席に向かって手を振っている選手もいる。それに応えるように、観客席の一画から、また大きな拍手が起きた。

〈第二試合〉


選手が退場すると、場の緊張した空気が緩んだ。次の試合開始時刻がアナウンスされる。

この会場は空港内のオープンスペースだ。当然、俳句甲子園のことなど知らない空港の利用客は会場の周囲をとぎれることなく通り過ぎていく。フライトの時間がせまっているのか急ぎ足の人、携帯電話を耳にキャリーバッグを引きながらわき目も振らずに進む人、いつもの空港の風景だが、中には、明らかにそこだけ雰囲気の違う試合会場の様子やマイクから流れ出る声に、何事かと足を止める人もかなりいる。

観客席としては、対戦スペースと向かい合わせて、ごくありふれたパイプ椅子が百ほども並べられている。出場チームに特別の控室などが与えられているわけではないらしい。

富士は、馴染み深い藤ヶ丘の制服を着た生徒たちがその観客席の前の方から立ち上がり、司会者席の後ろへ集合したのに気づいた。そこから入場するのだろう。新野先生や、去年まで藤ヶ丘のスタッフだった森先生の顔も見える。全員で、まず司会者から何か説明を受けている。

富士は少しためらったが、うしろの方の空いている椅子に座ることにした。今から激励に行っては、かえって生徒たちの集中力を削《そ》いでしまいそうだ。また新野先生に恐縮されるのも心苦しい。あまり前の方に出て行って、ほかの誰かの目に留まるのも、できれば避けたい。

しきりに生徒たちの頭が動いている。最後の打ち合わせをしているのか。

まもなく第二試合が開始された。藤ヶ丘女子は赤チーム。白チームは、富士も初めて聞く名の男子校だ。

兼題は第一試合と同じく「蟬」。

赤白二チームの選手が入場し、司会の言葉、試合を仕切る行司の紹介、続いてチーム紹介……と、型通りであろう流れの間、富士は正面に掲げられた兼題の「蟬」の文字を眺めながら、物思いにふけっていた。

蟬。

俳句の季語としては最上級に人口に膾炙《かいしや》している部類だろう。

もちろんあの句のおかげだ。

閑《しずか》さや岩にしみ入《いる》蟬の声

でも、と富士は思うのだ。

いったい、この句だけで何が言えるのだろう？　この十七音では様々な解釈ができてしまうではないか。つまり、作者の意図をこれだけの分量では伝えきれていないということになる。それでは、文芸としては不完全、未完成なのではないだろうか。

富士は、この句について文学史上有名な論争があるのを思い出した。

いったい、この句は何ゼミを詠んでいるのか。

かつて斎藤茂吉《さいとうもきち》はアブラゼミ、そして小宮豊隆《こみやとよたか》はニイニイゼミと主張し、激しい論争になった。そして実地観察が行われた。結果、松尾芭蕉が山寺を訪れた七月に鳴いているのはニイニイゼミということが判明し、この論争は一応決着した。

原典に十分な情報があったのなら、こんな論争は初めから必要がなかったはずだ。いやそもそも、芭蕉は『奥の細道』という紀行文に興趣を添えるためにこの発句を書き含めたのであって、その一句だけを取り出して鑑賞すること自体、芭蕉の意図からはずれるという見方もあってしかるべきではないのか。

そこまでして、なぜ十七音という短すぎる詩形にこだわるのか。

周囲から起きる拍手の音に、富士は我に返る。両チームの紹介がすんだようだ。

いよいよ試合が始まる。

「では、先鋒戦を開始します。先攻の赤チーム、ご起立の上、句を二回読み上げてください」

その声に促されて、緊張した面持《おもも》ちの藤ヶ丘の生徒が立ち上がった。一年生だろう。富士の教え子ではない。

正面に掲げられた赤チーム側の大短冊の覆いが取られ、句が現れる。そして生徒が披講。

(赤) それぞれの枝より落つる蝉の声

声は少し震えていたが、彼女はゆっくりと二回繰り返し、着席した。

「続いて白チーム、ご起立の上二回読み上げてください」

相手側からは右端の男子生徒が立ち上がった。

(白) 飛び立ちてけして戻らぬ蝉の声

「それでは質疑を開始します。まずは赤チームの句について、白チーム、質問をお願いします」

真っ先に手を挙げたのは、今自作を披講した生徒だ。彼がリーダー格なのだろうか。

「これは林の中で蝉の声を浴びている、そういう景なのだと思うのですが、『落つる』がちょっと唐突な気がします。その点はどうでしょうか」

赤チームからは、披講者ではなく須崎さんの手が挙がった。

「この句は、蟬の声を『落つる』と表現したのが面白いと思います。頭の上から降ってくる蟬の声って、本当にこんな感じがしませんか？　ほら、シャワーを浴びているみたいな……」

須崎さんの声が明るいので、ちょっとその場の空気がほぐれたようだ。

「では次の質問をします。『それぞれの枝より』、つまり、作者は林の中にいて蟬の声を聞いているんでしょうかねえ、それはわかるんですが、『それぞれの枝より落つる』では当たり前すぎませんか？　あまり景が広がらないと思うんですが」

藤ヶ丘側で応戦したのは、披講したのとはまた別の一年生。

「そうでしょうか。『それぞれの枝』、この言葉によって初めて、作者が蟬の声を聞いたのはアスファルトの道路上でもない、コンクリートジャングルの中でもない、緑の豊かな木々に囲まれた場所なんだ、それが想像できるじゃありませんか。そういう場所で聞く蟬、吹いている風の気持ちよさまで伝わってきませんか？」

「では、視点を変えます」

そう、白チームが次の質問をした時だ。行司のきっぱりとした声が割って入った。

「そこまで。それでは次に、白チームの句に対して、赤チーム、質疑をお願いします」

赤い布の掛けられたテーブルから、意欲満々の五本の手が挙がる。

——俳句で対戦するとはこういうものなのか。

富士は意外な思いに打たれていた。ある句に対して質問が投げかけられ、問われた方は応戦する。ただし、答えるのは作者だけではない。チーム全体が自軍の作品を応援している。質疑応答に与えられた制限時間をいっぱいに使って。

こんな鑑賞の仕方を経験するのは初めてだ。だが同時に、既視感もわいてくる。どこかでこんな手法を学んだ気がする。

——そうか。

藤ヶ丘の五人が熱心にそして容赦なく相手の作を追い詰めていくのを聞くうちに、富士は気づいた。

——これはつまり、歌合わせと同じなのだ。

歌合わせ。

富士自身がそのような場所を経験したことはない。だが、王朝の時代、左右に分かれてそれぞれに歌を詠み、自陣の歌を擁護し敵陣の歌を批評して判者に優劣決定を委ねる、そうした和歌の鑑賞法は大変に一般的で、なおかつ歌人にとっては真剣勝負の場所だった。

この対戦方法と全く同じだ。

「……『けして戻らぬ』ですが、蟬って、実物は目にできなくて、ただ声だけで、あああそこにいるんだなって、そうわかることはよくあるじゃないですか。この句が詠んでいるのはそういう」

白チームの反駁《はんばく》の途中で行司の声が割って入った。

「そこまで。では、審査員の先生方、判定をお願いします」

質疑の時間は厳密に計測されている。どんなに攻め込みたくてもまたは反論したくても、タイムアウトになったらそこで終わる。この試合は瞬発力やとっさの判断力も必要とされるらしい。

審査員は五人。いずれも俳句の世界では権威のある俳人なのだろう。

「では、判定！」

五本の旗が揚がる。

赤三本、白二本。

藤ヶ丘が勝った！

「評価シートの発表です。八嶋先生、赤七点、白六点、鑑賞点一点が赤に入って八対六で赤。次に……」

藤ヶ丘は、とにかく初戦を勝利で飾れた。

富士は、思わずほっと息をつく。

続いて二人目、中堅戦。攻守を替えて白チームから披講。

(白) 初蟬や長文和訳はかどらず

次に赤チームの披講。

(赤) 蟬しぐれ陽射しのごとくあふれをり

藤ヶ丘で披講したのは、井野さんだった。

——どちらも素直な句だ。

特に相手チームの句は高校生にしか作れないかもしれない。鳴き始めた蟬、なかなか進まない英語の課題。

——さあ、彼女たちはこの句に対してどう攻めるのだろう。

富士はつい身を乗り出す。

真っ先に手を挙げたのは須崎さんだった。

「あの、私、この句を読んでとにかく、ああわかるって思ったんです。本当、こういうの、ありますよね？　もう蟬が鳴いている季節になって期末テストも近づいたっていうのに、全然勉強が追いつかなくて、蟬のせいでどんどん焦りばかり募っていく、ちょっと待ってよ蟬、まだ鳴かないでほしいのに！　っていう感じ」

感情のこもった声に、場内から小さな笑い声が起きる。

「情景がとてもよく浮かんでくる、素敵な句だと思いました。……でも」

須崎さんの目がきらりと光る。「蟬が鳴き始めた、夏の始まり、そのわくわくする思いと『はかどらず』という否定の言葉の取り合わせが果たして効果を上げているでしょうか？」

相手チームから男子生徒が立ちあがる。

「今鑑賞していただいたとおり、これは高校生なら誰でも経験する心の動きを詠みました。けっして効果がないわけではないと思います」

先鋒戦の時から比べても、さらに熱がこもっている。

そして、判定。

揚がった旗は白三本、赤二本で白の勝ち。

赤の藤ケ丘は鑑賞点一点ずつをすべての審査員からもらったのだが、肝心の作品点で一点劣っていたため、敗北が決まった。総合点で同点である場合は、作品点の優劣で勝敗を決するルールなのだ。

――さあ、これで一対一。

「白熱しております第二試合、勝負は最後の大将戦で決定します。それでは再び攻守を替え、赤チームから披講をお願いします」

ゆっくりと立ち上がったのは須崎さんだった。

その句。

(赤) 蟬の殻重力離脱成功す

結果的に、第二試合で藤ヶ丘は見事に勝利をおさめた。

須崎さんの句に高い作品点がついたのだ。

退場した選手たちのところへ、富士は人ごみをかきわけて近づいてゆく。

「おめでとう」

声をかけると、まず森先生が振り向いた。

「あ、富士先生。おいでくださっていたんですか」

「ええ、拝見しました。みんな、頑張りましたね」

須崎さんをはじめとする選手たちが、曖昧《あいまい》な表情で、でも丁寧に頭を下げる。

須崎さんが、自分を煙たく思っていることは、富士も自覚している。だから生徒たちへ言葉をかけるのも早々に、富士はまたさっきの席へ戻った。まだ一勝しただけだ。生徒たちの集中力をとぎれさせてはいけない。

席に戻って見ていると、一人の生徒が選手たちに駆け寄っていった。富士に対する態度とはうってかわって、今度は選手たちが素直に喜びの声を上げている。この生徒も藤ヶ丘の制服。須崎さんと仲がいい加藤さんだ。

——あ?

その時、富士は初めて気がついた。

加藤さんは、今の試合に出場していなかった。

——なぜだろう。

加藤さんはなかなか優秀な生徒だ。俳句同好会にほかの人材がいるなら話は別だが、富士の見るところ、須崎さんと井野さん以外の選手は明らかに一年生だ。なぜ、二年生の加藤さんをスターティングメンバーにしなかったのだろう。授業態度を思い出してみても、加藤さんはいかにもこうした場で、弁舌さわやかに持論を繰り広げられそうなのだが。

ただ……。

——そうか、加藤さん、創作は……。

藤ヶ丘の現文の授業では、年に三回ほど自由に創作をさせる。生徒の個性がよく出る課題だ。たとえば井野さんなどは原稿用紙十枚でも書いてくる。だが加藤さんはいつも二分の一枚程度だった。優秀であってもゼロから何かを創出するのが苦手な生徒はいる。

と、喜び合う生徒たちの輪から、その加藤さんが抜け出した。こちらへ近づいてくる。目が合った。

加藤さんは一瞬目を丸くしただけで、取り澄ました顔に戻ると、富士にぺこりと頭を下げてそのまま横を通り過ぎた。そして会場の外へ出て行く。

「それでは第三試合を始めます。選手が入場しますので、拍手をお願いします……」

加藤さんは、どこへ行くつもりなのだろう。

第三試合が進んでいっても一向に戻ってこない。藤ヶ丘はまだ一試合終わっただけで、これから第四試合と第六試合に出場予定なのに。

またもや至光学園が押し気味の第三試合、先鋒戦が終わったタイミングを見計らって、富士も席を立った。加藤さんが消えた方向へ行ってみる。

意外にも、加藤さんはわけなく見つかった。さっき富士がモノレールを降りて上ってきたエスカレーターの降り口近く。こちらに背を向け、携帯電話を耳に、しきりに話し込んでいる。

富士が近づいていくと、ちょうど通話を終わったらしく、左手の電話をスカートのポケットにしまいこんだ。そしてこちらに気づいた。

「あ、どうも富士先生。さっきはろくにご挨拶もしないですみませんでした。ありがとうございます、わざわざ応援に来てくださって」

「そんなことより、加藤さん、あなたは出場しないの？」

加藤さんはあっけらかんと首を振った。

「はい。私、補欠ですから」

「あなたが？」

「うちのチーム編成、内訳は二年生が私以外の二名、あとは一年生が三名なんです」

「どうしてまた……」

「先生、私の国語の成績、よくご存じじゃないですか」

こだわりない口調で答えた加藤さんは、真剣な顔で右手に持っているスマートフォンの画面を操作している。

「それより、こっちの任務の方が大事です。あ……、先生、ちょっと失礼します」

加藤さんのポケットの中で、着信音が鳴り始めたのだ。加藤さんは右手で操作を続けながら、左手でさっきの携帯電話を取り出した。

「もしもし……、あ、私。トーコです。どう？　来られそう？」

そしてじっと相手の声に耳を傾けている。その合間にも、右手はひっきりなしに動いている。

「わあ、助かる……。場所、わかる？　そう、羽田空港。第一ビルで降りて、エスカレーターで上がった二階。大きな声がする方に来ればいいわ」

通話を終えた携帯電話をまたポケットに入れながら、加藤さんはつぶやいた。

「これで一人追加、と」

「加藤さん、あなた、何を……」

加藤さんはスマートフォンの画面から目を上げて富士を見やると、唇の隅に笑みを浮かべた。

「これは盲点でしたよ、先生。ギャラリーの確保が必要だったのに」

「え？」

「どうしても勝ってもらいたいんです。だから、私にできることは何でもしようと思って。うちの選手が相手に呑まれることがあっちゃいけませんからね。……そうだ、先生」

加藤さんが目をくるりと動かして聞いてきた。

「先生、今日暇を持て余していて、すぐに羽田に駆けつけてこられそうなお知り合いはいませんか？」

なおも二台の携帯電話の操作を続ける加藤さんを残して、富士は会場に戻ることにした。あいにく、藤ヶ丘で富士が親しくしている同僚は今日出払っている、そう答えたら、あまり期待もしていなかったような表情の加藤さんに、会話を打ち切られたのだ。

「先生、すみません、時間が限られているので失礼します」

そう話す合間にも、今度はスマートフォンが鳴り出す始末だ。

「もしもし？　ええ、やっかいなことお願いしてしてしまってごめんなさい……。え？　来てくださるの？　わあ、嬉しい！」

富士は驚いた。今の電話に出た途端、加藤さんの声のトーンがはねあがったのだ。まるで、そう、男の子とデートしている女子学生のように。だがまあ、生徒のプライバシーに立ち入るわけにはいかない。会話の盗み聞きなどもってのほかだ。

席に戻ってみると、あいかわらず弁舌さわやかな高梨君が場を仕切っている。すでに先鋒戦を勝ち取っている余裕と勢いが感じられる。

試合が進むにつれて、富士は落ち着かなくなってきた。加藤さんが戻って来ないのだ。出場しないと言っても、次の試合はまた藤ヶ丘が戦うというのに。

ちらちらとエスカレーターの方を窺ううちに、大将戦も至光学園の勝利に終わった。会場、特に至光学園の応援団からひときわ大きな拍手が鳴り響く。それは司会の声が聞こえるまで続いた。

「ご覧のように、第三試合は至光学園が三対ゼロで勝利を収めました」

至光学園、前評判どおり強い。

と、目の端で、すぐにそれとわかるセーラー服がひるがえった。

加藤さんだ。またもや電話を耳に、小走りに移動していく。

好奇心に負けた富士も席を立った。

——どうしても勝ってもらいたいんです。だから、私にできることは何でもしようと思って。

そう言っていた彼女は、何をしようというのだろう。

加藤さんはさっきと同じくエスカレーターの降り口のところに陣取って、携帯電話をまだ耳に当てたまま、次々に上がってくる人の群れをにらんでいる。

と、誰かを見つけたらしく、大きく手を振りだした。そして、

「サカイ君ですよね？　お待ちしていました！」

またただ。いきなり加藤さんの声のトーンがはねあがった。これはもう、デートに浮かれている女子の声そのものだ。校内活動でも教室内でも、常に落ち着いた、はっきり言って女の子らしくない話し方をしている加藤さんが、こんな声を出すことがあるのか。

「ありがとう！　嬉しいです、来てくれるなんて！」

加藤さんに駆け寄られ、もじもじしているのは男子高校生だろう、Tシャツにジーパン、片手にスマートフォンを持った、いかにも今風の男の子だった。

「ええと、あの、ハルちゃん……ですよね、はじめまして。あ、あの、会えて光栄……」

「ストップ」

加藤さんが相変わらずの声で、優しくさえぎる。「そのハンドルネームは、ここではご遠慮くださいな」

「は、はい！」

直立不動になったサカイ君はそのままぎくしゃくとうなずく。「すみません、よけいなことを……。あ、それであと二人、近場にいた奴を連れてきました」

「まあ！」

加藤さんの声がさらにかわいらしくなる。サカイ君に手招きされて二人に近づくのは、これも似たような姿かたちの少年二人。

「本当に嬉しいです！　ありがとうございます！」

その加藤さんの声に居心地悪そうに肩をすくめている少年三人の外見は、こう言っては何だが、お世辞にもスマートとは言えない。

「いいえ、こっちこそ、お役に立てて……」

「あの、おれらなんかが来て、本当にいいんですか……」

口々に答える声も、なんだか頼りない。この四人の集団、仕切っているのは明らかに加藤さんだ。

「そんな、大歓迎です！　あ、会場はあちらなんですけど……。その前に」

加藤さんはちょこんと小首をかしげてつけ加えた。「失礼な言い方で許してくださいね、実行委員会がうるさいので、電子機器は会場ではお出しにならないでくださいますか？　できれば何かにしまっておいていただけると……」

とたんに、三人の少年の動きがあわただしくなった。

「も、もちろんです！　おい、しまえよ、ここに」

サカイ君が音頭を取り、三本の手がサカイ君の肩かけバッグの中に、スマートフォンをそれぞれ投げ込んだ。そして申し合せたように、加藤さんを見る。

その視線を受け止めた加藤さんは、よくできましたという笑顔で応え、一礼した。

「それじゃ、私はチームの方に戻らなくてはいけないので……、くれぐれもさっきお願いしたこと、よろしくお願いいたします」

「まかしといてください！」

声をそろえた三人は、加藤さんの背中を見送っている。一人がうわずった声でつぶやいた。

「いいなあ、リアル藤ヶ丘のセーラー服だぜ……」

「藤ヶ丘って頭よくって敷居が高いイメージだもんな、ここで見られてよかったよな」

「しかも、シュレッダーシンの降臨なしで話ができたぜ……」

三人はうっとりしたような足取りのまま、俳句甲子園の会場に向かっていく。

あっけにとられて一部始終を見ていた富士も、はっとして会場に戻ろうとした。

藤ヶ丘の次の試合が始まってしまう。

だが、そこで足が止まった。

特設会場の後ろの方で、高価そうな白紬《しろつむぎ》の和装に身を包んだ初老の男性が、おそろいのポロシャツ姿の運営スタッフ二人と話し込んでいる。ゆったりと扇を使っている男性は、見るからに風流な俳人といったたたずまいだ。

そして、富士はあの男性が見た目そのままの人物であると知っている。父の知り合い……、いや、知り合いのそのまた知り合いだったか。父に連れられて行った会合や句会で何回か挨拶させられた。自意識過剰かもしれないが、向こうも富士を覚えているかもしれない。

富士はそのまま動けなくなった。


〈第四試合〉

かの俳人は一向に急ぐ気配もなく、第四試合はそっちのけで楽しそうに雑談していたが、やがて運営スタッフに案内されて上座《かみざ》に向かった。

その間に試合はかなり進んでいた。ようやく富士が元の席に着こうとした時には、すでに行司がこう叫んでいるところだった。

「判定！」

揚がった旗は赤二本白三本。

——どちらが勝ったの？

視線を前にやると、白い布のテーブルの前で、藤ヶ丘の五人が肩を抱き合っている。

「初出場の藤ヶ丘、やりました！　これで二試合連覇です！　では、審査員の先生の評価シートを発表します」

思わず、富士も大きく息をつく。

この試合も、勝てたらしい。

これで対戦成績は二勝ゼロ敗。

——これは、もしかしたら……。

観戦者である富士としても、つい期待がふくらむ。

最初に確認した通り、この会場で最も勝ち点の多かったチームは、全国大会へ進める。

そして、各チームは三試合行う。

つまり、あと一勝すれば優勝できるかもしれない。

司会が試合終了を告げると、改めて拍手が起きた。その中でもひときわ大きな音は、かなり前のほうから聞こえる。

そちらに目をやった富士は、思わずつぶやいた。

「おやおや……」

新野先生や森先生のすぐ後ろで、立ち上がって手をたたいているのは、さっき加藤さんが出迎えていた少年三人組だった。

「茜……、いえ、会長は有能なんですけど、人前でのパフォーマンスに慣れてないんですよね。そのかわり、波に乗ればちゃんと実力が出せるはず。一年生のうち二人は舞台度胸満点なんですけど、最後の一人がデリケートなメンタルだし」

休憩時間、加藤さんはあいかわらずスマートフォンをにらみながら、富士にそう説明してくれた。

「だから、加藤さんは『ギャラリー』を確保したわけね？」

「はい。第一試合の至光学園を見ていて、このままじゃまずいと気がついたんです。もっと早くに考えておくべきでした。でもまさか、あんなに応援団を引き連れてくるとはね……」

富士も加藤さんにつき合って、またもやエスカレーター近くに陣取っている。空き時間に会場をうろうろしていると、また余計な人に出くわしそうなので、富士にとってもこの場所は都合がいい。

第六試合で藤ヶ丘は至光学園と対戦する。成績はどちらも二勝ゼロ敗の、直接対決。つまり、この試合の勝者が優勝、そして全国大会への出場権を勝ち取ることになるのだ。

「あの至光学園の応援団、本当にえげつないですから」

「ああ、そう言えば……」

たしかに発言に対して盛大な拍手が起きるのは、至光学園の質疑の時だけだ。

「どうもね、学校内部から都合のつく人間相当数と、あとはたぶん選手の保護者まで動員してるみたいですね。考えてみれば当たり前でした。本家の野球甲子園なんか、アルプススタンド埋め尽くすほどの応援団が押し寄せるじゃないですか」

「そうね……」

富士も考えていなかった。事前に手を回しておけば、もう少し藤ヶ丘のサポーターを引っ張って来れたのに。

「それに、うちの会員、みんなシャイなんですよ。親にこんなとこ見られたら、恥ずかしくて何も言えなくなっちゃうとか、本気で言い出しそうです。だから、私が手配しなくちゃ。まだ第六試合に間に合いそうな人員に少しは心当たりがありますから」

「さっきのサカイ君たちみたいに？」

加藤さんはぺろりと舌を出す。

「あ、先生、見てたんですか？　彼らとはいつもはネット上でつながってるだけですから、もう一つ不安だったんですけど、背に腹は替えられませんからね。あこがれの藤ヶ丘女子をリアルで見られるって言ったら、飛びついてきましたよ。羽田まで一時間以内で来られる人間って縛りをかけると、どうしても限られますからね。この場合、どういう人間かより数が大事なわけですし」

そこまで聞いて富士は思い出した。

「そう言えば、あの男の子たち、不思議なことを言っていたけど、加藤さんにはわかるのかしら」

「何ですか？」

「たぶん、シュレッダーシン……って言っていたような」

加藤さんが噴き出した。

「いやだあ、そんなことまで先生に聞かれたんですか？　何でもないですよ。ちょっとした伝説です。シュレッダーシン。最後の『シン』は『神様』のことです」

「神様？」

「はい、先生。特に文化祭の時に出没するんですけどね。うちの文化祭にも、他校の男子生徒が押しかけるでしょう？　それで、この時とばかり、勇気を出してうちの女子に連絡先を書いたメモとか、手渡す奴が出てくるわけですよ。よかったらぼくに連絡くれませんか、と」

「はあ……」

教師の側では、そこまで把握してはいない。だが、ありそうなことではある。そこで富士は思い当たった。

「じゃあ、加藤さん、シュレッダーっていうのは……」

「はい。お気の毒ですが、そういうメモや手紙は大半、即刻シュレッダーにかけられるんです」

「相手からの手紙を？」

古めかしい言い方で言えば、ラブレターではないか。それをシュレッダーにかけて粉々にしてしまうというのか？

富士の反応を見た加藤さんは、言葉を足す。

「いや、人道的な処置だと思いますよ？　大勢の女子が回覧してひそかに笑いものにするよりは、人目につかずに始末する方が慈悲深いってもんじゃありません？」

言葉の使い方が間違っているような気がするが。

「だってね先生、実は、こういう面倒な手紙類はとっとと処理したいという要望がずっと出ていたらしいんですよ。それで、二代前の文化祭実行委員会が、予算でシュレッダーを購入したんです。手動式の安物ですけど。で、文化祭開催中、そのシュレッダーには『カミ』と貼り紙されて、各教室を巡回するわけです。いらんものが出たら、即刻これで片づけて、とね。それを他校の誰かが見て『カミ』イコール『神』と誤変換したようですね。

かくして、藤ヶ丘には生徒を他校のけしからん奴から守護する『シュレッダー神』が降臨すると伝説化されたんです……。あ、始まりますね」

加藤さんはさばさばした口調の説明を残し、仲間の輪の中に戻っていってしまった。

〈第六試合〉

第六試合、藤ヶ丘女子高校はまた赤組だった。

兼題は「百日紅」。

「では、先鋒戦です。まず赤チーム、お願いします」

初めて富士が披講を見るロングヘアーの一年生が立ち上がり、やや上ずった声で句を読み上げた。

（赤）会心の文字青々と百日紅

「次に白チーム、お願いします」

立ち上がったのは、もう名前を覚えてしまった至光学園の高梨君。

まずは白チーム、至光学園からの質疑。高梨君はあいかわらず積極的だ。

「赤チームの句の『文字青々と』は、習字、つまり墨で書いた文字が青々としている景ということでいいんでしょうか」

至光学園の応援席から盛んに拍手が起きる。それにも気《け》おされずに答えたのは井野さんだ。

「はい。自分の書いた字に満足できた、その青々とした墨の文字。外に見える百日紅のきれいさが満足感をさらに高めてくれる、そういう嬉しさを表現しました」

井野さんの発言が終わるか終わらないかのうちに、客席から拍手が起きた。藤ヶ丘の生徒たちが目を丸くする。

盛大に手をたたいているのは、さっき加藤さんと話していたサカイ君たちだ。いや、もっと数が増えている。五人？　六人？

観客席最前列の加藤さんが振り向き、彼らに向かってほほ笑んで、小さく手を挙げる。と、拍手はぴたりとやんだ。

質疑応答は続く。

「しかし、百日紅の赤い花と、『青々と』という取り合わせはどうなんでしょう。意図的というか、ねらいすぎている気がしますが」

披講した一年生が説明に立ち上がる。

「あの、この墨で書いた文字が『百日紅』だと、そういう解釈をしてもいいんじゃないかと思います」

藤ケ丘応援団からまたも拍手が起きるが、富士はそれどころではなくなった。

――まずい。

その発言では、さっきの井野さんの説明とぶれる。

だが、どうしようもない。

はたして相手チームはそこにくいついてきた。

「あ、そうすると、景が動きますね？　会心の文字がイコール百日紅だったという景なのか、実際に百日紅はその場に咲いていて写生されたものなのか、そこの説明をいただけますか？」

今度は至光学園側から盛んな拍手、そして赤チームは一瞬の沈黙。そのあとでさっきの一年生が思い切ったように言った。

「『百日紅』という文字はきれいだと思います。文字にした時の美しさとか、漢字のたたずまいとか……」

「そこまで！」

行司の声が無情に割って入った。

「次に白チームの句に対して、赤チーム、質疑をお願いします」

「会心の文字」の句を出した先鋒戦で、赤チームの藤ヶ丘は敗れた。鑑賞点が相手に入ってしまったのが敗因だった。

――これであとがなくなった。

富士は思わず唇をかんだ。心なしか、藤ヶ丘の五人にも焦りが見える。

冷静な司会の声は、おかまいなしにゲームを進行させる。

「さあ、白チーム、優勝に王手をかけました。対する赤チームはどうにか一勝して大将戦に望みをつなぎたいところですが……」

その中堅戦の披講。

(白) 百日紅石段を風駆け上がり

(赤) 面談の窓百日紅は揺るる

両者は白熱した議論を展開した。白チームの句はいかにも学生らしいさわやかさだ。石段を駆け上がった先にあるのは学校なのだろうか。風を詠みながら、作者の健やかな心の弾みと咲き誇る百日紅の情景まで見事に表現している。

対して赤チームの句。表現したいものはわかる。だが、「は揺るる」、下五が四字という字足らずはどうしても論議を呼びやすい。

やはり、高梨君ほか一名がそこを突いてきた。

「あえて字足らずにするからには、それなりの必然性が要求されますよね？　そうでないと技巧ばかりが先走った印象になってしまう。この句の場合はどうでしょう？　ほかの言葉を持ってきても、言いたいことは十分表現できたと思うんですが」

言い終わった瞬間、お約束の拍手が巻き起こる。須崎さんが立ち上がって反論。

「字足らずが作りすぎているとおっしゃいますが、この句の下五には一字分の余白があると読んでいただきたいと思います。面談の重苦しい雰囲気、何も動かない。でも窓の外では、あ、百日紅だけは涼しそうに揺れている。この一字分はそういう『間』で……」

「そこまで」

熱弁は行司にさえぎられた。加藤さんの臨時編成応援団は、拍手のタイミングを失った。須崎さんがおとなしく着席する。

「それでは審査員の先生方、お願いします」

藤ヶ丘の五人が手を握りしめている。観客席の加藤さんが、そしてそのうしろのサカイ君が背中をぴんと伸ばしている。

赤の藤ヶ丘は、勝てば試合を一対一での大将戦にもつれ込めるが、白の至光学園はこの一戦に勝てば優勝決定である。

「判定！」

揚がった旗は、赤二本白三本。会場がどよめく。

「決まりました！　熱戦の東京会場、優勝して松山への切符を手にしたのは、至光学園です！」

歓声が続く中、藤ヶ丘の五人は静かに座っている。先鋒戦で披講した一年生の目が赤い。

また司会の声が響いた。

「この時点で至光学園の勝ち点が藤ヶ丘を上回ったため優勝校は決定しましたが、大将戦の句の披講に移ります。それでは赤チーム、お願いします」

立ち上がったのは井野さんだった。

もう勝負がかかっているわけではない。だが、井野さんの目は乾いて澄んでいる。満足そうな表情に見えるのは、富士の思い過ごしではないと思う。

その目が富士のそれと合う。井野さんが目だけで笑った、ような気がした。

藤ヶ丘女子高校、最後の披講。

（赤）百日紅紙なら捨て易きものを

「富士先生、今日はありがとうございました」

帰りのモノレールの中。静かな生徒の一団と離れ、富士は新野先生や森先生と並んで立っている。新野先生が改めて頭を下げるのに、富士も丁寧に礼を返した。

「いいえ、面白いものを拝見いたしました」

「そうなんですか？」

新野先生が、意外そうな声を出した。

「新野先生、と言いますと……？」

「いえ、あの、富士先生は俳句そのものにあまり重きを置いていらっしゃらないかと……」

富士は冷静な表情を崩すまいとした。

「たしかに、そう思っておりました。ですが、俳句甲子園は自己表現の場として機能していると、今日思い直しました」

「ほう。というと？」

富士は今日一日感じていたことを、なんとか正確に言い表そうとする。

「今日、各試合で競われていたのは各チーム三句ですよね。けれど、チームは五名。句が披講されないあとの二人はどういう役割なのか疑問でしたが、拝見しているうちにわかりました。彼らにも、ちゃんとディベートという仕事があるんですね」

「それだけではないですよ」

森先生が応じる。「お気づきでしたか？　どの句も、最後まで名乗りをしなかったでしょう」

「あ……」

富士はまた意外なことに気づかされた。

そうだ、そのとおりだ。

通常の句会では披講までは名を隠して行うが、最後に作者はちゃんと名乗りを上げる。ただ今ご評価いただいたのはそれがしの句です、と。

だが俳句甲子園では、句の作者は最後まで伏せられたままだった……。

「そもそも、投句までに、どの句も散々添削され、会員全員の目にさらされていますからねえ。一応作者はいるわけですが、そして優秀句は個人的に表彰されますが、あの場ではあくまでもそのチームの句なんです。つまり、作者がその句にどういう心情を読み込んでいようと、チームに共有された時点で、表現したかったものは作者の思いから変化しているとも言えるんです」

「だから一般の句会とも違う……？」

富士の指摘に、森先生が大きくうなずく。

「はい。それこそが俳句甲子園の神髄《しんずい》であり、ここまで盛大になってきたポイントだとも思いますよ。今日の俳句は、個人の自己表現じゃないんです」

「なるほど……」

富士は深く息をついた。それから小さく笑う。「それでしたら、普通の文芸作品とも違いますね」

「はい。そして、違うところに意味がある、とぼくは思います」

森先生を見上げるうちに、富士の口から言うつもりもなかった言葉が出ていた。

「私が今まで俳句に情熱を傾ける人種を理解できなかったのは、事実なんですが……。でも、今日思いました。俳句には俳句の面白さがあるのかもしれない、と」

「さしでがましいようですが……」

新野先生がのんびりと口をはさんできた。「富士先生、ひょっとして、近しいどなたかに俳句をおやりになる方がいらっしゃいますか？」

「どうして、そうお思いになるんですか？」

新野先生の顔に笑みが広がった。

「さっき富士先生は、『一般の句会とも違う』とおっしゃった。俳人特有の用語、たとえば『披講』なども口にされた。単に国語教師でいらっしゃるから得た知識、というだけではない気がしたんですが」

富士はうなずいた。

「おりました。俳人というか、正確には正岡子規の信奉者が」

「あ」

今度は森先生だ。「ひょっとして、富士先生のお名前も、そこから……」

「はい」

真砂子。父が、正岡子規の短歌から採ったのだ。

真砂《まさご》なす数なき星の其の中に吾《われ》に向ひて光る星あり

「本当はね、父は糸子《いとこ》と名づけたかったようなんですよ」

「糸、ですか。それは……」

「そう。糸瓜《へちま》の糸です」

正岡子規のファンなら誰でも知っている、子規の辞世の句。三句すべてが糸瓜を詠んでいる。子規の命日が「糸瓜忌」と呼ばれるゆえんだ。

「さすがに、それだけは母が怒って止めてくれましたけど。わが子の誕生だというのに、なんと縁起の悪い名づけをするのか、と。でも、小さい時から子規やらホトトギスやら、勉強させせられて実作させせられて、批評されて……。もうこりごりになってしまいました」

俳句は第二芸術。

あの論文に快哉を叫んだのも、父から卒業したかったから、というのが本音だった。

「でもね、今日、生徒たちは本当に楽しそうだと思いました」

五人編成で、三句を徹底的に論ずる。たとえ自分の句が採用されていなくても、あの子たちはすべての句を共有して、愛していた。

――今日の出場選手たちは、あの芭蕉の蟬の句を、どう鑑賞するだろう。

モノレールが浜松町《はままつちょう》に到着する。ホームに降りた富士は、俳句同好会の一同に別れを告げながら、もう一度頭を下げた。

「みなさんお疲れさまでした。ありがとう」


その晩。富士は、俳句甲子園の大会規定を熟読した。それから、久しぶりに離れて暮らす父に電話した。

あいかわらず自分のことばかり話したがる人だが、どうにか必要な情報は聞き出せた。

今日、審査員席にすわっていた一人、八嶋先生も、たしか、父と面識があったはず。すでに試合は終わっているのだ、どこかで顔を合わせたとしても、不正行為にはならないだろう。たとえば、今日の大会の感想を、富士が雑談として聞き出したとしても。

——そう、まだ今年度のチャンスがなくなったわけではないのだから。


翌々週。

藤ヶ丘女子高校に、通知が届いた。

松山俳句甲子園実行委員会からの、投句審査結果だ。

俳句甲子園全国大会に出場するには、地方大会で優勝するほかにも、もう一つの手段がある。

兼題に従った実作を直接実行委員会に投句する方法である。

そして。

地方大会にエントリーし、惜しくも優勝を逃したチームの句はすべて、自動的にこの投句審査対象にもなるのだ。

藤ヶ丘女子高校は投句審査を通過し、全国大会への出場権を勝ち取った。

〈全国大会まであと四十七日〉

第六章

まっすぐな道

——佐々木潤《ささきけん》

梅雨に入ったと朝のテレビニュースが伝えていた月曜日、始業前。

だらりと椅子の背にもたれている佐々木潤の前に、隣のクラスの佐藤《さとう》が立った。小柄だががっしりした体つきの、バレー部員にして文芸部員だ。潤の机に太い両手を突いてこちらへぐっと寄せた顔の、その目がぎらついている。

「おい、佐々木。ついに全国大会進出決定だぞ」

潤はそっと体を引きながら返事をした。

「うん。そうだってな。まあ、おめでとう」

佐藤はあれ、という顔になった。

「なんだ、もう知ってたの?」

「うん、ゆうべパソコン開けたら、知り合いが新しいブログ記事アップしてた。そこに東京会場と、ほかの終わった会場の結果も出てた。芳賀高校、俳句甲子園の宇都宮会場で優勝したって」

「ずいぶん早耳の知り合いだな」

「俳句が好きで今年の地方大会について記事書いてる人がいるの。その子の高校が出てるらしい、どこだかは公表してないけど」

うなずきかけてから、佐藤は真顔をさらに寄せてくる。

「おい、それで、その知り合い、佐々木のことは知ってるのか」

潤ははぐらかすように笑ってみせた。

「知らないよ。おれが去年俳句甲子園に出てたってことは。彼女とおれは、ただのネット友だち」

彼女——たぶん女だろうから——はネット上だけでつながっている、顔も本名も知らない相手だ。潤の事情など知らない。

全国の高校の文芸部有志が中心になって開いている文学サイト。その一つで話が合うというだけの友だちだ。

ところで、今どきの高校生は、平均して約百人、そういう「友だち」を持っているそうだ。一度も会ったことのない、当人が教えてくれた個人情報しか知らない、だから多くの場合本名も知らない「友だち」を。ただし、潤は今どきの高校生の基準から外れているから、素性を知らない知り合いは、ネットの創作板や読書ブログを通じてコメントをしあう間柄の数人だけだ。今どきの高校生としてはこれまた少数派の古い機種のケータイ持ちで、ネット自体、一日一回、夜遅くに開いたパソコンでちょこちょこと覗く程度の生活を送っているから。潤には、これがぎりぎりのネット生活だ。

そういう潤が最近親しく会話しているのが彼女だ。ハンドルネームはHalu、潤と同じ高校二年生だという。

海外ミステリやSFの話ができ、好きな小説のテイストも似ていて、話が弾む時には長い時間会話できるし、かと思うと数週間音沙汰なしでも気まずくない女子高生という、貴重な存在だ。コナン・ドイルの不朽の名作『踊る人形の謎』をもとにして新しい通信手段を編み出そうとしている高校生――潤もコメントして手伝った――なんて、ほかにはいないだろう。

もちろん、一度も会ったことはない。いったいどうやってHaluと知り合ったのか、そのへんのことも実ははっきり覚えていない。ただ、潤は一時期ちょっと特殊な俳句に凝《こ》ってそれについてエッセイまがいのものもブログに書いていた時期があり、それの読者がHaluの読者でもあって……というような経緯だった気がする。それとも、この佐藤あたりがよく出入りしているネットの創作板に潤のブログのリンクも貼られているから、そっちからだったか。

ただし、潤は去年の秋以降、すっかり俳句から遠ざかっている。今はほとんど読書感想のページにしかいない。ほとんど唯一の例外がHaluだが、彼女だって俳句甲子園について書き始めるまではひたすらミステリやＳＦのことばかり書いていた人間だ。潤から見れば、無類の読書好きが突然俳句にはまったような印象だ。何があったのかわからないけど。Halu に、俳句甲子園に出るのかそれとなく聞いても、返ってきたのはただのファン、という説明だけだった。だからそれ以上は突っ込んでいない。

ネット上のつき合いならそれがマナーの気がする。互いに個人情報をほとんど知らないことも、別に気にならないし。

学校の奴らの話を聞いていても、そんな「友だち」は来る者は拒まず突っ込まずの態度で接するのがスマートらしい。

というわけで、この佐藤にも、Halu のことを話したことはない。説明できる情報をほとんど持っていないわけだし。それにたぶん佐藤こそ、そういう「友だち」を日本中に把握しきれないほど持っているタイプの高校生だ。

そのせいだろう、今も潤の情報源について突っ込んでくる気はなさそうだ。

「それより佐々木、折り入って頼みがあるんだが」

佐藤はいかつい頭を下げた。芳賀高校の弱小バレー部リベロは、リベロの常で潤より背が低い。それでも筋肉のついた肩や太い首は、相当に迫力がある。

「もう一度、俳句部会に戻ってきてくれ」

父の転勤の都合でしばらく東北に暮らしていた潤が東京に戻ったのは、高校生になる前だ。結局、あの地方都市には一年足らずの間住んだだけだった。

両親の離婚の直接の原因がその転勤のせいだけだったのかどうかは今でも知らない。親は、そう説明しているけど。

――駄目よ、ママは、やっぱりこんなところにいちゃいけないと思う。ずっと悩んでいたんだけど。

おふくろがそう言い出したのは、潤が中三の夏だった。潤がいよいよ進学先を決めなければならないという瀬戸際になって、やはりこの地に居つく気にはなれないと悟ったのだそうだ。

――こんなところじゃ駄目。ろくな高校がないじゃないの。東京に戻りましょう。あなたならどんな高校にだって行けるのに、こんなところにいちゃ、あなたの将来によくないわ。

「こんなところ」を連発するおふくろに、かちんときたのも事実だ。潤自身はそれなりに友だちもできていたし、通っていた中学が嫌いではなかったから。

だが、子どもは無力だ。親が自分のわがままを通そうとする時、子どもにできる抵抗は限られている。

おふくろは潤の将来が心配だとばかり言っていたが、あの土地にうんざりしていたのはおふくろのほうだ。どこまで自覚があったのかは知らないけど。大好きな観劇もショッピングもできない、おしゃれな食事場所やケーキ屋もない、出かける場所は地元の魚と土だらけの野菜が山積みのスーパーだけ、という暮らしに。あとから思えば、そんなことを東京にいる自分の両親——つまり潤の祖父母——に電話でよく愚痴っていた。

無口な親父は家のことが全くできない仕事人間だ。多少迷った末に、潤はおふくろと一緒に暮らすことを選んだ。正直なところ、東京のほうが進学先の選択肢が多かったのは事実だし、親父と二人暮らしになったら衣食住が相当にレベルダウンしそうな予想がついたから。

というわけで、東京の、おふくろの実家の近くの小さなマンションで二人暮らしを始め、学校も替わり、都内の高校をいくつか受験した。

合格した高校の中で、芳賀高校に決めた理由は簡単だ。

金がかからないから。

思いのほか入試成績がよかったらしく、合格通知の下に小さく記されていたのだ。特待生としての入学を認める、と。だから潤は入学金と学費を免除されている。中高一貫の男子校で高校からの生徒募集もかけている芳賀高校は、近頃進学実績向上に力を入れているのだ。

——学費のことなんて気にしなくていいのよ、おじいちゃんおばあちゃんが援助してくれるから。

おふくろはそう言うが、まだ頼りたくはない。どうせ大学進学の時には、自力では無理なのがわかっているから、高校くらいは誰にも世話をかけないですませたい。

芳賀高校の居心地は悪くなかった。まず、下手なりに俳句を作ったり自己満足の部類の創作をしたり、そんな活動ができる文芸部があったから。そして、ごたごたした挙句完全に幽霊部員になった頃には、多くはなくても、友だちもできていたから。その一人がこの佐藤だ。中学入学組の常として学業はもう一つぱっとしないが、人当たりがよく、バレー部と文芸部を掛け持ちして、いつも忙しそうに人の輪の中心にいる男。

もうすぐ始業の予鈴が鳴る。間際になってどやどやと教室に入ってきたクラスメートたちが佐藤と潤に注目しているが、佐藤は全く気にする様子がない。教師がそろそろやってくる時間なのに、自分の教室へ戻る気配もなく、まだ頭を下げたままだ。

「佐々木、頼む。どうにか全国大会への切符を手に入れたわけだが、このままじゃ勝てない。文芸部俳句部会に戻ってきてくれ」

潤は内心舌打ちをしながら、断りの文句を探す。

「せっかく声をかけてくれたのに悪いけどさ、無理だよ。おれ、忙しいもん」

「そりゃ、お前がすごい秀才で勉強熱心なのは知ってるよ。でも、毎日じゃなくていいから。とりあえず全国大会出場用の書類に名前を書いて、できる時に部室に顔を出して、あとは八月の三日間だけおれに時間をくれ。それでいいから」

「いや、よくないって」

佐藤は過大評価しているようだが、潤は別に、そんなにがっついて勉強しているわけじゃない。成績が下がれば特待生資格は剝奪《はくだつ》されるから、手を抜けないのはたしかだ。だが、正直なところ、芳賀高校くらいじゃそんなに大変なことではない。

バイトが忙しいだけだ。学費が免除されているといっても、高校生は何かと金がかかる。おふくろに小遣いをねだりたくはなかった。どうせ、自分の両親にせがむとわかっているからだ。潤の養育費について両親がどんな取り決めをしたのかくわしくは知らないが、お嬢様育ちで専業主婦のおふくろが満足するだけのものを出せるほど、親父が高給取りとは思えない。

芳賀高校が俳句甲子園全国大会出場を決めたというのも、Halu のブログをゆうべ読むまで知らなかった。土曜の夜は遅くまで飲食店でバイトしていて、帰宅するなり眠ってしまったし、翌日曜日も、朝からバイトのシフトが入っていたし。

彼女とは、コナン・ドイルの最高傑作は何かなんてことしか話していなかったから、潤が俳句甲子園に以前関わって今は縁を切ったことも、いや、芳賀高校の生徒であることも、知らない。今さらそんな自己紹介も面倒くさく、そもそも彼女とつき合うのに必要でもない。自分が何をやってるかの紹介ならまだしも、何をやってないかなんて説明する奴はいないだろう。

高校生といっても、お互いさまざまな事情を抱えているのだ。詮索なんて野暮の骨頂だ。

そんなことより、今は、目の前の佐藤をなんとかしないと。

たしかに去年、潤は俳句甲子園に熱中した。文芸部なんて一番楽そうな部活だと思ったから入部してみたものの、何もしなくていい部活はやはり退屈で、どうせならと軽い気持ちで始めたのだ。

俳句甲子園のことは中学生の時に知った。

親父と日曜日に出かけた公民館で、ある垂れ幕を見ていたのだ。

〈俳句甲子園　仙台会場〉

——へえ、高校生になったら俳句で全国大会に出られるのか。

自己流で俳句を作っていた潤の記憶の片隅に、その事実はずっと残り続けた。

去年潤が声をかけた四人は、さすが文芸部に所属しているだけあって、俳句を作ってくれと頼んだらすぐに五七五をひねり出した。文芸部の顧問は必要書類の必要欄に署名してもらうだけの名ばかりの存在だから、潤が中心になってエントリーの手続きもすませた。

選手は当時の二年生二名と佐藤と潤を含む一年生三名。

そして試合に出たらすぐにわかった。

生半可な気持ちで出ていいような大会ではないと。

俳句にのめりこんだきっかけは、読書好きな親父の蔵書だ。どういう回《めぐ》り合わせか、中学生になったばかりの潤の目に留まった一冊の本。

『どうしやうもない私』

ものすごくなさけないタイトルが、かえって新鮮で面白かった。そこにいたのは田舎の旧家に生まれたお坊ちゃんのくせにマザコンでだらしなくて酒飲みで、結局そんな人間のままで死んでいった一人の男だった。

彼の残したものは、ものすごく独特な俳句だけ。

その名は、種田山頭火。

今思うとかなり気恥ずかしいが、一時期潤は山頭火にはまった。潤という俳号も、山頭火に影響されて自分でつけた。潤がそれまでに知っていた俳句とはまったく違う、何にもとらわれない心の叫びをそのまま出してくる山頭火の言葉。

そういうジャンルの俳句を自由律俳句ということも、山頭火に関する本を読んで知った。堅苦しい規則に縛られないで思ったままに詠むなんて、かっこいいじゃないか。

「それは、人に届かない言葉じゃないでしょうか」

ふっと、そんな冷静な指摘が耳によみがえる。

今でも忘れない。去年の俳句甲子園の地方大会で、潤と潤が集めたチームメートはぼろ負けした。自由律俳句を詠んだのは五人のうちでも潤だけ。ずっと使っていた俳号そのままでエントリーしてしまったのも、俳句甲子園への予備知識もほかの学校がどれほど準備を重ねて臨むものかも、何も知らなかったせいだ。佐藤も含めたほかの四人は、小学生の時に学校で作らされた経験だけから絞り出した俳句。俳句そのものだけでなく、その場で句を鑑賞する力も採点されるルールだということも、応募してから知った有様《ありさま》だった。潤がそれまで書き溜めていた俳句に関する覚書《おぼえがき》を全員に配ったのが唯一の俳句甲子園対策だったが、たぶんチームメートは誰一人読まなかっただろう。

そんなわけで、対戦相手には最初から勝負してもらえていなかった。挙句に対戦相手がとどめのように出してきた指摘がこれだ。

「言いたいことはわかりますが、この句は自分の感情のままに吐き出しているだけだと思います。それは、人に届かない言葉じゃないでしょうか」

潤は筋の通った反論ができなかった。

論理的な分析や理屈なんかとは一番無縁なところに山頭火はいるんだ。

対戦中、潤は屈辱に頭を上げられず、なけなしのプライドを守るかのように、それだけを繰り返し、心の中でつぶやいていた。

当然、芳賀高校文芸部の俳句部会はその日で自然消滅した。潤の句だけがお情けのように個人入賞したということも、かえって屈辱感が増しただけだった。

だが、佐藤は俳句部会を復活させて、今年の俳句甲子園でリベンジをはかったわけだ。

最初から勝つ気でいったのだろう。強豪が出てくる東京会場を避けて宇都宮にエントリーしたことからも、それはうかがえる。

ゆうべ、芳賀高校の出場権獲得をHaluに教えてもらったあとでネットの噂をあさってみたら、早くも揶揄《やゆ》の声が飛んでいた。

――お見事ですねえ、芳賀。わざわざ遠くの、きっちり勝てる会場を狙ったわけですか。

――勝てばいいのかよ。

――奇策、お疲れ。

奇策のどこが悪い、と潤は言ってやりたかった。そこまでしてでも勝ちたい。いいじゃないか。誰だって勝ちたくて試合に出るわけだろう？　そういう欲がなかったら、勝てやしない。

そう、だから、そこまでの欲が消えた潤は、俳句で争う場所になんてお呼びじゃない。

「佐藤、悪いが、おれは俳句甲子園に向いてないよ」

「そんなことないって。去年だって、佐々木の句だけは評価されてたじゃないか」

「ごく一部の審査員にね」

「謙遜するなよ。お前には言葉のセンスがあるんだって」

「だから、おれはきわもの扱いだったってば」

実際、ただ一人自由律俳句を詠んだ潤に対して、辛辣な評を浴びせた審査員もいた。

「それにさ。佐藤、本当に悪いけど、おれには俳句やってる時間がないんだ」

「佐々木がいい大学目指して頑張ってるのはわかるけどさ、いいじゃん、少しくらい寄り道したって。佐々木の戦術は今も文芸部に引き継がれているぞ」

「だが、おれの句じゃ駄目だろ。正統派じゃない。みんなだって、受け入れないだろ」

去年の俳句甲子園出場準備中も、潤は当時の二年生とことごとく対立した。文芸部の中で有志を募っての俳句部会だったのだから、出場しない部員にどうこう言われる筋合いはないと思うのだが、いちゃもんをつけたい奴はどこにでも湧いて出るものだ。今にして思えば、板挟みになった佐藤は大変だっただろう。

だが、佐藤はきっぱりと首を振った。

「心配ない。もうあの当時の先輩は全員引退した」

「あ、そりゃそうか」

芳賀高校は進学実績をどんどん伸ばしていることが売りだ。だいたいそういう学校でなければ、特待生枠なんて作りはしない。三年生は、進級した時点で自動的に部活動を引退させられる。

「今はおれが部長だ。佐々木は自由に活動してくれていい。お前の能力が必要なんだ。なあ佐々木、せっかくの高校生活だぞ？　あんまりまっすぐな道を歩いているだけじゃ、寂しくないか」

潤は眼を丸くして、すぐ近くに迫っている佐藤の顔を見つめる。

こいつ今、狙って言ったのか？

佐藤は大真面目だ。自分がどんなにくさいセリフを吐いたのか、そういうことを意識してもいないらしい。

そうだ、佐藤はこういう奴だった。

「……ちょっと考えさせてくれ」


帰宅すると、潤はあの本を手に取った。『どうしやうもない私』。佐藤め。何も狙わずに、潤のツボにはまる言葉を投げかけてきやがって。

まつすぐな道でさみしい　種田山頭火

山頭火みたいなセリフで説得するんだもんな。

――なあ、佐々木。

佐藤がそんなふうに聞いてきたことがある。

――どうして俳句なんだ？

――短いのがいいじゃん。

――短すぎて言いたいことが言えなくて、みんな苦労してるんだぜ。

――だって、色々くどくど言うの、うざくない？

そう、なんでわざわざ俳句をうざくするんだよ。決まり事を色々作って。それがいやで、潤は自由に、つぶやくように俳句を作っていたつもりだった。

……そして行き詰まったのだ。何のために作るのか、わからなくなったから。

もちろん、あの時はたしかにくやしかった。去年、羽田での東京大会。

羽田空港のターミナルビルの上階が会場だった。大きな窓があって、その向こうは滑走路だ。試合中、何機も何機も、離陸する飛行機や着陸する飛行機を見ていた。

八月に、ああいう飛行機が自分たちを松山に連れて行ってくれるところも、ちらりと想像した。想像だけに終わったけど。

そう言えば、昨日のHalu も同じようなこと書いていた。

彼女のブログの文章がよみがえる。羽田を観戦していたらしい。

――負けるくやしさって、私にもわかる気がする。勝ったチームが喜ぶのをただ見ている気持ち。羽田って、すぐそこが航空会社のカウンターです。自分たち以外からあのカウンターを通って松山に向かう飛行機に乗る人間が出るんだって考えるのは、きっとくやしくてたまらないですよね。会場からは見えなくても、帰りのモノレールに乗れば、飛行機がひっきりなしに離発着してるのが見えるし。あれで自分は縁がないって思い知らされるわけだもの。

ふと奇妙な感じがして、潤が質問コメントしたのもあの内容のためだ。

――ねえ、Haluさん、君も俳句甲子園に出てるの？

この共感の仕方は、そういうことではないのか。俳句に興味がある子なんだし。

だが、こんな返事が返ってきただけだった。

――私は選手じゃない、ただのファンです。

あれ以来、佐藤は潤にちょこちょこと接触してくるようになった。それをはぐらかしているうちに、俳句甲子園全国大会出場校、全三十六校が出そろった。

東京からは三校。一校は東京会場で優勝した至光学園。佐藤によると、注目の新鋭らしい。それから投句審査で出場を決めた藤ヶ丘女子高校。私立の進学校で、これが初出場というがきっと優秀なんだろう。すごく偏差値が高かったはずだから。そして、東京にありながら宇都宮会場にエントリーするという奇策で勝ち上がった芳賀高校。

それまでまったく日の当たらなかった文芸部が全国大会に行くということは、校内でもそこそこ話題になった。こういうアピールが好きな学校側は、インターハイ出場を決めた水泳部や卓球部と合わせ、校舎の正面玄関に垂れ幕を出すはしゃぎっぷりだ。

「いろいろ言われてるけどさ、勝ったもんが正義よ」

佐藤はさらりと言う。「なあ、佐々木。決心ついた?」

潤は佐藤の熱意をもてあましてしまう。

「なあ、佐藤、お前の熱には根負けするけどさ、お前がいれば大丈夫だよ。正々堂々、松山で戦って来いよ」

「おれはお前と行きたいんだよ、佐々木」

「どうしてそんなにおれに肩入れするんだよ。見逃してくれよ」

逃げるように校門を出る潤に、佐藤はまだ呼びかける。

「全国大会のオーダー表提出まで、まだ時間がある。おれ、あきらめていないからな」

逃げ出しながらも、その疑問は潤につきまとう。どうしておれが必要なんだ?

本当に、地方大会も突破したこのタイミングで、どうして佐藤が潤を引っ張り込みたいのかわからない。

——そりゃあ、高校生の青春そのものだけどさ、八月の全国大会ってのは。

そこで、潤は足を止めた。

もしかしたら……。

「おい、佐藤。白状しろ」

翌日。潤は校舎の屋上に佐藤を呼び出した。

「何だ、佐々木。おれに告白?」

ちゃかす佐藤にかまわず、潤は冷静に告げた。

「俳句甲子園の大会日程を確かめたよ。八月の第四週の土曜と日曜だってな」

「おお、そうだ。佐々木、いよいよその気になったか。まだ出場選手の提出締め切りには間に合うぞ……」

顔をほころばせる佐藤を、潤はさえぎる。

「ただし、実際には試合前日の金曜日から松山入りしている必要がある。顔合わせや、対戦相手を決める抽選や、色々あるんだな。それで……」

いったん息を継いでから、一語一語、はっきりと言葉を吐き出す。

「その金曜日。インターハイとかぶるよな」

祝インターハイ出場!

まだ正面玄関に下げられている垂れ幕の文字は、毎朝いやでも目に入る。

「今年の文芸部員についても調べさせてもらった。水泳部との兼部が一人いるな。一年生。すごく有望な飛び込み選手だそうで。うちの校長が、学校のイメージアップに関して執着が強いのは、おれでも知ってるよ。俳句甲子園とインターハイ、どっちのほうがアピール度が強いか。おれが校長でもインターハイに行けって言うな。いや、俳句の方はそいつじゃなくてもほかに誰か人数合わせの人間さえ引っ張ってくりゃすむだろう、誰でもいいからいないのか？　そんなことを言われたのかな、佐藤文芸部長？」

俳句甲子園のための五人なんて、その程度にしか考えてもらえないだろう。

「……それが何だ？　佐々木」

追い詰めたつもりだったのに、佐藤の冷静な返事に、潤は調子が狂う。

「たしかに多田《ただ》──お前の言ってる一年生だが──は、水泳部所属でもあるよ。最初から兼部でいいから入部してくれっておれが説得した。それでようやく五人集められたんだ。で、インターハイの方を優先したいっていうのも多田が自分で決めた。かけてるエネルギーも時間も、水泳に関しての方が段違いに大きいからな。でも多田はちゃんと俳句を詠んできたよ。馬鹿っぽい句もあるが、いい句も作るぜ。高い飛び込み台の上でなきゃ見られない景色、飛び込んだ瞬間の水の硬さ、痛さ。奴にしか作れない。そういう奴がいちゃいけないか？」

「……いけないとは言ってない、でも……」

勢いをそがれた潤の言葉は、佐藤にさえぎられた。

「奇策じゃないんだよ」

「え？」

「東京会場を避けて、宇都宮に出場したこと。勝つために、強いチームがいなくてエントリー数も少ない会場を狙ったわけじゃない。あの日しか、チーム全員がそろう日がなかったんだ。知ってる？　うちのプール、深さが足りないから、飛び込みの練習なんて危険でできないんだよ。だから多田は、平日は筋トレや体育館でのトランポリン練習に励んでる。で、日曜日だけ特別に、ある大学のプールを使わせてもらえるんだ。個人的についているコーチのコネのおかげで。ほかの日はそこの付属高校水泳部の練習があるから、多田が割り込むわけにはいかないんだってさ。おれたちが日曜日の羽田に行けなかったのは、そういうわけだ。それに大体、勝てるとも思っていなかった、正直なところ。だから全国大会の日程のことなんて、誰一人、考えていなかった」

潤は言葉を失う。

高校生といっても、互いにさまざまな事情を抱えているのだ。

そう自分でうそぶいていたくせに、他人の事情なんか、まったく想像してみようとしなかった。

佐藤はさらに言う。

「多田のことを最初に言わなかったのは本当にすまなかった。お前が気を悪くしたらまずいなって、姑息《こそく》なことを考えちまった。だけど、お前に声をかけたのは人数確保のためだけじゃない。ただ単純に、お前に入ってもらうのが一番見込みがあると思ったからだ。それは認めるよ。やるからには勝ちを狙いたい。それとさ。くさいセリフで嘘っぽく聞こえるだろうが、おれはお前と松山に行きたいと思ってる。お前と何かできるのは今年しかないんだから」

「佐々木先輩！　うわあ、伝説の！」

「『鬼語録《おにごろく》』を作った人ですね！」

佐藤に連れられて久しぶりの部室に入った潤は、目を輝かせて口々にそう叫ぶ一年生たちに迎えられた。背の高い方が大久保《おおくぼ》、小太りだが可愛げのある目をしているのが横尾《よこお》と紹介される。

「……ところで何、その『鬼語録』って」

潤がぽかんとしていると、傷だらけの机の上に、三人目の二年生、田代《たしろ》がぽんと数枚のプリントアウトを置いた。

「作者に断らずに悪かったが、去年のお前の必勝ツール、そのまま使わせてもらってる」

プリントアウトの一番上のタイトルは『広がる空を見上げるな』。

「これ、ひょっとして、おれがみんなに去年配った覚書？」

銀縁眼鏡を光らせて、田代が笑う。

「そう。佐々木はタイトルをわざわざつけたりしなかったから、本文の一行目がそのままファイルのタイトルになってただろ。長ったらしいから、通称『鬼語録』。俳句の鬼が残した言葉だからな」

《空は広がっているもの、その空を詠む奴は見上げているものなんだ。そんな当たり前のことを詠むな。読み手は「空」の一文字だけで、広がっている空を思い浮かべるし、作者はその空を見上げているのだと認識する。だからわざわざわかりきっていることは、十七音に含めるな。空を詠むなら当たり前じゃない空を詠め》

昔、大人に交じって俳句をやっていた時、誰かに教えられた言葉だ。

去年俳句の心得をみんなに渡す時、最初に思い出したものを、そのまま書いたのだ。潤は『鬼語録』を取り上げてぱらぱらとめくる。そうだ、去年の潤も、それなりに頑張っていたのだ。

寄り道で結構。こっちの道を、がんがん突き進んでみる。

潤の顔つきに何かを見て取ったのか、佐藤が張り切って檄《げき》を飛ばした。

「じゃ、これから追い込みかけるぞ。八月の全国大会に向けて」

俳句甲子園の全国大会は、松山市の大街道《おおかいどう》商店街という繁華街のアーケードで行われる。最初に知った時はどうして松山、と一瞬思ったがすぐに納得した。そうか、正岡子規や高浜虚子のふるさとか。正統的な俳句に親しむ人種なら「俳句＝松山」はすぐに思い浮かぶだろうな、と。

大街道に並ぶ商店はどこも通常通りの営業、いや、全国から集まった高校生や大会関係者や観戦に訪れる客をあてこんで、いつもより繁盛しているのかもしれない。

商店街メインストリートをぶち抜いた予選リーグの会場は合計十二か所。どこまでもまっすぐに試合会場が連なっている光景は、壮観である。

全国から集まった三十六チームは、まず十二ブロックに分かれて総当たり戦の予選リーグに臨む。そして各ブロックを第一位で通過した合計十二チームが同日の午後、次の試合に進める。ここからはトーナメント方式。決勝トーナメント第一回戦第二回戦を経て、その日の夕方には最終的に三チームにまで絞られる。

そして、翌日の準決勝はこの三チームと、敗者復活戦に回った残り三十三チーム内の第一位チームで行われる。

高校生総勢二百名近くの熱気はものすごく、その場にいるだけで冷静ではいられなくなりそうだ。

その中で一番落ち着いていたのは、やはり佐藤だっただろう。

「よし、行くぞ」

そして予選リーグ。

一番端の会場で戦った芳賀チームはすばらしかった。自画自賛で結構、本当にすばらしかった。

終始落ち着いていた佐藤、目立たないが頭の回転が速い田代、潤、一年生の大久保、横尾。

もちろんみんな緊張していたが、準備は万全だという自信に支えられていた。バイトを返上して合流した潤も熱を添えられたのか、『鬼語録』をもとに合宿までこなした成果が出たのか、よくしゃべる奴が多いのが幸いだったのか、対戦相手が会場の雰囲気に呑まれてうまく発言できなかったのか。

こちらもそこそこ浮足立ってはいたと思う。だが、ひたすらしゃべり、自軍の旗の数が多く上がることに喜び、そして気がつけば。

一試合終わった時点で、芳賀高校は予選リーグで勝ち点トップに立っていた。次の試合に勝てば、午後の決勝トーナメントに出場できる。

なんだかすごいことになってきたぞ。たった今対戦した学校の、ピンクのおそろいポロシャツの女子たちが泣き崩れている姿が、その実感をじわじわと強めてくる。

「やったぜ、佐々木」

佐藤が強く背中をたたく。

「いてえな」

やり返そうとした潤のこぶしはがっしりした佐藤の手首に止められた。そのまま二人でなんとなく笑い合う。

去年のぶざまな戦いぶりとはなんという違いか。全国大会でここまでいい位置につけているとは。

いちはやく落ち着きを取り戻したのも、やはり佐藤だった。

「まだまだこれからだ。次も気を抜かずに行くぞ」

次の試合まで十五分。五人は思い思いの飲み物を手に集まった。

商店街の真ん中を走る通りが試合の会場だ。周りはどこを見ても、一目で出場選手とわかる高校生で埋まっていた。それから大会スタッフのユニフォーム、青いポロシャツもちらほら交じる。

田代がため息交じりに言った。

「まったくラフな大会だな。勝ってるチームも負けが決まったチームも大会関係者も、全部ごちゃまぜか」

「いいよな、こういうの」

潤はこのフランクな感じが好きだ。

「そう？　なんか残酷な気がするけど。負けた学校は勝った学校の喜びようを見せられるわけだろ」

「そんなの、どんなスポーツの試合だって同じだろ。むしろ、俳句甲子園なんかの方がぎらぎらしてなくていいと思うぜ。だって、これに優勝したからって、何か変わるか？」

淡々とした澗の言葉に、田代の向こうに座っている一年生の大久保がミネラルウォーターを口に運ぶ手を止めた。

「どういう意味ですか？」

澗はコーラの缶を回しながら、自分の気持ちを説明しようと言葉を探す。

「明日優勝したら、表彰式がある。学校に帰ったら、まあ、全校生徒の前で褒めてもらえるかもしれないさ。でも、それで終わりだろ？　おれたちは名もない高校生のまま。俳句やったって上位に行けたって、それで何が変わるわけでもない。大学受験に有利になるわけでもないし、ましてや俳句で食っていけるわけでもない」

職業、俳人。そんな人種とは話をしたこともない。この会場にはいるんだろうけど。地位とも名声とも金とも無縁のまま死んでいった山頭火のような覚悟もない。

「佐々木の言いたいことはわかる気がするが、そんなの、何やったって同じだよ」

佐藤がさらに淡々とそう言った。

「バレーやってたってさ。すごくうまい奴ならちょっと有利な大学もあるかな、でもそのあと、バレーで飯食える奴なんて日本にほとんどいないぜ。もっと裾野の広い野球だってそうだろ。甲子園目指してジュニアの頃から野球に明け暮れて、でもプロになって成功できる奴は、毎年ひとにぎり。ベンチに入れるように、スタメンになれるように、甲子園に行けるように。そうやって一年中毎日野球漬けだった高校生の九十九パーセントは、卒業したら野球とは無縁だ、何も残らない」

黙り込んだ潤を見据えて佐藤は言葉を続ける。

「それでもみんな、やめないんだ」

柄にもなくしんみりした空気になったその時。いきなり場違いな音楽が鳴り響いた。クラシック音楽だ。バイオリンやチェロの音らしい。

「なんだ、これ？」

「弦楽奏って奴？」

五人そろってあたりを見回す。音の出どころは隣のブロックだった。セーラー服姿の女の子四人組。そのうちの二人が分け合ったイヤホンでプレーヤーの音楽を聴いているうちに、何かのはずみでコードを引っこ抜いてしまったらしい。真っ赤になってイヤホンのコードをほどいているロングヘアの子の横で、三つ編みの子が冷静にプレーヤーに手を伸ばす。と、ぱたりと音が止《や》んだ。注目していた周囲に、元のざわめきが戻る。

「……へえ」

一年生の横尾が感心したような声を出した。「あれもイメージトレーニングかな」

「どういうこと？」

「今の曲、たしかビバルディの『四季』でしょ。それも第二楽章の『夏』。これから夕立が来るぞって光景を表した音楽じゃなかったですか？」

「次の試合対策ですかね。兼題のイメージを共有して固めるっていうか」

「おい、それって……」

次の兼題は「青嵐《あおあらし》」なのだ。夏の、木立を渡る強い風。

「どこも必死なんだな」

こうしてはいられない。潤は飲み終わった缶を握りつぶす。

「よし、最終確認始めるぞ」


予選リーグの試合会場は十二か所だが、間にはっきりした仕切りがあるわけではない。さっきビバルディを聴いていたセーラー服集団のうちの三人が車座になって座り込んでいるのが見えた。

どこのチームも真剣に打ち合わせをしている。だがこの学校はちょっと違った。三人は無言で、しかも別々のことをしている。

一人は大型のヘッドフォンをかけてキーボードに指を走らせている。携帯式の、丸めてどこへでも持ち運べるという型のもので、潤も路上パフォーマンスなんかで見たことがある。ただ、ここは俳句の試合会場のはずなのだが。その指遣いは目にも止まらないほど速い。もちろん音は漏れていないのだが、潤なんかが見ても、すごいテクニックに見える。

もう一人は電子辞書をにらんでいる。いったい何を検索しているのか、こちらのキータッチもほとんどブラインドで、ものすごい速さだ。

そしてさらに奇妙なのは最後の一人。なぜか墨を磨っている。かと思うと手持ちの半紙にさらさらと書き始めたのは、いくつもの「青嵐」の文字。

やはり出場選手であることは間違いないようだが、なぜ今ここで習字？　潤が横目で観察するうちにも、楷書、行書、あと、潤にはわからないし読めない書体のたぶん「青嵐」の文字が、次々と紙を埋めていく。

「あれ、すごくうまくないか……？」

潤と田代は思わず足を止めて顔を見合わせてしまった。先を行く佐藤が振り返る。

「おい、二人とも急げ」

その時だった。試合会場を仕切るパーティションの脇に、潤は思いがけない顔を見つけた。

「……親父」

ゴールデンウィークに親父が上京してきた時に会ったきりだから、ほとんど四か月ぶりだ。ちょっと白髪が増えたみたいな。うっかりすると見ず知らずのさえないおっさんかと見過ごしてしまいそうな。それに、なんだか背が縮んだんじゃないか？

だが、親父はにこにこしている。

「元気そうだな、潤」

「うん」

あまりに思いがけないことで、すぐには言葉が出てこない。

「……見に来てくれたんだ……」

「母さんが知らせてくれた。飛行機が着いたのが三十分前で、タクシー飛ばしてやっと着いたんだが、勝ってるじゃないか。おめでとう」

何を言えばいいのかわからない。だからとりあえず、心に浮かんだままの言葉を口にした。

「次も頑張るからさ。見てて」

〈予選リーグ第三回戦〉

赤チーム静岡県立北条高校対、白チーム芳賀高校。

兼題「青嵐」での三句勝負。

両チーム、向かい合って着席。相手チームの全員が、ものすごく頭がよく見える。だが、潤は落ち着いていた。予選リーグの兼題の中で、ここに一番いい句をそろえた自信がある。負ける気がしない。

先鋒戦。

「それでは、赤チーム、ご起立の上、句を二回読み上げてください」

(赤) 黒板に転校生の名《な》青嵐

相手チームの句を聞いたとたん、味方の中に動揺が広がった。

「こういうこともあるんだな」

佐藤の小さくつぶやく声に重なるように、司会が促す。

「次に白チーム、起立の上、句を二回読み上げてください」

横尾が立ち上がる。素直だがいい句を作る奴だ。

(白) 青嵐指笛に犬駆け戻り

質疑の先攻は白。

「それでは赤チームの句に対して、白チーム質疑をどうぞ」

芳賀高校の五人は、全員小さなカードを手に持っている。芳賀チームの必需品だ。表が青、裏が黄色。発言を求められる直前のタイミングで、五人全員がそのカードをチーム全員に見えるようにする。青を見せた奴は「おれ、発言できるぜ」の意味。黄色は「何かは言えるけど、できればほかの奴に行ってほしい」ということ。「自分には無理」と判断したらカードの上に手をかぶせる。一つの机に五人並んでいるわけだから、互いに顔はよく見えない。質疑中に話し合っている時間もない。そんな状況でスマートに発言するための工夫だ。

発言できるかできないか、の二択だったら「0」か「1」か、でいろんなものを記号として使えるだろう。だが、できれば三択にしたい。

実は、その方法をひねっている時、Haluがブログで募集していたアイディアからひらめいたのだ。彼女がどうしてそんなものを考案しているのかまでは説明されていなかったが、ミステリでも書くつもりなのかもしれない。

――声に出さず、目立たないようにして五人程度の仲間だけで合図を送る方法、考え中なんです。できれば最低でも三種類のメッセージを送りたいの。誰かお知恵を貸してください。

――三種類なら、じゃんけんでいいんじゃない？

――うーん、でも横並びに座っていて、目の前の机に手を置いても、端と端ではよく見えませんよね。と言って、じゃんけんしてる手を顔の前とかに出しちゃったら、誰にでも見えちゃうし。

そこで潤もKANとして話に加わった。KANというのが潤のハンドルネームだ。「潤」

の字は「けん」では変換できないから、パソコンで打つときは「KAN」が当たり前になってしまっている。

――じゃ、暗号がいいわけ？　ドイルの『踊る人形の謎』みたいな。

――そうそう。そうだ、あの小説では、アルファベット一つ一つを決まったポーズの人形の絵で表すよね。それで単語の区切りは、単語の最後の人形に旗を持たせてなかった？

――うん。つまり、旗を持つか持たないかの二択。あ、だったら、もしもその人形の旗を持つ手を左か右かで使い分けたら？　もう一つ選択肢が増えたことになるよね？　たとえば右手はピリオド、左手はクエスチョンマークの意味、とか。

あれからカードの裏表を使うことを思いついたのだ。カードの表と裏、そしてカードを出さない。これで三種類のメッセージだ。

発言者を整理するための画期的な思い付きだと自負している。限られた質疑時間を最大限有効に使えるし、その場で「誰が答える？」なんてごちゃごちゃして審査員受けも悪くしないですむ。

司会から回答を促されたら、青を出した奴はまっすぐ手を挙げる。ちょっとだけ挙手を遅らせる黄色の奴も、発言する意欲をアピールできる。そして司会もそんなに意地悪ではないから、大体は積極的な姿勢の選手を指名してくれる。全員、青はおろか黄色さえ示せなかったら……。いや、そんな羽目にならないように特訓してきた。

だが、試合の初手にこんな、質問に困る句が出てくるとは予想していなかった。この句は攻めにくい。芳賀にとっては。

今仲間のカードを見ると佐藤と横尾が黄色、田代が青、大久保のカードはまだ手の中。とっさに潤も青のカードをさらし、まっすぐに手を挙げた。

一瞬の間に考えを決めたのだ。

「一読しましたが、素敵な句ですね」

発言権をもらった潤の最初の言葉に、身構えていた相手チームが、おやという顔になる。

「転校生がやってくる。その期待感とか、何か起きるんじゃないかって興奮する感じとかが伝わってきます。転校生って、言葉だけでもわくわくするイメージですもんね。その転校生と、力強い夏の風、青嵐との取り合わせ。すごく響いていると思います」

そう、この句に関しては、芳賀は基本的に褒めるスタンスでいくしかない。潤はそう判断したのだ。ただし、それだけでは終わらない。

「ですが、上五の『黒板』はどうでしょう。『黒』と『青』が、一つの句の中でちょっと効果を打ち消し合っている気がします。『青嵐』という季語の持つ、せっかくのさわやかで強くて大きいイメージが効かなくなるっていうか。上五をもう少し工夫したほうがよかったんじゃないでしょうか」

『鬼語録』には、質疑のポイントもたくさん載せた。みんなとこの夏、練習を重ねるたびに増えていった、芳賀高校の必勝マニュアルだ。

《『響き合っているか』『効いているか』は万能の言葉》

《ほかの言葉に置き換えたほうがいいんじゃないですか？　とやんわりと改善の余地があることを指摘するのは効果的》

潤が発言を終えて座ると、佐藤がこっそりと親指を立ててみせた。潤の攻撃方針は、支持されたようだ。

そのまま質疑は進み、そして判定。

赤二本、白三本！

先鋒戦、勝った！

作品点は赤白、どちらも五人の審査員からほぼ同点がつけられた。勝敗の分かれ目は、五人中四人が、鑑賞点を芳賀に入れてくれたことだ。

この攻め方で、間違っていないのだ。


中堅戦。

攻守が替わり、白チームから披講。

ここに潤の句を持ってくる。みんなでそう決めた。一番、どっちに転ぶかわからない句だからだ。先鋒は勝てるだろうと予想していたから、賭けに出る句は中堅がいい。そういう作戦だった。果たして勝てた。潤としてはいい形での披講だ。

潤はゆっくりと句を口に出す。この場にいるすべての人と、ここにいないけれど潤の心の中にいるすべての人に届くように。

(白)青嵐《せいらん》に届け踏切板を蹴る

(赤)校訓は「堅忍不抜《けんにんふばつ》」青嵐

赤チームから質問開始。

「この作者は、踏切板を蹴ってジャンプしているんですよね。でも、その情景と青嵐との関係がよくわからないんですが。青嵐まで届けと願うものが何なのか、読み取れなかったです」

やっぱり、わかりにくかったか。潤は唇をかみながら手を挙げる。

「それでは、ちょっと景の説明をさせてください」

《「景の説明をさせてください」、相手にそう言わせたら、こちらのポイント。こちらがよっぽどピントのずれた読みをしているのでない限り、相手の句意が明確でないことになるから》

『鬼語録』に自分でそう書いたくせに。

「これは、作者の実体験です。作者は踏切板を使って、プールに飛び込むところです。でも作者はプールの水面を見ているんじゃない。空を翔《か》ける青嵐を見て、その青嵐まで自分を届かせたいと思っている。届いてほしいのは、作者自身であり、作者の声であり、思いです」

潤は答えながら、腕時計を見る。

《ディベートはスポーツと一緒だ。お互いに言葉のラリーをする。そして、最後にいいタイミングを狙って、攻めの言葉を相手のコートにたたき込む》

「この句から、プールまで思い浮かべることはないかもしれません。でも、青嵐に届くように跳ぶ、そんな強さを持った句ではないでしょうか。その景を想像することも難しくないと思います」

《守りのコツ：「こっちの句がわからないのは、わからないそっちが悪い」のニュアンスをソフトにアピールしろ》

開き直りでもいい。潤はこの句で間違っていないと思っているから。

この句は、自作という気がしない。潤が、プールサイドで黙々と筋トレに励む多田にインタビューして作った句だからだ。これは多田の句だ。

――飛び込みって、水に向かっていくんじゃないんです。空に向かって飛ぶイメージ。

届きたい高さに行くために飛ぶ。水に向かって落ちる間に演技するのは、そのあとです。少なくとも、自分はそうです。

——こわくないの？　すごく高いところから飛ぶわけでしょ。

そう聞いたら、多田は笑って答えてくれた。

——こわいですよ。だから水は見ない。上を見て、空を見て飛ぶんです。いつもは屋内プールだけど、風が吹いている空があるんだとイメージして、そこに向かって、そこまで行きたいと願いながら飛ぶ。それができたら、演技としても大体うまくいきます。

多田のその言葉を聞いた時、青嵐という兼題がまっすぐに澗の中に入ってきた。だからそれをまっすぐに出した。多田だけに見える、当たり前じゃない空が、この句にはある。

結果的に、十七音の句になった。

「それでは次に、赤チームの句に対して白チーム、質問をお願いします」

田代が指名されてひょろりと立った。

「視覚に訴える、面白い句ですね。まず、目につくのが漢字の多さです。でもこの句の場合、それが生きているでしょうか。『青嵐』、この言葉の爽快な持ち味を、ほかの堅苦しいイメージの漢字の羅列が消していませんか？」

田代も冷静に突っ込んでいっている。

さあ、審査員はどう判定するか。

「判定！」

赤三本、白二本！

……ごめん、多田。負けた。


大将戦。

田代が、大きく深呼吸をしている。

「心配するな。この句で勝ちを取ろう」

潤も気を取り直してうなずいた。

そうだ。まだ一敗しただけだ。

佐藤もささやき返す。

「うん、きっと勝てる」

その佐藤の披講。

（白）転入の名乗り大なり青嵐

先鋒戦で「転校生の名」という句が披講された時、芳賀チームがとっさに迷ったのは大将戦にこの句を持ってくる予定だったためだ。

「転入生と青嵐って、近いと言えば近いよな」

「お前、風《かぜ》の又三郎《またさぶろう》連想したろ？」

「うん」

「おれも」

佐藤の句に対して、事前に五人でそんなことを話し合っていたからだ。その話し合いを生かして近さを欠点として突く攻撃も、あの時にしようと思えばできた。だが、その指摘はそのままこちらの佐藤の句にも跳ね返ってくる。その攻略法でも先鋒戦の鑑賞点はもぎ取れたかもしれないが、大将戦になった時に、今度はこちらの句が同じ攻撃をされる。

だから、「転校生の名」の句も、取り合わせについては好意的に鑑賞した。近いと言えばネガティブな評価だが、裏を返せば響き合っていると解釈もできる。

これで、大将戦の句も自信を持って発言できるようになった。全員が青いカードを握り締めて待ち構えている。

そして、結果。

「判定！　赤二本白三本、この試合は芳賀高校の勝利です！」

次の瞬間、潤は誰かに大きく背中をはたかれた。

「やめろよ」

振り返ると、いつも冷静な田代の笑み崩れた顔が見える。

「……勝ったな」

「ああ。佐々木、先鋒戦の攻めはナイスだった。あれでリズムが作れた」

そう、あの方針で成功だったのだろう。同点対決の句で、鑑賞点をもぎ取る形で勝てたのだから。

「どちらのチームも、風の又三郎に会ったようですね。あ、ちょっと季節が違うかな」

最後に、そんな講評をくれた審査員もいた。

「なあ、佐々木」

試合後、次の会場へ移るために荷物をまとめている時、佐藤がぽつりとつぶやいた。

「あれ、お前のことだ」

「何のこと?」

「おれの句」

「『転入の名乗り』のことか?」

「そう」

「だって、おれ、別に転校してきたわけじゃないぞ」

佐藤は小さく笑った。

「おれら中学からの進級組には、高校入学組って転入生に見えるんだよ」

「ああ、そうなんだ。でも、大きいってどういうことだ?」

「おれらみたいにぼやぼやしているエスカレーター組じゃなく、高校入試を突破してきた奴って、それだけで優秀で大人に見えるんだ。しかもお前はその上、成績抜群の特待生様だ。大きかったよ。お前の自己紹介の時の声も、最初の授業ですらすら黒板に解いてみせた数式の記号も、入りたての文芸部で俳句甲子園行くぞって宣言した態度も、何もかも」

「おれ、そんなふうに見えてたんだ……」

初めて聞いた。

「ほんと、でかい奴だった。だから、友だちになりたかった」

「え？」

聞き返したのに、佐藤はさっさと行ってしまう。なんだか照れくさくなるじゃないか。

だが、潤も気を引き締めた。

まだ午後の試合がある。

「やあ、お疲れさん」

親父がにこやかに近寄ってきたのはその時だ。

「あ、見ててくれたの？」

「ああ。とにかくまず、おめでとう。俳句でこんな試合ができるんだな。いいものを見せてもらった」

「……ありがとう」

すなおに言葉が出たのが、自分でも嬉しい。

「次も頑張るよ」

うなずいた親父が、思い出したように言葉を添えた。

「そう言えば、向こうの会場で懐かしい顔を見たよ」

潤がもの問いたげに見上げると、親父はさらににこにこしながら言った。

「いや、たぶんそうだと思うんだが……。覚えていないか？　お前は中学生の頃、区立図書館の定期句会に出ていたろう？」

「ああ、そう言えばそうだったっけ」

そういうこともあった。中学の時のことなんてずいぶん昔のようで、すっかり忘れていたが。

「それで、おれも二回くらい、お前が何をやっているのかのぞいたことがあっただろう？　あの句会に、一人だけ、お前と同い年くらいの女の子が交じっていたじゃないか。へえ、俳句なんてやっている中学生がお前のほかにもいるんだと思ったから、すごく記憶に残っている。その子をついさっき見かけた気がするんだ。そういう子なら、この会場にいたって別に不思議じゃないだろう？」

「ちょっと待って、親父」

潤は歩き出そうとする親父を引き止める。

「その彼女、どこで試合してたの？」

「え、ああ、向こうの会場だったぞ。学校はたしか……」

親父の指の先には、見覚えのあるセーラー服の女子生徒の一団が試合中だった。

さっきのビバルディの彼女たちだ。学校名もすぐにわかった。その会場の手前のパーティションには掲示されているから。

二つ向こうの予選リーグ、赤チーム、藤ヶ丘女子高校（東京）。

「え？」

潤の頭の中をさまざまなひらめきが回る。

Haluのブログを思い出した。

負けるくやしさって、私にもわかる気がする。勝ったチームが喜ぶのをただ見ている気持ち。羽田って、すぐそこが航空会社のカウンターです。自分たち以外からあのカウンターを通って松山に向かう飛行機に乗る人間が出るんだって考えるのは、きっとくやしくてたまらないですよね。

潤もそのくやしさは実体験としてわかる。去年は羽田空港の高いビルの中の会場で、試合中も実際に発着する航空機を何機も見ていたのだから。

でも……。

潤は自分の古い携帯電話を引っ張り出して、検索してみる。

今年の東京大会の会場はターミナルの二階だった。すぐそこに航空会社のカウンター、搭乗手続きをしてくれる場所が見える会場。ただし、航空機の離発着を目《ま》の当たりにはできない場所。

去年、潤がずっと見ていたターミナル六階ではなかったのだ。

そして、今年東京大会で負けたくやしさを噛みしめつつ、ここにいる学校は一校しかない。

羽田で負けて投句審査で通過した藤ヶ丘女子高校。

Halu は藤ヶ丘の関係者じゃないのか？　出場していないと言っていたけど、ネット上では身元をぼかすなんて当たり前のことだ。

そして親父は、潤の昔の知り合いが藤ヶ丘女子にいると言う。

これは偶然か？

潤は藤ヶ丘女子の試合会場へ歩き出そうとしてから、思いとどまる。

今じゃない。あとにしよう。

次の試合、決勝トーナメント第一回戦に勝ったら、そして藤ヶ丘女子高校も勝ち残れたら、第二回戦で当たれるはずだから。

〈決勝トーナメント第一回戦まであと七十五分〉

第七章

素晴らしき夕焼《ゆやけ》よ

――桐生《きりゅう》夏樹《なつき》

大街道は暑い。藤ヶ丘女子としての正装、いつもながらのセーラー服を着ているからなおさらのことだ。

それでも、試合中は暑さのことなんて忘れる。そのかわり、試合が終わると、どっと暑さが押し寄せてくる。特に、今のように気持ちが落ちている時は。

……負けたから、最初の試合に。

この商店街でどのくらい過ごしているのか、時間の感覚もなくなっていた。松山に来て、まだ二十四時間経っていないなんて、信じられない。

昨日の夜は楽しかった。お昼頃に松山空港について、今日の試合会場を下見したあとで宿へ。

マネージャーのトーコ先輩は荷ほどきもしないうちからパソコンを立ち上げて、東京会場での試合をもう一度おさらいさせてくれた。

二か月前の東京大会の試合は、今見るとちょっといたたまれなくなる。私はどうしてあんなに目を泳がせているのだろう。どうして発言のたびに口ごもるのだろう。

「そんなにめげないの、夏樹。あんたはもう二か月前のあんたじゃないんだから」

トーコ先輩はそう言って夏樹の肩をたたいて励ましてくれた。実作をせず、いつもデータ収集や整理に走り回ってくれる頼もしいマネージャーだ。

——ちゃんとマネージャーがいるなんて、まるで本物の甲子園出場チームみたいね。

ゆうべ、夏樹の母親は感激してそう言ったものだ。全く、高校生にもなって親がついてくるなんて、恥ずかしすぎる。来てほしくない夏樹は懸命に牽制したつもりだったが、力及ばなかったのだ。

——お母さんたちが来たって、一緒に行動できないわよ。これは課外活動の一環だし、私たちは、実行委員会があっせんしてくれた宿に、先生方と会員のみんなだけで泊まるんだから。

そう説得したのに、両親とも、全国大会出場というだけで舞い上がっていて、娘の言葉なんか聞く耳も持たなかったのだ。いつもそうだ、うちの親は。ものわかりのいいふりをして、実は娘をアクセサリーだと思っている。

——どうぞどうぞ、夏樹たちの邪魔はしないわ。せっかくだから、道後《どうご》温泉近くの素敵なホテルを取ったの。三田村さんが探してくださったのよ。

そう、唯一の救いは、ここまでついてきたのが、夏樹の両親だけではなかったことだ。

真名の両親と理香の母親。夏樹の母親は理香の母親と意気投合していた。すごくよくわかる。二人、似ているもの。でも、理香の方がもっと理想的なアクセサリーだろうな。かわいい上に、あのピアノの才能。それに理香は母親ともうまくつき合っているみたいで、うらやましい。

一年生の保護者に比べると、二年生の保護者はひかえめだ。トーコ先輩の親は東京を離れられず、瑞穂先輩は絶対来るなと親と喧嘩してきたのだそうだ。最終的に、茜先輩の父親が妥協案を出したらしい。今集団の端っこにおずおずとついてくる人だ。

——ぼくが試合の模様を一部始終録画して、よろしければ加藤さんや井野さんには中継しますから。本当はぼくも来るなと言われているのですが、じっとしていられないし、みなさんの分もまかされたということで……。

もうすぐ、次の対戦。午前中最後の試合だ。今のところ、藤ヶ丘は一敗。だが、まだ可能性が消えたわけではない。同じブロック内に全勝のチームは出ていないのだ。次の試合に藤ヶ丘が勝てば、三校ともに一勝一敗の成績となる。その場合、このブロックの優勝校は、勝ち点の多いチームに決まる。

「大丈夫、うちが本来の実力を出せば、次の試合はきっと勝てる。対戦校のさっきの句と鑑賞の特徴、まとめてみた。キャプテンはよくしゃべるけど、全員がまんべんなく発言するわけじゃないから、うちの作戦はわかるね？　全員発言のアピールよ。あと、向こうからの最初の指摘はたぶん……」

一試合終わったあと、選手五人に自分のタブレットを示して手際よく攻略ポイントを挙げていくトーコ先輩は、夏樹が見てもかっこいい。本当に有能なマネージャーだ。

――でも……。

夏樹はつい、余計なことを考えてしまう。おかげで声が飛んできた。

「夏樹？　緊張することないよ？　ただ、ちゃんと相手の質問はメモして。そしてそれに沿った答えをすること。もしも困ったら私の方を見て、できるだけ応援する。大丈夫、夏樹ならきっと答えられるから。それから、合図を忘れずにね」

「は、はい」

思わず姿勢を正して返事をしながらも、夏樹はつい考えてしまう。

――トーコ先輩は、選手にはならなくてよかったのかな。

先鋒戦。藤ヶ丘は赤。対戦相手は東北出身の女子高。

(赤)　青嵐鳩は眼《まなこ》をつぶらざる

(白)　叫びたくなる日青嵐が騒ぐ

白チームから質疑。

「一読して、よく景はわかります。力強い青嵐が吹いて、でも鳩は真ん丸な目をきょとんとさせて、その青嵐に吹かれている。それはわかるんですが、でも、この句はそれだけではないですか？　景が広がらないと思うのですが」

まんまを詠んだ句、それだけじゃない？

そういう指摘がくるだろうとは予想していた。だから夏樹は薄紫色のシュシュをつけた右手をまっすぐに挙げる。このくらいの質問なら、メモするまでもない。

「鑑賞ありがとうございます。でも、今、景が広がらないというご指摘でしたが、そうでしょうか。たしかに、作者の視線は小さな鳩に向けられています。でも、ここで作者は新鮮な驚きを味わったんです。ご指摘されたとおりの、ばあっと吹いてきた青嵐、人間だって一瞬身構えてしまうような自然の力強さ、なのにその青嵐の中で、小さな鳩は眼をつぶりもせずにじっとしているのか、すごいなあっと。青嵐が大きいほど鳩の小ささと小さいながらの強さがくっきりと浮かび上がる、その対比までを鑑賞していただきたいと思います」

観客席から拍手が上がる。手をたたいているのが主に自分たちの親だと知っていても、安心している自分が意外だった。

親なんか、頼るつもりないのに。

「それでは、次に白チームの句に対して、赤チーム質疑をお願いします」

全員手を挙げる用意あり。続けて指名される可能性は少ないとわかっていても、夏樹ももう一度勢いよく手を挙げる。この態度も高評価のはずだ。立ち上がったのは瑞穂先輩。

「青嵐のざわめきが聞こえてくるような句だと思いました。ですが、青嵐は音を立てて吹くもの、つまり騒がしいものです。なのに、短い句の中に、あえて『青嵐が騒ぐ』と表現する必要はなかったんじゃないでしょうか。しかも、上五にある『叫び』も気になりました。『青嵐が騒ぐ』と『叫び』。近すぎませんか？　句のイメージが限定され、大きな青嵐を詠んだ句としてはもったいない気がしました」

さすが、瑞穂先輩。的確だ。相手からの反論にも冷静に、さらに突っ込んでいく。

「そこまで。それでは審査員の先生方、旗の準備をお願いします」

この瞬間にはいつまでたっても慣れない。すぐ前に座っている五人の審査員は、赤白二本の旗を手にしている。どちらを上げるのか、夏樹はいつも見ていられずに、その瞬間はつい下を向いてしまう。

「判定！」

そこで顔を上げた夏樹の目に飛び込んできたのは赤三本の旗。

やった！　先鋒戦、白より多く旗を取った！

藤ヶ丘はまだ望みをつないでいる。あと一勝。そうすれば、ほかの学校とタイの成績に持ち込めるのだ。

中堅戦

(白) 青嵐放課後の白き庭無人

(赤) 青嵐方位磁針の定まりぬ

瑞穂先輩の句だ。

「白チーム、質問をどうぞ」

促されて立ち上がったのは、真ん中に座っている女の子。この子がキャプテンらしい。でも、さっきからこの子しか発言していない。さっきトーコ先輩が言った通りだ。だとしたら。

——この試合、勝てるかも。

トーコ先輩の言った通りに。

「青嵐と方位磁針という取り合わせはどうなんでしょうか。青嵐は力強くまっすぐに吹く風ですよね。それに対して、方位磁針という、ゆらゆらと揺れ動くものを取り合わせては、生きてこないと思うのですが」

「今の質問に対して、赤チーム、回答をお願いします」

司会の言葉が終わらないうちにお揃いのシュシュをつけた五本の手が挙がった。

「方位磁針はたしかに動のイメージがありますよね。でも、そちらのご指摘の揺れ動くというのは当たらないと思います。方位磁針は行き先を示してくれるものじゃないですか。その方位磁針が定まりぬ、ぴたりと止まったんですよ。そこに、まるでその決定を後押ししてくれるように吹く青嵐。躍動する青嵐と方位磁針、その二つを下五の『定まりぬ』がしっかりと受け止める。この句は、全ての言葉に必然性があります！」

拍手。今度は、親からのものだけじゃない、観客席のあちこちで手をたたいてくれている人がいる。

「判定！」

赤四本、白一本！

思わず五人でシュシュを持ったままのこぶしを握り締める。これで、藤ヶ丘も一勝だ。三校とも一勝一敗にもつれ込んだ。しかも、藤ヶ丘としてはなおも勝負どころだ。さっきの負けた試合も、中堅戦は勝って――つまり、二敗一勝の成績は残して――いる。ここで次の大将戦も取れば、藤ヶ丘はこの試合三勝ゼロ敗。つまり白星四つとなり、この予選リーグのトップに立てる。

その大将戦。

（赤）風青し水筒を置く音重し

相手は予想どおりの攻め方をしてきた。

「この句、季語に対して、中七と下五がそぐわない気がするのですが。青い風、青嵐って、さわやかな風でしょ。なのに、それへの取り合わせとして水筒が重くて大変だっていうのじゃ、せっかくの季語を生かしてないと思うのですが」

さて、どこから突っ込もう。

またもや五人そろって手を挙げた中で、指名されたのは瑞穂先輩。

「鑑賞ありがとうございます。ただ、この兼題はさわやかとおっしゃいましたが、それだけでしょうか。私はこの句、気持ちいい強い風に吹かれながら手にした水筒で喉の渇きを潤して、ほっとしてどこか、石の上なのかベンチなのか、そういうところに置いた水筒がまだ重い、その音に耳を傾けている作者が素敵だと思ったんですが」

「そうでしょうか。今の答えを聞いても、やっぱり兼題と『重し』のイメージは重ならないんですが」

相手はしつこく食い下がる。どうして言葉のイメージはひとつだなんて決めてしまうんだろう。どんな言葉にだって、いいイメージも悪いイメージも複雑に含まれているはずなのに。夏樹は発言権をもらって立ち上がる。

「この句の『重し』も悪い意味だけではないと思います。『重し』には力強いイメージもあるでしょう？　それは青く強い風にも通ずるんじゃないでしょうか。まだ重い水筒を、作者はちょっともてあましつつも、どこかでほっとしているかもしれません。ああまだ重い、持ち運ぶのは大変だけど喉が渇いてもこれなら大丈夫、と。その複雑さがよく表れている句だと思いました」

さっきより大きな拍手が起きた。

「それではちょっと視点を変えます。『水筒を置く音重し』、同じような音《おん》が多すぎないですか？」

その質問には作者の理香。

「風青し、口にすれば大きくはっきりとした音の重なりですよね。たいして中七と下五は水筒を置く音重し、ウ段とオ段の音の重なりのちょっと口ごもる感じはあります。それがまた、兼題の開放的なイメージを際立たせているとは思いませんか？」

いかにも理香らしい追撃だ。

さあ、どうなるか。

判定は、赤三本、白二本！

思わず五人そろってこぶしを握ってしまう。客席のトーコ先輩が、大きなガッツポーズをしている。

突破したのだ、この予選リーグ。


試合後集まった六人とも、顔が上気していた。

同じく上気した顔で寄ってきた保護者団体様を適当にあしらい、作戦会議に入る。だがいくつかの確認事項のあと、茜先輩がトーコ先輩にこう言った。

「ねえトーコ、お願いだから私の顔見てにやにやするのはやめて」

「え？　私、そんな顔してる？」

「うん」

頬に手を当てる茜先輩に、瑞穂先輩があっさりと言う。

「仕方ないよ、トーコは茜のファンなんだもん。それにうちの成績、すごいじゃない？予選リーグ突破だよ？」

「ちなみに芳賀高校もね」

そうたたみかけるトーコ先輩を茜先輩はちらりとにらんで、無言。夏樹は、真名や理香と顔を見合わせた。

一年生だってみんな知ってる。芳賀高校。二つ向こうのブロックの予選リーグ優勝校。そこには会長の片思いの相手がいるのだ。ゆうべ、参加校が集まる歓迎パーティー、しぶる茜先輩を引っ張って、芳賀高校のメンバーをたしかめに行ってしまったから、みんな知っている。間違いなく、茜先輩のお目当ての人だったと。先輩はすぐに逃げて行っちゃったけど。

だが、会員全員が期待を込めて茜先輩を見ているのに、当の先輩は淡々とさっきの試合の記録をつけている。そしてみんなの視線にようやく気づいたのか、顔を上げる。

「どうしたの？」

代表するかのように瑞穂先輩が口を開いた。

「あのさ、これからお昼だけど、どうする？　芳賀高校のところに行ってみる？」

茜先輩はあわてて首を振った。

「それどころじゃないでしょ、次の試合のことを考えなくちゃ」

「いいの？　それで」

「いいも何も、今はそれしかないじゃない」

茜先輩はきっぱりと言う。トーコ先輩がその気持ちを推し量るようにじっと見ている。その視線を跳ね返して、茜先輩は続けた。

「そういうのは、今は考えない」

それでも瑞穂先輩は食い下がる。

「いいの？　だって次の第一回戦、うちも芳賀高校も勝ったら、二回戦ではいよいよ芳賀高校と当たるのよ」

「瑞穂、いいのってどういうこと？　勝負するだけよ」

「じゃ、そのあとは？」

「その時に考える」

うわあ、と言う声の中で茜先輩だけは黙々と歳時記をめくる。

トーコ先輩がみんなの興奮を鎮めるように大きな声を出した。

「ほら、準備は大丈夫？　理香、さっきイヤホンがどうとか言ってたのは、問題解決したの？」

「あ、いけない、忘れてた。イヤホンの部品失《な》くしちゃったんです。このままだと次のイメージトレーニングができない！」

理香があわてるのに、トーコ先輩は落ち着いて自分のイヤホンを渡す。

「わあ、ありがとうございます、先輩！」

「どういたしまして。今度はどんな音楽なの？」

「兼題が『夕焼』でしょ。だから定番中の定番です。ドボルザークの『新世界から』、第二楽章。一般には『家路』の名で親しまれているあれ、うちの校内放送のお帰りのメロディーでもありますね」

「私も聞きたい」

イヤホンを仲よく分け合う理香と真名を、トーコ先輩は母親みたいに見つめている。

本当に、こういう時一番頼もしいのはトーコ先輩なのだ。

でも、トーコ先輩は出場しない。

——私は創作できないんだよ。それに、人を批評できない。裏方でいるのが一番なの。

トーコ先輩がそう言うのを、何度も聞いている。

だから、夏樹も正々堂々とトーコ先輩にサポートしてもらっているのだ。勝つために。

本音を言えば、ここまで勝ち上がれないかもしれないと思っていた。東京大会で負けて投句審査でようやく出場権を勝ち取った超初心者集団なんだもの。

それでも、全国大会出場が決まってからは本気で頑張った。予選リーグには必ず出られるわけだから、そのための兼題三つにはとりわけ力が入った。

でも、そこでみんなが終わらなかったのはトーコ先輩のおかげだ。

もしも予選リーグで負ければ、その後の試合は出られない。当然そういった試合のための作句は二の次になってしまいそうになる。

そんな選手たちに活を入れたのもトーコ先輩だ。

――情けないこと言わないで。今から負けること考えてどうするの。

――ほら、決勝トーナメントにもいい兼題があるでしょ。だから全力でいい句を作ってよ。

そう言って、トーコ先輩が資料として用意してくれた例句の一つに、夏樹は惹きつけられた。

素晴らしき夕焼《ゆやけ》よ飛んでゆく時間　嶋田摩耶子《しまだまやこ》

刻々と表情を変える夕焼け。二度と戻らない時間は切ない。こんな句を作りたい。そう思えたから、夏樹は必死で言葉を探した。

トーコ先輩のおかげで、夏樹は自信の持てる句が作れたのだ。

決勝トーナメント第一回戦、兼題「夕焼」。

ここからは五句勝負。

次のステップに進めたのだという実感がじわじわとこみあげてくる。今までは自分の句が披講されない試合もあったけど――さっきの「青嵐」の時のように――、ここからは全員の句で勝負できる。

赤、藤ヶ丘女子高校対、白、愛媛県立中央光《ちゅうおうひかり》高校。地元の学校と当たるのは初めてだ。

先鋒戦

（赤）まならうに白き像在り大夕焼《おおゆやけ》

瑞穂先輩らしい、言葉を吟味した句だ。「まならう」なんて、夏樹だったら思いもつかない言葉だ。

——うん、とにかく鮮烈。瑞穂らしい句だね。

トーコ先輩もそう言っていたし、この句がことのほか気に入ったのは理香だ。

——「白き像在り」って、とにかくかっこいい響きですね。孤独だけどかっこいい。

「まならう」のやわらかい線、書いていて好きです。だから、中七下五の漢字のかっちりした感じが引き立ちます。

こっちは真名。

活を入れてくれたトーコ先輩のおかげで、この「夕焼」の句は、どれにもものすごく力が入っている。先鋒のこの句を始め、全員が全部の句に自信がある。

なのに。相手チームが、なんだかざわついている。

——え？　この句、どこかおかしい？

言葉は間違っていない、文法的にも……などと夏樹が考えをめぐらしながら一応電子辞書を操る間にも、白の披講が始まる。それを聞いて、ざわつきの理由がわかった。

(白) 白き星白きままにて大夕焼

——瑞穂先輩の句と、似ていない？

下五が同一ということを除いても、視覚重視、しかも白い像に注目した組み立て。こんなこともあるのか。

しかし、こういう場合はどう攻略すればいいのか。下手に相手の句をけなしたら、それはこちらの句のダメージにもなる、墓穴を掘らないようにするにはどうすればいいのだ？

白チームからの質問。

「『まなうら』という言葉が気になりました。作者は夕焼けと相対しながら、あえて目を閉じているわけですよね？　まなうらの白き像、ありきたりの出来事を、わざわざ壮大な大夕焼と取り合わせた意図がわからないのですが」

どうしよう。夏樹はノートに「まなうら？　目を閉じ!!!　ありきたり」と、殴り書きしながら必死に考える。そしてトーコ先輩に言われたことを思い出して、目を上げた。

とたんにトーコ先輩の笑顔が飛び込んできた。その口が動いている。たぶん、「ち・が・う・よ」と言っている。

違う?

ぱっと反論が思い浮かんだ。

「それでは白チームの質問に対し、赤チームお願いします」

司会の言葉が終わるより早く、夏樹はシュシュを右手にはめて、まっすぐに挙げる。

「はい、桐生さん」

さあ、行くぞ。

「『まなうら』がわからないというご指摘でしたが、鮮烈な夕焼けを前にして、まぶしくて目を閉じるという行動は、おっしゃるとおり、誰にでも経験のあることでしょう。でも、この残像は思わず句にしたくなるほどの強烈さだったんです。ありきたりのものではない。そして、その強烈なインパクトを作者に植えつけたものは何か?」

夏樹はいったん口を閉じ、息を整えて次の言葉を放つ。そうだ、この句は相手チームの句とは違う。夕焼けに浮かぶ白い星ではない、作者が自分の内に見た鮮やかな白なのだ。

「この激しい残像を作ったものこそ、夕焼けです!　作者にこの句を作らせた感動、それは大夕焼によってもたらされたものです!」

思わずというように、客席からぱらぱらと拍手が起きる。それにかまわず夏樹は言い切る。

「この取り合わせは完全な必然性がある。白い残像を作った大夕焼の恐ろしいまでの鮮やかさ。この表現でしか生まれない感動です！」

拍手が大きくなった。息を切らして座るとき、トーコ先輩が親指を立ててにっこりしてくれたのが目に入った。

そして判定。

「赤三本、白二本！」

左隣に座る茜先輩がぎゅっと手を握ってくれた。

次鋒戦。夏樹の句。

(白) 夕焼の海を泳ぎし背広し

(赤) 夕焼と競ひ合ひたる息荒らし

はあ、と言うため息が左隣から聞こえた。

「どうしてこんなに句がシンクロしてるんだろう。すごいね、ある意味」

たしかに。先鋒の句は表現が似通っていたが、今度は構成がそっくりだ。

あ、いや、違うか。夏樹は夕焼けの美しいタイミングを逃すまいと、日没時刻と競争して橋へ走った景を詠んだのだ。嶋田摩耶子の句のように、「飛んでゆく時間」、そのはかなさを表現したかった。一方、白の句は夕焼けの海の中で泳いでいる情景だ。

大丈夫、シンクロはしていない。よし、そこから攻めよう。

夏樹は真っ先に質問権を獲得する。シュシュはずっと右手のままだ。

「一読して景ははっきり浮かんできました。でも、夕焼けの海に泳ぐ背中が広いとは、少し違和感があるのですが。夕焼けの大きさに対して、その背中はちっぽけにぽつんと見えると思うのですが」

のっそりと立ち上がったのは背の高い男子生徒。

「鑑賞ありがとうございます。今、夕焼けの海では背中がちっぽけに見えるのではとのご指摘でしたが、そんなことはありません。これは作者の実体験です。夕焼けに彩られた海の中、いつもの海がまるで別世界、知らない場所に見える。でもそんな不安を掻きたてるような世界でも、隣に泳ぐ背中は大きい。夕日を浴びて輝いて、いつもより大きく、広く見える。濡れて光るその大きさが見えませんか？」

夏樹は虚を突かれた。この句を詠んだ時、夏樹は夕焼けの海と寂しげにその中にいる人間を浜辺から見ている景を思い浮かべた。

自分が夕焼けの中にいる、そのダイナミックな情景を見なかった。

「それでは視点を変えます」

落ち着いた声で茜先輩がフォローしてくれる。だが、夏樹の句への質問に対して――夕焼けと競うというのはセンチメンタルというか、世間一般にある固定化されたイメージに支配されていませんか？――夏樹の反論は最後まで空回りしてしまった。

判定結果。

赤一本、白四本。これで試合はどちらも一勝一敗。

「いや、この決勝トーナメント第一回戦、白熱したいい勝負が続いています！」

司会の明るい声が、申し訳ないが耳障りだ。すでに三十六校のうち二十四校は敗退したわけで、当然そういう学校は客席に陣取っている。さっき夏樹が論破した学校の生徒たちも無表情に顔を並べている。

別にみんながこちらに敵意を持っているわけではないだろう。一番前の審査員五人もほぼ柔らかな表情だから、試合内容も悪くはないのだろう。

ああ、でも今はそんなことは全部どうでもいい。とにかく勝ちたい。

試合はたしかに白熱していた。

中堅戦。

(赤) 夕焼空《ゆやけそら》遁走曲《とんそうきょく》楽譜散乱

理香のこの句も大好きだ。理香がこの句のイメージだと聴かせてくれたバッハの遁走曲《フーガ》と夕焼けの美しさは、本当によく合う。この大会用にと携帯できるキーボードをわざわざ買い足して持ち込んできたほど音楽好きの、理香ならではの句だ。なのに、相手チームの披講を聞いたとたん、それに気を取られてしまった。

(白) 夕焼雲でもほんたうに好きだつた

この句が詠みあげられると、会場中がざわめいた。夏樹だけではない、藤ヶ丘の五人ともちょっと呆然とした。

「なんて句を詠むのよ……」

うめいたのはたぶん、瑞穂先輩。夏樹も一瞬頭が真っ白になった。

これ、どう攻めればいいんだろう。

夕焼雲でもほんたうに好きだつた。

ストレートすぎて、そりゃそうだ、という感想しか浮かばない。

あ、いや違うな。ぱっと思い浮かんだ感想は、ああわかる、だ。きっと作者は泣いているんだろうな。その涙にも夕焼けがうつる。……なお悪い。

どうしよう。シュシュを左手に移したのは真名、そして瑞穂先輩まで。

だが夏樹は心を決めて発言権を勝ち取る。

「この句、ストレートで印象的ですが、表記はどうでしょう？　『ほんたうに好きだつた』と歴史的仮名遣いのひらがな表記にしたことで、せっかくのまっすぐな句意が伝わりにくくなったのではないでしょうか」

とにかく、発言しなければならない。黙っていたら、鑑賞点は必ず相手に持っていかれる。でも、相手に落ち着いて反論された。失礼だけど、すごくさえない風貌の男の子に。

「鑑賞ありがとうございます。でもこの表記は効果がないでしょうか？　お言葉のとおりまっすぐな句です。それは誰でも、いつの時代のどんな人間でも、夕焼雲を眺めてこんな思いを抱いたことを暗示しませんか？　時代を超えてという効果を表すためには、この表記が最適だと思います」

場内から拍手。

判定は、赤一本、白四本。

……負けた。

それでも夏樹は懸命に息を整える。まだ終わったわけじゃない。たしかにこれで藤ヶ丘は一勝二敗だけど、ここから盛り返せばいいだけだ。

言うことを聞かずに震える手でシュシュを握り締め、夏樹は次に備える。

副将戦。

(白)夕焼雲砂に崩れし文字一字

(赤)夕焼やカンバスに足す黒一筆《くろひとふで》

真名の句だ。夕焼けの複雑な色彩を『黒一筆』が際立たせていると主張して、藤ヶ丘はどうにか勝てた。

つながった！　食い止めた！

「さあ、これでどちらも二勝、勝敗の決定は大将戦にもつれ込みました」

ああ、さっきうちが破った高校のなんとかさん──名前を覚えていなくてすみません──、そこに座っていてくれてかまわないから、せめてそんなこわい顔しないでくれないかな。それから審査員の先生、ずっと白と赤の旗を手でいじっているのもやめてくれないかな。胃がきりきりしてくるんだけど。

選手席に座っている以上、夏樹もほかの四人も、いやでも客席が目に入ってきてしまうのだ。

と、夏樹の目の端で何かきれいな薄紫色のものが動いた。

藤ヶ丘チームのシュシュだ。夏樹が右手につけているのと同じ、藤ヶ丘のみんながおそろいで持っているものだ。今、そのシュシュがなぜか宙を舞っている。

……先輩、何やってるんですか。

どういうはずみか、トーコ先輩がシュシュを頭の上まで放り投げてしまったらしい。まるでお手玉でもしているかのように一つ、二つ、三つ。一つはどうにか受け止めたものの、あとの二つは隣の人の足元に転がったようで、先輩、あわてて謝りながら拾い上げている。

そして先輩は三つとも右手にはめて、こちらに向かって小さく手を振って見せた。

右隣の理香がくすっと笑う。つられて夏樹も。笑ったら、また息が楽にできるようになった。

左隣の茜先輩が肩を回しながらささやいた。

「みんな、トーコのメッセージ伝わったね？」

「はい」

夏樹も、その隣の理香もしっかりとうなずいた。そう、今は、シュシュをはめた右手を挙げ続けることだ。しゃべり続けること。それが夏樹の武器だ。理香や真名みたいな特技があるわけでもなく、先輩たちみたいな知識も持っていない夏樹の。

これで最後になるかもしれないけど。

いや、これで最後になるかもしれないから。

大将戦。

藤ヶ丘の披講は茜先輩。

(赤) 大夕焼思ひ出せぬことありながら

(白) 大きなる眼《まなこ》夕焼雲ひとつ

「赤の句、思い出せないことがあるというのは鬱屈《うつくつ》を抱えているということですよね？でも、そうした内向きの感情は、まっすぐで開放的な夕焼けとそぐわない気がするのですが」

白チームのたぶんリーダー格の人、たしかに上手にしゃべる。

でも、その内容はだいぶマニュアル的だ。

兼題との取り合わせは的確か。イメージがずれていないか。

大丈夫、このくらいの攻められ方なら、夏樹を含め、藤ケ丘の会員全員が対処できる。

「夕焼けのイメージは開放的とおっしゃいましたが、それだけでしょうか。夕焼けはもちろん大きくて美しい、でも、その大きさや美しさが人間の小ささやみすぼらしさを強調することもありませんか？　夕焼けを見た感動というのはそうした、切なさややりきれなさをも含むと思います。だって、人間の感情はそんなに単純じゃないでしょう？　嬉しい中にもコンプレックスや不安はあるし、楽しい時にも後ろ向きなこともちらっと考えたりする。私たちみんな結構複雑じゃありませんか」

よし。発言中に拍手をもらったのはこれで二度目だ。

「でも、そんなぐちゃぐちゃした感情を抱える人間、どうしても思い出せないことがあるのが気持ち悪い、一方で思い出せないけどまあいいやなんていい加減なことも同時に考えたりするしょうもない人間、そんな人間におかまいなく大きくて圧倒的にきれいなのが夕焼けです」

そうだ、言葉だけじゃない。人間だって複雑だ。重い水筒は面倒でも頼もしくて嬉しい。人の欠点にはすぐ気づくのに自分には甘い。うっとうしい親にも、どこかで頼る。

発言しながらも、親の顔は見ない。照れくさくなるから。

「そして夕焼けの素晴らしさは、そんなぐちゃぐちゃした人間でも、いや、ぐちゃぐちゃした人間だからこそ、身に染みるんです！」

親のかわりにトーコ先輩を見た。盛大に拍手してくれている。その拍手と一緒にシュシュもひらひら動いている。

白の句に突っ込みどころがあったのもよかった。「大きなる眼」は夕日の比喩だそうだが、そこに疑問を投げかけたのは間違っていなかったと思う。

「では……」

みんなが息を詰めているのがわかる。シュシュをつけた手が五組、祈りの形に握りしめられている。ああ、なんでこの司会者、こんなに引っ張るかな。

「判定！」

赤三本、白二本！

周りから歓声が上がる。夏樹は判断力が戻ってこない頭のまま、ぼんやりと尋ねた。

「あの、勝てた……んですか？」

「勝ったよ、みんな！」

茜先輩がめったにない上ずった声を出している。夏樹に飛びついてきたのはたぶん理香だ。

その理香の肩越しに、トーコ先輩がまたシュシュを放り投げているのが見えた。

親には手を振ったけど、話すのは後回しだ。今はみんなといたい。ふわふわした足取りのまま、夏樹は真名や理香と連れ立って近くのハンバーガーショップに入った。自家製だという袋詰めスコーンを買い、トイレを借りて顔も洗って、さて次の試合会場に向かった時だ。三人の足が止まった。

「あの、名前を忘れたけど、ええと、ハルさん……じゃないですか？」

一人の男子生徒が茜先輩にそう呼びかけていた。茜先輩が顔を赤らめて呆然としている。

――え？　これ、どういうシチュエーション？

一年生三人はその場に立ち尽くした。

〈決勝トーナメント第二回戦まであと十二分〉

第八章

十五万石《じゅうごまんごく》の城下《じょうか》哉《かな》

――新野光太郎《にいのこうたろう》

「彼女ら、頑張りましたね」

両手にペットボトルを抱えて生徒たちの元へ急いでいた新野は、後ろから声をかけられた。

「はい？　ああ、森先生……あっ」

振り向いたはずみに、スポーツ飲料のボトルが一本落ちて、ぼこんと間抜けな音を立ててしまった。

「ああ、申し訳ありません、新野先生。変なタイミングで声をかけまして」

「いいえ、ぼくの方こそいつもおっちょこちょいで……。ありがとうございます」

お礼はペットボトルを拾ってくれたことなどより、もっとはるかに大きい恩恵に言うべきなのだが。声をかけてきた森は、俳句に関しては新野などよりずっと優秀だ。自分だけでは指導が無理だと判断した時に新野が思い浮かべた、かつての同僚。今はほかの職場だというのに、森は快く応じてくれ、以来週末も夏休みも俳句同好会の練習につき合い、そしてわざわざこの大会のために、今朝松山まで駆けつけてきてくれたのだ。

森は自分が拾い上げたペットボトルのほかに、あと二本、緑茶のボトルを新野の腕の中から取り上げた。

「持ちますよ。彼女らへの差し入れでしょう」

「はい。ありがとうございます」

何か月もつき合ってきた結果、新野も彼女らの嗜好はだいたい把握してきている。緑茶とスポーツ飲料二本ずつ、麦茶とウーロン茶は一本ずつ。これを持っていくのが、一番間違いがないのだ。

試合会場の大街道商店街はとにかく暑い。時刻は午後二時半、気温を確かめてはいないが、三十五度を超えていても不思議はない。このじめじめとした空気では湿度も相当高そうだ。

四か月前に生徒たちに懇願されて始めた俳句同好会、ここまできたら新米顧問にアドバイスできることは何もない。彼女らをできるだけよいコンディションで次の試合に臨ませることくらいだ。大事な局面に、熱中症で力を発揮できないような羽目にだけは陥らないように。

二人は並んでまた歩き始めた。

「ぼくも何か陣中見舞いをしようかとも思ったんですがねえ。ここでリラックスしすぎてもよくないだろうかと。アイスクリームなんか買ってしまって、急いで食べてかえって次の試合の妨げになっちゃいけないし」

たしかに出場する五人はそろって健康だが、ここでおなかを壊したりしたら目も当てられない。新野はまるで父親のような気持ちになっている自分に気づく。

「ええ、お気持ちだけで十分です。本当にありがとうございます。この暑い時にわざわざ松山に来て下さるなんて、それだけでも感激ですよ」

森がいなかったら、ここに来ることはできなかった。

彼のおかげで、創設一年目、正顧問は素人という藤ケ丘女子高校俳句同好会が、全国大会決勝トーナメント二回戦までこぎつけたのだ。三十六校分の六校。いや、地方大会と投句審査に参加した総数でカウントすれば百三十一分の六である。すごいことではないか。

「ここまで来られたのも、ひとえに森先生のおかげです」

森は白い歯を見せた。

「いやいや、彼女らの力ですよ。それにぼくも面白かった。俳句なんてやっていても、こう言っちゃ何ですが、長年変わり映えしませんでね。なじみの顔ぶれでの句会だってマンネリの一言です。だからこういう場所に来ると、頭からがつんとやられたような気になりますね。ぼくは今まで一つの句をこんなに大事にしたことがあったかと、反省させられます」

「はあ」

たしかにそうかもしれない。俳句甲子園の特徴は徹底した点数勝負にある。自作を相手の句と並べてディベート、終了後直《ただ》ちに審査員が旗を揚げて優劣を決する。自作への評価も鑑賞態度も点数化され公開されるのは、大変に明快である。

森は新野と肩を並べて歩きながら、なおも続ける。

「この場所に来てつくづく思いましたが、この試合形式でなければ俳句甲子園はこんなに盛んにならなかったかもしれませんね。学生の優秀な俳句を募集する催し自体は以前からありましたが、文芸作品の評価はどうしたって抽象的になりがちで、ここまで明確に数値化したものではなかったですからね」

「その数値化に対して批判も出ている大会ですが」

そうした批判的な一人が、国語科主任の富士先生だ。はっきり言って事なかれ主義の新野が、最初俳句同好会結成に乗り気でなかった理由の一つがそこである。

だが、その富士先生は教育者としては大変に真面目な人だった。ひとたび俳句甲子園の存在価値をわかってくれると、今度は一転、熱心に指導に加わってくれるようになった。この松山まで同行してくれたのはもちろん、夏休みを返上して指導に加わってくれるほどの熱さである。

「あとね、新野先生、この会場を歩いていると現代の俳句界の一端がかいまみられて、それも面白いです」

「はあ、というと？」

「いや、今回の審査員一覧なんか見ていますとね。たとえば、あの俳句結社の主宰が審査員長か、そこにつながっている同人があの人とこの人か、そういうのがぼくのような末端の人間にも少しは見えるんですよ。この場にいる審査員の数が十二ブロックかける五人で計六十人。地方大会はもっと動員数が多いですよね、全国三十数か所に配置されるわけですから。これはなかなか、俳句界にとっては大きなムーブメントでしょうね。しかもこれだけエネルギッシュな俳人の卵が毎年数百人から出ているわけで、その実力のほどを現場で品定めもできる。ひょっとすると自分の結社にとっての狩り場と思っているようなお偉方がいるかも……」

楽しそうに話していた森は、そこでふと気づいたように頭を掻いた。

「すみません、下世話な言い方でした。それに、こんなところで新野先生と話し込んでいる場合じゃなかったですね。次の試合が始まってしまう」

「はい」

今日予定されているのは残り一試合だ。もしもここで勝って最後の三チームに残れれば、明日は会場を市内のホールに移しての準決勝に臨める。空調とトイレが完備された場所なので、脱水症状や、急なトイレ確保を心配する必要がなくなる。顧問としては試合に集中できる。

そのまま歩いていくうちに、新野は前方の情景に首をかしげた。

十メートルほど先に、あまりにも見慣れたセーラー服姿の藤ヶ丘女子の生徒がそろっている。

だが気になることに、そのうち三人の二年生が、他校の男子生徒二人と向かい合っているのだ。

森がつぶやく。

「あれ、次の対戦校じゃないですか？　東京の芳賀高校……」

なんとなく、すぐには割り込めないようなものを感じて、新野は一人でそっと近づいた。

森は遠慮したように歩を止めている。

どちらの学校の生徒にも、まだ気づかれていない。

男子生徒のうちの一人、ちょっときりっとした顔立ちの方が、会長の須崎に話しかけている。

「ええと、昔句会で会ってた人だよね。ほら、××区の図書館でやってたやつ。それでさ、君がハルさんなんだよね……？」

ハル？　新野は内心首をかしげる。須崎の下の名前は「茜」だ。ニックネームでも、ハルなどと呼ばれたことはない。

須崎は顔を赤らめて呆然としている。それからようやく口を開いた。

「ううん、私ハルなんて名前じゃない。あの、でも、あなた潤君だよね……？　うん、たしかに私、昔句会であなたに会ってた。中学生の頃。でも、そのあと全然連絡も取ってこなかったよね……？」

潤と呼ばれた男子生徒の方が、今度はぽかんとした顔になった。

「あれ？　そうなの？　でもおれ、藤ヶ丘の子と交流してたと思ったんだけど、だからてっきりそのハルが君だと」

「え、潤君、どういうこと？　あなたと、うちの学校の誰かがネットで友だちになってたってこと？」

「うん。たぶん、藤ヶ丘の子で間違いないと思う。俳句甲子園のブログ書いてる人。ドイルとかクリスティとか、小説の趣味が合って……」

「ちょっと待って」

そこで潤の前に出て行ったのは、これも二年生の井野だった。「ええと、私井野瑞穂と言います。あなたがうちの会長と面識のある潤さんなんですね？　それで、潤さん、うちの学校のハルって名前の子が、あなたの友だちになってると？」

「ええと、はい、たぶん」

井野と須崎がそろってもう一人の二年生を見た。その二年生の名前は加藤。口を開いたのは井野だった。

「トーコ、あなたブログ書いてるよね……？　ハルってハンドルネームで」

「へ？　じゃ、君なの？　SFとミステリファンの子……」

これは潤の発言。加藤が呆然として口を開いた。

「まさか……。あなたKANくんだったの？　私たしかにハンドルネーム、アルファベット書きの『Halu』だけど」

「うわあ、すごい！　こんなにいっぱいつながってたの？　トーコがHaluってことは知ってたけど、私が知ってたKANって、茜の例の、あの人だったわけ？」

「ねえ、これって……」

最初の発言が井野、次が須崎。二年生たちがいかにも女子高生的な盛り上がり方をしつつある中、潤の横の眼鏡をかけた男子生徒が冷静な声で割って入った。

「ええと、全然事情がわからないで割り込んですいません、でも今は、お互い対戦準備に入ったほうがよくないですか。試合が終わったらこいつを貸しますから、話はあとでゆっくりってことで」

興奮から覚めたのは、井野が一番早かった。

「はい、そうですよね……。どうぞよろしく」

芳賀高校の二人は藤ヶ丘の生徒たちを振り返りながら、チームメートたちの方へ帰っていく。

須崎と加藤が顔を見合わせる。

「……なんか、ばたばたで出会っちゃったね」

「でも、こんなもんかもしれない」

「つまり、トーコはそれと知らずに潤君とつながり、その二人のことをどちらも知らないままで、うちの同好会ができる前から瑞穂がネット上で傍観してた……っていうので合ってる？」

井野がうなずきながら答える。

「私最近、ほとんどネットを漁《あさ》ってないから、トーコのことも潤君のことも正体に気づかなかったよ。森先生のブログだって直接指導してもらってたらネットで見る意味あんまりないし、トーコの文章だって、ネットにアップする前の元原稿読んじゃってるものね」

「そうだよね、瑞穂、リアルでこれだけ会ってたらネットなんてどうでもよくなるよね。うん、だから私もまさかあのハンドルネームKANが潤君だったなんて全然想定してなかった。だって彼、俳句甲子園のこと、一度も触れてなかったし」

須崎が気の抜けたような顔でほっと息をつく。

「こういうこともあるんだねえ……」

どうもこういう女子高生のノリはよくわからない。だが、わからないながらも全員静かになりそうだ。

と、新野がそう思った時。加藤がぎくりと体を動かした。

「茜、みんな、どうしよう。ごめん、私何か話しちゃってたかもしれない。うちのチームのこと。あのブログのコメント欄で」

「どんな？」

「いや、今すぐには思いつかないけど……あ！」

須崎に向き直る加藤は、おろおろしている。

「潤君、うちの発言順番がわかるかもしれない……」

その時、ぶつりとマイクの電源が入る音が響いた。

「それではこれより決勝トーナメント第二回戦を開始いたします。芳賀高校、藤ヶ丘女子高校、両校の選手の皆さんは、お集まりください」

そのアナウンスに負けないように井野が声を張った。

「トーコ、今の、どういうこと？」

「潤君と『踊る人形』の話をしたの。他人に知られないように合図をする方法。あの、人形に旗を持たせて単語を区切るアイディアをヒントにしたでしょ」

井野が、どんどん早口になる加藤をなだめる。

「ちょっと待ってトーコ、もう少し手短かに」

「つまり、シュシュを使って次に発言する人間を確認していること、芳賀高校に悟られるかも」

新野にも、加藤が言っているのが何のことかはわかった。質疑の際の発言者をいかにスムーズに決めるか。藤ヶ丘は独自の方法を編み出していた。右手にあの薄紫色の飾り物をつけたら発言オーケー、左手はほかにいないなら行くけれどあまり自信なし、発言が無理な人間は何もつけない。

編み出したのは加藤だった。

「どうする？　芳賀高校に見破られるかもしれない。この試合ではシュシュ使わない方がいいかも……」

「え、今になってそんな……」

そこで初めて新野は割り込んだ。生徒たちは迷っていい。しかし、感情的になりすぎたら導きは必要だ。

「待て、小細工をするな。相手に手の内を知られたとしても、それがどうした？　次に発言する人間がわかったところで、そんなことはどうでもいい」

「どうでもいいって、先生……」

新野は彼女たちを落ち着かせるために言葉を選ぶ。

「そうだ、どうでもいい。発言内容がそれで変わるわけでもなければ、君たちの句が変わるわけでもない。それより早く行きなさい。相手が待っている」

ありがたいことに、マイクの声が新野に加勢してくれた。

「藤ヶ丘女子高校の選手の皆さん、至急、行司のところにお集まりください」

「……瑞穂、行こう」

先に気を取り直したらしい須崎が井野の手を引いて背を向ける。ずっと先輩たちのやり取りを遠巻きに窺っていた一年生三人が、見事なフォーメーションでその後ろに続く。

「どうしたんでしょうね？」

森が心配そうに尋ねたのに、新野は手を振った。

「いやいや、彼女らなら大丈夫でしょう」

ふと気づくと、加藤の姿がない。

どこかへ行ってしまったのか？

新野は、あわてて加藤を探す。だが、安堵したことに、加藤はいつものように観客席の一番前に陣取っていた。新野は胸をなでおろしながら、森を促して近くに座る。休憩時間中、顔見知りと話し込んでいたらしい富士先生は、すでに横のほうだが最前列に着席していた。

そして加藤は有能なマネージャーの顔に戻ってノートとペンを構えている。

──なあ、須崎。出場者のエントリーはこれでいいのか？

今年の五月。俳句甲子園へのエントリーシートを受け取った新野は、まずそう聞いてしまったものだ。

そこに書かれていた五名は、会長の須崎と一番新しい会員の井野、そして一年生三人。俳句同好会の設立に須崎と奔走していた、須崎の相棒である加藤の名が、そこにはなかったのだ。

──いいんです、先生。これが、トーコの希望なんです。

──希望？

──俳句同好会にいくらでも協力する、でも、自分は俳句甲子園に向いていない。どうしても満足のいくように俳句を作れないし人の作品をけなすこともできない。だから、自分以外の五人にして。トーコはそう言ったんです。そうしてトーコはずっと裏方として奔走してきてくれているんです。

たしかに、加藤は作句の数が極端に少ない。特に最近では当たり前のように、練習句会にすら参加しなくなっている。

須崎は親友をかばうような笑顔を見せた。

──トーコはいろんな作品が好きなんです。だからどんな句も否定されたくないし、否定ができないんです。私もそれでいいんです。トーコはちゃんと全部の活動にも関わってくれるし、すごく優秀なマネージャーですものね。

さあ、第二回戦が始まる。新野はわざとどっかりと、その優秀な加藤の隣に座った。

「加藤、手伝うぞ。うちの選手の発言を完全筆記するからな」

「相手チームの記録はいいの？」

「ああ、それは二の次だ。俳句は戦いじゃない。自分たちの思いを言い尽くせたら、それでいい」

「やっぱり、新野先生変わってる。ほかの三十五校の顧問はみんな、自分の学校を勝たせるためにやってきたと思うよ」

「変わっていて結構だ」

そこで会場にアナウンスが流れた。

「それでは、決勝トーナメント第二回戦を始めます！　この二回戦は東京の高校同士の戦いですね」

司会の、選手たちの緊張を解きほぐそうとしてくれているらしい饒舌《じょうぜつ》なしゃべりを聞きながら、新野は自校の選手五人の表情を観察する。

さっきのできごとで試合前の打ち合わせが十分ではなかったかもしれない。実力を発揮してくれるといいのだが。

この試合の兼題は「海月《くらげ》」。表記は「水母《くらげ》」でも、かな表記の「くらげ」でもよい。

「これは、東京の子たちとの対戦でラッキーだったかもしれないな」

新野は普段どおりの声で隣の加藤にささやく。顧問は落ち着いているのが何より重要だろう。

「『海月』という兼題では、地方の、海が近い場所に暮らすような学校は毎日の実感を込めた句を作るだろうからな。その点お互い東京育ちなら、多くは水族館や図鑑のクラゲで句を作るだろう。条件はイーブンだ」

加藤はぴんと背中を伸ばして目を見開いている。

こうしていると、いつもの生意気な雰囲気とは違って幼く見えてしまい、彼女には不本意だろうが、新野はつい色々と言ってしまいたくなる。

そんなに固くなるな。

それから、ずっと加藤に言いたいと思っているあと一言も。

だが、新野は言葉を飲み込む。

ストレートな言葉が一番相手に届きやすいとは限らないのだ。

先鋒戦。

立ち上がったのは一年生の三田村理香。

チームで一番音感がよい。言葉の響きに敏感であり、チームの句は彼女が朗誦《ろうしょう》に堪《た》えると納得したものでなければ提出できない。

――なんか、歌って気持ちよくない。

そのコメントが出たら、言葉の練り直しである。

その彼女の句。

みづくらげメールは開けぬまま眠る

――これはねえ、マ行の音が繰り返されるのが気持ちいいの。

――「メール」ではなく「手紙」のほうが平易ではないのか、「メール」ではやや作った感があるのでは。

新野がそう感想を述べた時、彼女は反論したものだ。

――だいたい、私、もう一年以上手紙を書いたことももらったこともないもの。

自分の感性が中年男だと思い知らされた新野はそこで引き下がった。

ただし、表記は最初の「水海月《みずくらげ》」からひらがなに直した。これは、同じ一年生の北条真名の主張である。

——「水海月」は見た人が読み方に迷うと思うの。それにマ行の音のやわらかさには、ひらがな表記が絶対にいいよ。

三田村が「音」にこだわる句法ならば、北条は「文字」だ。俳句同好会は吟行として校外へ出ることも多かったが、特に史蹟のような場所を選ぶ際は時間を多めに取らなければならない。その辺に立っている碑を見つけるたびに、北条が本来の目的を忘れて書の鑑賞を始めるからだ。

俳句甲子園の対戦では、両チームの句が大短冊に書かれて観客に披講されるが、藤ヶ丘の句はすべて、実行委員会に提出する前の段階で北条が大書して、検討を重ねている。実戦同様の大きさの句を日頃見慣れてきたのは、藤ヶ丘にとって強みだ。

その北条の句が、次鋒。

——ねえ、もうクラゲ見に行こう！

校舎内に泊まり込んでの俳句同好会の合宿の時。

句作に行き詰まった会員たちは、生物部の部室へ突撃した。

幸い、生物部が、以前内房総《うちぼうそう》へ合宿に行った時にミズクラゲを採集してきていたのだ。

北条はそのクラゲの水槽をもう一人の一年生、桐生夏樹と俳句同好会の合宿所に運んできて、じっと観察を続けた。

昔風の言い方をするなら引っ込み思案な北条と、はきはきと物おじせずに言葉が出てくる桐生はいいコンビを組んでいる。

一晩そうやってクラゲとにらめっこをした翌朝、二人が出してきた句はそれぞれの性格そのままだった。

――クラゲの触手って、糸細工みたいできれいね。何本あるのかな。

――あ、こっちのクラゲ、触手がもつれてる。痛くないのかしら。

北条はその触手をどうにかして詠みたいと苦心していた。

――「もつれたる水母の触手」。どうでしょう？

――いいじゃない。あとは下五にどんな言葉を持ってくるかだね。

――でもさ、「もつれたる」って、まんまと言えばまんますぎるよね。意地悪な学校はそこを攻めてくるかも。

――もつれる、まとわりつく、からまる、乱れる。うーん、どのニュアンスが真名には一番ぴんとくる？

――もう少し考えます。迷うのは、ぴったりする言葉を見つけてないってことですから。

北条が自分の中の正解にたどり着いたのは翌朝だった。

――わかりました！　私、からまってるクラゲを見ている落ち着かない気持ちが詠みたいんです。だから、「もつれている」じゃない、「ほどけない」方がはまります！

――ああ、なるほど！

一同が納得しかけた時、加藤が口を出した。

——ところでさ、クラゲとしては「ほどけない」状況はどうなんだろう？　これじゃあまずいのかな、それとも全然かまわないのかな。

——どういうこと？　トーコ。

——いや、「ほどけない」って言葉にしちゃうと、その裏には「ほどけてほしいのに」が含まれるでしょ。そこはどうなのかなって。

一同は再びクラゲをにらんだ末に、生物部部長を引っ張ってきた。

——え、その触手がこんがらがったクラゲが困ってるかどうかって？　さあねえ、私、クラゲじゃないからねえ。でも、生きていくには問題ないみたいよ。そいつその状態で冬を越してるから。

俳句同好会も物好きだねえ、あきれ顔の生物部部長を見送ったあと、北条は会心の表情で言った。

——決まりました。

ほどかざる水母の触手朝日影《あさひかげ》

一方、論理的思考が大好きな桐生は、クラゲの動きを観察していた。

中堅、その桐生の句。

音産まぬ海月の比重水の比重

——クラゲって、水に浮いちゃう軽いものかと思ったら違うんですね。水の真ん中にいる。比重が水と同じみたいに見える。本当に静かで、ただ水と同化している。

——でもさ、『音産まぬ』って、ちょっと作った感が強くない？　俳句は平易な言葉の方がいいんでしょ？　『音もなき』とかじゃだめ？

——うーん、でも、クラゲが音を立てずに動くのは確かですよね。『音もなき』だと、そのクラゲの動きが伝わらないと思う。だからといって『音立てぬ』じゃ、かえって騒がしさをイメージさせてしんとした情景から遠ざかっちゃうような……。

——そうか。『音もなく動く』を言うなら、たしかに『音産まぬ』か。

観戦しながら、新野はそんな俳句合宿のことを思い出していた。

あれは、いい時間だった。

言葉をとことん吟味する、濃密な時間。

あの時間を過ごしただけで、彼女らにはすばらしい収穫だったと思う。

――いかん、いかん。

試合中にこんなことを考えては、顧問失格ではないのか。彼女らは勝負しているのだ。勝負なら、勝ちたいという欲を出すのが当然ではないのか。

その肝心の勝敗はというと。

ここまで、一勝二敗。白の藤ヶ丘が過半数の旗を獲得できたのは、先鋒の三田村の句だけだった。

中堅戦を終えたところで、隣の加藤が大きく息をつく。

新野があえて気軽な声を出すのに、加藤はとがめるような目を向けてきた。

「いい勝負だな」

「いい勝負だと思うの、先生は？」

よかった。加藤も平静だ。新野は首を回す。こんなに肩が凝っていたのか。

「いや、そりゃあ、北条と桐生の句で負けたのはくやしいさ。だがな、選手五人とも、ちゃんと練習どおりのことが主張できていたじゃないか。緊張して言いたいことが言えないのはくやしいだろうが、出し切って負けたのなら、審査員の感性と自分たちのそれが一致しなかったと思うしかないだろう」

「そんな！　あと一敗したら、そこで終わるのに？」

加藤の声は普段通りの大きさになっている。新野は彼女の心をさらにほぐすように笑みを浮かべてみた。

「だがなあ、北条の句も桐生の句も、いいと思うんだが。それが勝負より大切なことじゃないか？」

加藤の表情が動いた。

「先生、ここまで来てそんなこと言う？」

新野は返事をしようと口を開きかけた。だが、そこで司会が副将戦の始まりを告げた。

副将戦。

井野瑞穂の句。

俳句同好会きっての文学少女で、俳句に関する情報量の多さも会長の須崎と肩を並べるだろう。逆に、言葉を知りすぎ、伝えたいことが多すぎて行き詰まるようなこともある生徒だったが、森の指導のおかげで、めきめきと伸びた。

夜の底海月のかはす言葉あり

——くらげと海月、どちらがいいんだろう。

井野は最後まで迷っていた。

――「夜」と「海」と「月」。つきすぎてる？

――でも、「くらげのかはす」ってすべてがひらがな表記だと、メルヘンチックすぎると思うのよね。

――あとさ、擬人法は安易だと攻められる可能性もあるよね？

――でも、この句はこの方向性で間違っていないと思う。

――うん。クラゲの泳いでいる様子。傘を閉じて広げて、ふわふわ漂うような、でも規則正しい呼吸みたいな動き。何匹も同じように繰り返すクラゲを見ていると、おしゃべりしているように見える。

――クラゲがしゃべるわけないって、そんなの、人間の思い上がりの偏見かもしれないものね。

――はい、瑞穂先輩の句を読んだら、海の底にはおしゃべりするクラゲがたくさん息づいている気がしてきました。景が大きくて、素敵です。

さあ、どう出るか。

勝負より大切なこと、などと言っておきながら、新野もつい体が前のめりになる。

「判定！」

行司の声とともに揚がった旗は、白三本赤二本。

勝った！

加藤が大きく息をつく。

さあ、これで二勝二敗。


大将戦。

須崎が立ち上がる。対戦相手のテーブルで披講したのは、さっき彼女らが話をしていた潤という選手だった。

須崎の顔は落ち着いて見える。その句。

手擦《てず》れせる句帳の余白海月舞ふ

一年生に交じってクラゲの水槽とにらめっこを続けていた須崎が、最後、疲れてペンとノートを放り出し、床に座り込んだ時の句だ。

――茜、頑張れ。

缶ジュースをさしだしながら彼女に声をかけたのは、この加藤。

――茜の努力は、その愛用のノートが全部知ってるよ。クラゲと格闘した全記録を……。

そのとたん、須崎はむくりと起き上がって叫んだ。

――トーコ、ありがとう！　できた！

披講されると、全員で喜んだ句だ。

――「句帳の余白」、響きいいです。

――漢字が多いけど、でもそこがまたいいです。

須崎にまだ動揺は見られるが、懸命にディベートを続けている。

さあ、結果はどう出るか。

「判定！」

行司の声とともに揚がった旗は……。

白二本、赤三本。

「赤、芳賀高校の勝利！　大接戦でしたが、この試合を制したのは、三対二で芳賀高校です！」

須崎がふらふらと席についた。

終わったか。藤ヶ丘女子高校、善戦はしたが決勝トーナメント二回戦で敗れた。鑑賞がいま一歩、及ばなかったようだ。

両チームが立ち上がったその向こうに、須崎と闘った、あの潤という男子生徒の句が見えた。

――作品点はほぼ同点だったんだが。

退場前に選手は互いに握手をして別れる。須崎と握手していたのは、あの潤という少年だった。何か言いたげに須崎を見ていたようだが、須崎は呆然とした顔のまま、ただ会釈をして、頼りない足取りで歩き出した。井野が、その須崎の肩を抱く。

新野は、自分への景気づけとして両膝をぱんとたたいてから立ち上がった。

「さあ、行くぞ、加藤」

そう声をかけてから、まっすぐに選手たちのところに向かう。

「お疲れさん。どこかで休憩するか」

気を引き締めなければ。自分は教師なのだ。こういう時にこそ、生徒をフォローしなければならない。

その新野の横から、加藤が進み出た。目を伏せている。

「あの、私から、まず、みんなに謝らせて。ごめんなさい。試合前の準備が不足してた」

「やめて、トーコ」

須崎の声はかすれている。「いいよ、トーコのせいじゃない」

「そう、もういいですよ、加藤先輩」

無表情に答えたのは桐生だった。「仕方ないですよ。とにかく私たちは負けたんです」とりなすように三田村も続ける。

「うん、終わりましたね」

新野はそこで割り込んだ。負けてもいいとは思っていた。でも、このままではいけない。この雰囲気を変えなければ。

「こら、終わっていないぞ。まだ敗者復活戦があるじゃないか」

生徒全員が顔を上げた。どの顔にも徐々に表情が戻ってくる。

「……そうだった」

「忘れてた、まだチャンスがあるんだよね……?」

みんなが口々にしゃべりだす。そう、準決勝に残れなかった三十三チームは、気を抜いている場合ではない。これから敗者復活戦だ。まもなく発表される兼題に沿って、各チームが一句だけ提出する。その計三十三句の中から審査員が合議で一句を選び、選ばれたチームは準決勝に進めるのだ。

「そう、勝負はこれからだ。さて、どうするかな。敗者復活戦の兼題が発表されるまで、少し時間が……」

「そうですね、どこかで休憩を……」

新野が森たちと小さな声で相談を始めたその時、外から声がかかった。

「ああ、君たち」

今の試合で判定を務めていた審査員の一人が近寄ってくる。

「ちょっといいかな。残念だったが、いい句があったね……」

選手五人でその審査員を取り囲む形になると、どうしても加藤がはじき出されてしまう。

句を出した者と、出さなかった者の差。

加藤がどんなに敏腕なマネージャーであっても、そこには厳然とした線が引かれる。

新野はぽつんと立っていた加藤に、そっと声をかけてみた。

「みんなに何かおごってやろう。加藤、一緒に来て選んでくれるか」

拒否されるかと思ったが、加藤は素直についてきた。


人数分のアイスクリームを買って、保冷剤を大量に入れてもらった。

冷気を上げるアイスクリームの袋をさげて、メンバーが待つ近くの公園に向かう。

「なあ、加藤」

並んで歩きながら新野は切り出した。「加藤も句を作ってみないか?」

「え?」

加藤が立ち止まる。「私が?　無理だよ」

「なぜそう決めつけるんだ」

もっと前に言うべきだったのかもしれない。せっかく俳句同好会に入りながらほとんど実作をしない加藤。

たしかに五名いればチームは成立する。五名で固定されていれば、むしろそのほうがまとまるのかもしれない。しかし、本当にそれでいいのか。迷いながらもここまで来てしまった。俳句甲子園に出場するには創作句の提出が必須であり、その提出期限がかなり前に設定されてしまっていることも、加藤に創作を促すチャンスを逸した理由の一つだ。

加藤に言うなら、今が最後のタイミングだ。このまま加藤の夏を終わらせない方が、絶対にいい。

敗者復活戦の句だけは、ほかのものと性質が違う。この場で兼題が出されての創作なのだ。だから加藤も参加できる。

だが、加藤は首を横に振る。

「先生だって、私の句がどうしようもないの、知ってるでしょ」

「そんなこと知らんぞ。加藤の句がどうしようもないとは思わない。いや、どうしようもない句などあるとも思わない」

「むちゃくちゃだよ。万一私が加わって負けたら……」

「この大会で勝っても負けても、どうでもいいとは思わないか？」

とうとうそこまで口にしてしまった。こんなところで言うべきではないかもしれないのだが。

「どうでもいいって……何それ」

新野は言葉を慎重に探す。

「なあ、加藤、加藤は今十七歳か？　あと五年後を想像してほしい。君らが大学を卒業する頃、プロ野球で期待の新人とか注目株とか、マスコミが大騒ぎしている選手。そういう人間はまず間違いなく、今年全国高校野球大会に出場している」

加藤は新野の言葉をはかりかねたようにじっとこちらを見つめている。

「または、もっとジャンルを広げようか。君らと同世代の、次のオリンピックではメダル候補と期待されるだろう選手は、今インターハイのエース級か海外にスポーツ留学しているか、どちらにしろスポーツエリートだ。だがな」

アイスクリームが重い。袋を持ち直す。

「君らの同世代から将来天才俳人ともてはやされる人物が出るとして、その彼もしくは彼女が、高校時代俳句甲子園のことなんか知りもしなかったという可能性は十分にある」

加藤が目を丸くした。

「そんなものだ、俳句甲子園は。いや、強調するが、今言ったことはこの大会を軽んじているわけでもここにいる選手たちを馬鹿にしているわけでもないんだぞ。だが日本人として日々日本語を使っている人間なら、誰でも名句を作る可能性を秘めているんだ。それに、たとえこの場で負けたとしても、だからと言ってその俳句が否定されたわけではない。こんなところで言うことではないかもしれんが、俳句は基本的に勝ち負けではないんだ。だから、そんなに身構えるな。この大会で勝ち上がることがすべてじゃない。俳句はそんなに小さいものではない」

そうだ、結果にとらわれてせっかく出会えた俳句の魅力を誤解するようなことがあれば、その方がよほど大きな損失だ。

と、拍手が聞こえた。

見ると、まだ手をたたいている森、その横に須崎がいる。その須崎が寄ってきて、新野の手からビニール袋を受け取った。それからゆっくり加藤に向き直る。

「先生、ごちそうさまです。それからトーコ、これを見て」

「え？」

一枚の紙が、須崎から加藤に手渡された。

「発表されたの。敗者復活戦の兼題は『草笛《くさぶえ》』」

それから須崎はちょっと笑った。

「新野先生が言ってくれてよかった。私たち五人も同じことを考えていたから。ね、トーコも来て。時間がないの。提出までに残されたのは約一時間。トーコも一緒に作ろう。真名がもういつもの用意を終わらせてる」

「私も？」

「そう。藤ヶ丘女子の俳句同好会は六人なんだから」

須崎は加藤を促して並んで歩き始める。

「全国大会に来られるとわかった時から、選手の五人で話し合っていたの。たぶん、私たち準決勝にすんなりとは進めない。そんなに簡単な試合じゃないし敗者復活戦に回る可能性が大きい。だからその時は六人で句を作ろうって。全員で、提出する句を決めようって」

富士先生が監督してくれていた残り四人の選手は、会場近くの小さな公園にいた。緑が濃いが、芝生のあたりは風通しがよい。須崎と加藤が近づくのを見てその四人が無言で体をずらし、二人分のスペースを空けた。加藤は須崎に手を引かれたまま、並んでそのスペースにすわる。車座になった生徒たちはなおも無言でアイスクリームを口に運びながら、中心に置かれた半紙をじっとにらんでいる。北条が、ほかの会員に見守られながら書き上げた「草笛」の書を。

「じゃあ、作句してください。時間は十分」

須崎がそう声をかけたのをしおに、新野は立ち上がる。

「少しその辺を歩いてくるからな」

落ち着かない大人三人は、大街道をそぞろ歩いた。幸いなことに、富士先生は顔見知りの俳友に声をかけられ、別行動になった。

森が落ち着かない様子で言う。

「あの子たち、大丈夫でしょうかね」

「ええ、たぶん」

新野が先導する形で、大街道からぶらぶらと横道に入っていった。

「松山城《まつやまじょう》も近いですが、さすがに十分足らずで往復はできませんからね。でも、すぐそこですよ。松山はコンパクトな街なんです」

「城山の山頂まで行けるんですかね？」

「行けますよ。ロープウェイがありましてね。敗者復活戦の投句が終わったら、生徒たちを連れて行ってもいいですね」

「そうか、新野先生は松山の出身なんですね」

「はい」

しばらく無言。やがて森がのんびりとつぶやいた。

「いい街だ。十五万石の城下哉《かな》、ですねえ」

「子規の句ですか。春や昔十五万石の城下哉。……ねえ」

しらずしらず、新野は聞いてほしい気分になっていた。「ぼくは俳句甲子園の指導者と

して は失格ですかね。どうも、俳句での勝ち負けに熱が入りきれていないんですよ」

俳句は、ずっと生活の中にあるものだった。小学校の時から俳句の授業は日常的だったし、父親は友人といいかげんな句会を開いていた。故郷の同級生からの年賀状には一句したためてあるのが当たり前だった。

どの句がより勝っているのか、そういう目で俳句を見たことがなかった。

「ほう」

「だからねえ、俳句で勝負というのが、いまだにどうしてもぴんとこなくて。実際今日の対戦で出た句、負けた方にもいい句がたくさんあるように思うんですよねえ」

森が笑う。

「そういう指導者こそ、こんな時には効果的なんじゃないですか。さっき加藤を説得していた名調子、感服しましたよ」

いや、そんなに褒めてもらえるようなものではない。新野は照れ隠しに時計を見る。

「そろそろ十分経ちましたね」

「はい。戻るとしましょうか」

あまり時間がない。提出時刻が迫っている。

六人の生徒は全く同じ場所に同じ姿勢で座っていた。

一言も会話をしていなかったのかもしれない。

「じゃあ、とにかく一人ずつ句を発表してくれ。それから藤ヶ丘女子としての一句を決めよう」

新野が促すと、須崎がちょっと硬い顔で手を挙げた。

「それでは、私から披講させて」

そう、最初はやはり須崎会長だろう。

須崎の句を聞いたとたん、加藤が顔を上げた。

友呼ぶ草笛は耳にやはらかし

〈敗者復活戦投句締め切りまであと三十分〉

第九章

春爛漫の

——加藤東子《かとうはるこ》

春や春春爛漫の桜かな。

東子の亡き祖父は、機嫌がいい時いつもそう口ずさんでいた。東子の名前を付けた、大好きな祖父だった。

祖父は「文学青年」でもあった。自分でそう言っていたし、小さかった東子の目にも、いつも「本を読んでいる人」のイメージだった。祖父の家にはいくつも本棚があって、古めかしい本がずらりと並んでいた。

だから、おじいちゃん子で、おじいちゃんの家に入り浸っていた東子も、「本の虫」になった。

小さい時から、本の話のできる友人は周囲にいなかった。小学生になっても中学生になっても、アストリッド・リンドグレーンやアガサ・クリスティやJ・R・R・トールキンを読んでいる人は誰も見つからなかった。そのうちに、東子も探すことをあきらめた。教室での東子は、自分の知らないテレビ番組のことや女の子向けの雑誌のグラビアや、クラスのちょっと運動神経のいい男子の話題で盛り上がるクラスメートを見守って、いつもにこにこと話の輪の一番外側に立っているような子どもだった。

それでも、要領のいい東子は先生や親に心配をかけるようなことはしなかった。感情を安定させて、そこそこの成績を取って、クラスの行事にも参加して。そうすれば大人は安心して放っておいてくれる。読書の時間と空間を確保できる。

世の中には、こんな風に「書ける」人間がいるんだ。すごい、と単純に思っていた。東子にはどうしてもできない芸当だ。作家と呼ばれる人種だけではない。東子のクラスにも、当時はやっていた連載漫画の人気キャラクターを主人公に、自分で創作をしているクラスメートがいた。クラスの女子の大半は、大喜びで回し読みしていたが、東子は仲間に入らなかった。その子の書き方に納得がいかなかったから。東子も好きなそのキャラを、自分勝手に作り変えていると内心憤慨していたから。その欲求不満を解消するために自分でも書いてみたかったけど、東子はどうやっても三行以上の物語を書けなかった。思い浮かぶことはたくさんあるのに、言葉にならないのだ。

そんな東子の世界が変わったのは中学二年生の時だった。

――ねえ、東子、役員会のお知らせを作成したいんだけど、どうすればいいのかしら。

典型的家庭の主婦である母親が、ＰＴＡ役員を押し付けられたからと、パソコン一式を買い込んできたのだ。

——いい機会だもの。いつまでも機械音痴の母親じゃ、かっこ悪いでしょ。

今どきの小中学生はちゃんとパソコンの授業を受けている。文書の作成や簡単な画像の取り込みくらい、お手の物だ。

悪戦苦闘する母親の用事を手際よく片づけてあげたら、ものすごく感謝された。そして夕食の支度に立つ母親を見送ったあと、東子はインターネットを開いてみた。学校の授業で使うパソコンには何重にもアクセス制限がかけられているが、リビングの片隅に広げられたノートパソコンからは、ずっと広い世界に踏み出せた。

今でも覚えている。検索エンジンの窓に最初に打ち込んだ言葉は「ジャック・フィニイ」だった。それまでの十四年間の人生で、彼の名前を知っている生身の人間には一度もお目にかかれなかった。

東子が大好きな『ゲイルズバーグの春を愛す』の作者。

——どうして私の名前、「東子」って書いて「はるこ」なんて読むの？　お友だち、誰も読んでくれないよ？

小学生の時から東子はずっと不満だった。漢字自体はみんな知っているのに、誰もかれも「トーコ」と読んでしまうのだ。

――そうか、それは悪かったね。でも、この名前はおじいちゃんが一生懸命考えたんだがな。日本や中国の昔からの考えでは、四季は、東西南北、四つの方角に相応するんだよ。そして日が昇る東の方角は、一年の始まりの季節、春を表すんだ。物事の始まり、誕生、未来。そんなおめでたいイメージを表す、春生まれの東子にぴったりのいい字なんだが。

祖父の説明に納得しきったわけではなかったが、春は自分の季節だということは、しっかり刷り込まれた。だから、春という字を見つけるとつい注目してしまう。

町の図書館の片隅にあった『ゲイルズバーグの春を愛す』の本を見つけたのも、タイトルの「春」が目についたからだ。現代にあるとは思えない魅力的な町を描いた、不思議なファンタジー。その話を誰かとしたくても、知っている人はやっぱりいなかった。

ところが、インターネットの中には、「ジャック・フィニイ」について語っている記事が何万件も存在した。東子と同じ本を読み込んで同じように感じる人、まったく違う感想を持つ人、東子の聞いたこともない本を読み込んでいる人、さまざまな人たちがいた。

東子には楽園だった。創作できなくても、本のことを話せる。文芸部でも見つけられなかった楽園だ。ここは、東子と同じように感じる人たちが集まる、夢のような場所なのだ。

そこにKANもいた。

＊＊＊＊＊

「友呼ぶ草笛は耳にやはらかし」

会長の須崎茜が自分の披講を終わらせ、井野瑞穂を見る。打てば響くように瑞穂が続けた。

「草笛は空耳《そらみみ》課題はかどらず」

一年生三人の披講は、誰が決めたわけでもないのに順番が一定になっている。桐生夏樹、北条真名、三田村理香。

今もその順に、テンポよく披講が行われた。

「海遠し青き匂ひの草の笛」

「草笛を鳴らせぬ子らの赤き頬」

「草笛や十二音階定まらず」

みんな、自分らしい句を詠んでいる。夏樹は最近「の」の音を重ねるのに凝っていたし、真名は子どもを詠むのが好き、理香はきっと草笛でピアノみたいに演奏ができないことがもどかしかったのだろう。

そんなことを思いながらも、実は、東子は最初の句を読んだ時の、きっぱりとした茜の声が耳から離れない。

——友、か。

顔を上げると五人の目とぶつかる。そうだ、東子は六番目の会員だ。

東子は口を開いた。俳句甲子園への練習が本格的になってきてから、全く作句に参加してこなかった。自分に才能がないのはすぐに思い知らされたし、東子が作句したら選手、特に瑞穂が気にしそうだったから。でも、披講するならこの順番だろう。スタメンではないけど会員であるマネージャー、いや副会長の東子。

「草笛や言葉にまとめられぬもの」

それまでノートに一心不乱に書きつけていた瑞穂がはっとしたように顔を上げた。その横の茜は、一瞬ぽかんとしてから、徐々に表情をほころばせる。

魔法のようだ。

友呼ぶ草笛は耳にやはらかし。

草笛や言葉にまとめられぬもの。

茜と句をやり取りしただけで、ほかに何も話していないのに、気持ちが通じ合ったと思えた。

「言葉にまとめられぬもの、ですか」

夏樹がつぶやいたことで、茜も我に返ったようだ。ふっと息をついて会員を順に見ながら口を開いた。

「どう？　どの句が一番気になった？」

発言を促され、真名が言った。

「私、トーコ先輩の句です。『言葉にまとめられぬもの』。草笛と言葉、その対比を思わせる感じが好きです」

東子はどきどきしてきた。きっと顔が赤くなっている。

東子の句を、いいと言ってくれた。創作で評価された。

だが、すぐに理香がこう発言したので、話は次に移った。

「私ね、誰の句っていうより、草笛に対して結構みんなネガティブだなあって、それが印象的だった。井野先輩の草笛は本当に聞こえているものじゃないし、私の草笛も音階が不確かで不完全燃焼な気持ちについての句だし、真名にいたってははっきり『鳴らせぬ』だよ」

夏樹が抗議する。

「仕方ないんじゃない？　だって、みんなでためしに草笛に挑戦してみたけど、誰一人吹けなかったんだから」

この一年生トリオは強い。さっきの負けも引きずらない。東子はやっと肩の力が抜けるのを感じた。小さく笑ってみる。と、瑞穂と目が合った。穏やかな表情で返してくれる。

「いいじゃない、それも草笛だよ。うまくいかない、あぶなっかしいもの。私たちの草笛の解釈はそういうことなんだよ。あ、あと会長が珍しく破調で詠んでるのも面白かった。『草笛は耳にやはらかし』と『友』の取り合わせっていいと思う」

それまで黙っていた茜が口を開いた。

「うん。『友』にはいろんな友があるよね。いろんなことを話してきた、たくさん話してもらってきた、それが『友』との言葉ならばきっとどんな言葉でも結局は耳にやわらかいんじゃないかって、そういうのも草笛に託したかった」

茜の言葉を聞いているうちに、また胸がどきどきしてきた。茜はずっとみんなの顔を見回していて東子の方を一度も見ていないが、この言葉も東子に向けられているのではないか。

その東子の動悸は、続けて瑞穂が言ったことでさらにたかまった。

「そうだよね、私たち覚えていられないほどたくさんしゃべってきてるんだものね」

――この人たち。

その時茜の目が東子をまっすぐに見た。

東子は何も言えずに、ただうなずいた。

そう。たくさん話してきた。これからも。時には『言葉にまとめられぬもの』があっても。

「なーんか、でも、思いが強すぎる気がしますけどねえ」

通じ合った気がした空気に水を差したのは夏樹だった。この子はいつもこうやって、ねらっているのかまったくの天然なのか、わからない発言をする。

「会長の句、好きですけど、『友』って言葉にすると重い気もします。自分が呼びかけているのが大事な人なのはわかりきってるわけでしょ。じゃ、わざわざ『友』なんて言わなくたって、その辺のニュアンスは伝わるじゃないですか」

瑞穂が手を打った。

「あ、そうか。むしろ『友』をはずした方が、その『大事な人』に広がりが出るか」

「広がりが出るって、たとえば親とかにも?」

「いや、『親』への言葉は耳にやわらかくないなあ」

六人で声を上げて笑う。瑞穂の声が、いつものように生き生きしてきた。

「もっとストレートでいいかもね。言葉にならないでもいいんだよってメッセージも、はっきり『聞かない』って句にしちゃうのはどう?」

「あ、いいかも」

こうなるとすっかりいつものディスカッションの雰囲気だ。

「ただ、そうなると『草笛』と『耳』は近いかもね。『聞かない』を要素に入れるなら『耳』をはずすか」

「方向性は『友』と『草笛』ね。よし、もう一度やり直し」

みんなのアイディアを受けて、真名が新しい半紙を取り出し、「友」と清書した。

「ただし、友は背景みたいな扱いで、と。ところで、草笛の草笛らしさって何？　匂い？　音？」

「音って言っても、私たち誰も草笛を満足に鳴らせないじゃない」

その時だった。さっきからずっと、すうすう変な音がすると思っていたのだが、突然甲高いホイッスルのような音が響いた。

真名の書の上にかがみこんでいた六人は、同時に音の方を向いた。

新野がにこにこして、もう一度口にくわえた草笛を鳴らす。今度は口笛よりもやわらかくて、オカリナのような音だ。

「わあ、先生、できるんだ！　教えてください、それ何の葉っぱですか？」

真っ先に食いついたのはやっぱり理香。

新野って、まったく……。

東子は思わず苦笑する。ようやくみんなの気持ちが一つになったこのタイミングで草笛を鳴らすとは、ねらってやったのか、それとも全くの偶然なのか。いつまでたってもつかみどころのない先生だ。

敗者復活戦の投句締め切りまで、時間がない。なのに藤ヶ丘女子の会員たちは、まだ草笛を吹くことに熱中していた。こういうことのマスターが早いのはいつもながら理香、それと意外に瑞穂がうまい。負けず嫌いの夏樹はむきになって真っ赤な顔をしている。でも、うまく鳴ると気持ちがいい。東子も音が出るようになった。少しずつ口の形を変えると音階もコントロールできる。

「ドレミファソ、吹けた！」

だが、そこで我に返ってあたりを見回した東子は、思わず笑いが込み上げてきた。

「ねえ、私たちこんなことやっていていいのかな」

すぐ隣で、茜が甲高くピーッと鳴らした。そしてその葉をつまんで叫ぶ。

「ねえ！　今のこの情景を詠むのはどう？　そうね、『草笛一心に』とか」

「あ、いいじゃない」

受けたのは瑞穂だ。「でも、上五はどうする？　『聞かず草笛一心に』が続く言葉だよ」

「こういうのはどうかな」

考えるより先に、東子の口から言葉が出ていた。そして草の葉をくわえたままの五人の顔をゆっくりと見回す。

胸中は聞かず草笛一心に

草笛の句は、無事に提出できた。今日すべきことをすべて終えた六人は、ほっとした思いで大街道会場をあとにした。

「明日は、別の会場なんだよね」

「うん。松山駅近くのホール」

そのホールに自分たちが選手として立てるかどうかは、みんな話題にしなかった。

ついさっき作った草笛の句。東子の句……と言っていいのか。いや、みんなの句だ。東子も加わった、みんなの句だ。

明日、その句を披講するために会長の茜がステージに上がる。

ほかの会員がステージに上がれるかどうかは、十三人の審査員にかかっている。敗者復活戦に臨む三十三校の代表がそれぞれ一句を披講し、審査員からの質問に答えた後で、一番優秀な句が決められるのだ。

準決勝に進めるのは、そのたった一校だけだ。確率は低い。三十三分の一。

そのことを今言ったところで、どうしようもないから、もう誰も言わない。

「ねえ、松山城のほうまで行ってみない？」

夕食までには宿に帰りますから、先生たちにはそう言って了解をもらい、東子は五人を誘う。

お城というのは、だいたいその地域で一番高い場所にあるそうだ。雲が出てきたせいで気温が下がったのがありがたい。ちょっと湿った風が吹き始める。ひぐらしが鳴き出す。ほかにも同じようなことを考えた学校があったようで、昼間大街道で見かけた高校生たちのグループがいくつも目に入った。でもみんな、互いを認めても近寄ったり話しかけたりはしない。

試合開始前も試合中も、――特別な存在の芳賀高校はさておいても――他校と交流はしなかった。緊張していたし、それどころではなかった。そして今も、あまり話したくなさそうなのはどこの学校も同じらしい。

つづら折りの道を登っているうちに、さらに空が暗くなってきた。そして足元に、水の粒が丸い斑点を作り始める。

「え、これ、雨? 夕立が来るの?」

「うわ、本格的に降り出した」

六人で、あわてて城門の下に入り込む。ほかにも急いで傘をさす高校生、出口に向かって走り出すグループ、みんなが雨を避けて行動したせいで、あたりは静かになった。

「至光学園、いなかったね」

東京会場で藤ヶ丘を破って全国大会出場を決めた学校だ。さっき試合結果を見たら、藤ヶ丘と同じく決勝トーナメントで敗れて敗者復活戦に回っていたのだが。

「絶対明日勝ち上がってやるぞって気合い入れて準備してるんじゃない?」

「じゃ、ここにいたのは、うちみたいにぬるい学校なのかな」

「トーコ、ぬるいじゃなくて、うまくリラックスできている学校って言って」

どちらにしろ、今観光気分で松山城まで登ってきているのは、みんな、今日の試合で負けた学校だ。明日の準決勝進出が決まっている三校はそれどころではないだろう。さっさと宿に帰って明日に備えているはずだ。

「芳賀高校も、準決勝のための最後の調整中かな」

瑞穂がふと思いついたようにそう言ってから、茜を見てあわてたような顔をした。東子は苦笑する。

「それより草笛練習しよう。明日審査員の前で、茜が、草笛とは何か、ちゃんと主張できるように」

茜が力強くうなずいた。

「うん。精いっぱい、思いのたけをぶちまける。トーコの句だから」

東子は笑って訂正する。

「ちがう、みんなの句だよ。でも私も参加したから。だから会長、精一杯出し切ってよね」

雨が弱くなってきた。名も知らない草や花の香りに包まれて、六人はまた草を摘む。

通り雨はすぐにやみ、六人は無事に宿にたどり着けた。そして六人並んで布団を敷いた部屋で、東子はぐっすり眠ってしまった。あんまり熟睡しすぎたせいで、目覚めてからも、今日が大事な日だとはしばらく思い出せなかったくらいだ。

できれば昨夜のうちに、もしも準決勝に進めた時のための布陣をもう一度シミュレーションしておきたかったのに。

そして今、東子たちはホールの観客席に座り、ステージ上の茜を見つめている。三十三校の代表がずらりと並ぶ中の、右から八番目の姿。

藤ヶ丘の句を堂々と披講し、堂々と審査員の質問に答えた会長。

茜は明るく、大事な人への言葉に出せない思いを語った。そこまではいいのに、草笛が吹けない苦心と成功した時の達成感を語りすぎ、時間切れになったとたんに残念そうなため息をついたせいで、会場の笑いを誘った。

いいキャラだよね、会長。

親しみと愛情を込めて、そう思う。東子がずっと追いかけてきた須崎茜。茜は全然そのことを知らないけど。

そして結果。

「敗者復活戦、勝ち残ったのは……」

次の瞬間、ステージのスポットライトが茜一人を照らし出した。

「藤ヶ丘女子高校！」

茜の一瞬茫然とした顔が、やがて歓喜の表情に変わっていく。

「やった、トーコ！」

乱暴に飛びついてきたのは隣に座っていた瑞穂だ。

「勝ちましたよ、先輩！」

ひときわ大きな歓声を上げているのは理香。

それでも、東子はしばらく耳が信じられなかった。

「うちが本当に残れたの……？」

「ほんと！　奇跡が起きたんじゃない？」

ステージから下りてきた茜と抱き合う。だが、そんな六人の感動を醒ましたのは、少しあとで席に戻ってきた教師の富士だった。

「べつに奇跡というほどのことではないようですよ」

句会での指導で会員の欠点を指摘してきたのと同じ、淡々とした口調だ。

「今、ちらりと審査員方の選考結果を聞くことができたのですが、最初に十三人の審査員で推す句を出し合った時、藤ヶ丘の句をよしとした方は二名だったそうです」

「え？　たった二名ですか？」

「はい。どなたがどの学校に投票したかはもちろん教えてくださいませんでしたが、一番選の集まった句は四票、次が三票、三位が二票の藤ヶ丘ともう一校、同点五位が一票取った二校。これで計十三票だったそうです」

「うわあ、すごくばらけたんだ……。でもそれで、どうして藤ヶ丘が勝てたんですか？」

「しばらく討議した後で、得票数がゼロと一の高校をのぞき、藤ヶ丘を含む四校で二回目の投票をしたのだそうです。そこで何が起きたのかは予測がつきます。おそらく、五位の学校に入れていた審査員二名が藤ヶ丘を推してくださったのでしょう。そうすれば藤ヶ丘の得票数は四、一位の学校に並びます。そしてその後決選投票で、また票が動いたとすれば……」

会員全員で、拍子抜けした顔を見合わせる。

「それはつまり、最初に高評価をしてくれた二名の審査員がありがたかったってこと？」

「ううん、最後にうちに回ってくれた審査員たちに感謝するべきじゃないのかな」

富士だけがいつものとおり表情を変えない。

「まあ、そういった方たちには、一位と二位の句に入れたくない何かの思いがあったのかもしれません。審査員も人間ですからね、ある句には自分のポリシーとして同調できないから、他の句を推す。ままあることですよ。たとえば、政党の代表選びでも同じようなことが起きますね。誰も過半数を獲得できない中、トップを争う候補よりもダークホース的な存在が散らばった票を集めてしまう。俗な言い方をすれば『勝ちを拾う』という現象です」

東子は抗議した。

「先生、せめて、もう少しかっこいいたとえはありませんか？」

まあまあ、と新野がのんきに割って入った。

「どういう言い方をしても、藤ヶ丘が勝ちを拾ったことに変わりはないなあ」

茜がやる気に満ちて言い切った。

「拾った勝ちでいいじゃない。いくよ、準決勝！」

「なにしろ相手が相手だものね」

全員、すごく戦闘的な表情でうなずきあった。

そう、もう一度対戦するのだ。

芳賀高校と。

上気した五人を見て、東子は気を引き締める。

「みんな、作戦会議するから集まって」

五人がステージに並んでしまったら、東子にできることはない。東子の戦いは、その前にある。

「ええと、芳賀高校の五人を把握しておこう。メガネさん、のっぽさん、大きくて丸い人、小さくて丸い人、そして潤君」

身も蓋もない分類だが、名前を覚えるより手っ取り早い。

「おそらく、真っ先に発言するのはメガネさんか潤君。どっちもすごく弁が立つ。でも理屈っぽいから、逆に、情緒に訴えると結構抜け道がある。あと、油断しちゃいけないのが小さくて丸い人。意外に感情の込もったことを言うから、うっかりすると審査員の受けを持っていかれる。それから……」

東子はスタッフから招集がかかるまでしゃべり続けた。

準決勝の試合開始を前に広いホールの中の、出場校にあてがわれた一画に陣取る。東子は富士と並んだ。

ステージ前の長いテーブルには、十三人の審査員席。

「……すごいなあ」

「何がですか、加藤さん」

ひとりごとのつもりだったのに、富士に聞こえていたらしい。

「いいえ、あの審査員席に座る十三人。後ろにいる、何百人という自分たちが落とした学校の生徒たちに見つめられたまま、審査をするんでしょう。すごくこわそう」

珍しく富士が笑った。

「あの方たちはこういうことに慣れていますよ」

「え？」

「あの方たちは句会や選で、これぞという句を選びます。それは同時に、ほかの句を退けるということです。選とは、そういうことです。批評は第二の創作です。あの審査員たちは、他人の労作に優劣をつけるという修羅場を長年潜《くぐ》り抜けてきた人たちです。傷つけた分傷つけられる、その覚悟のある人たちです」

傷つけた分傷つけられる。

急所を突かれた思いで、東子は返事ができなくなった。

東子には傷つける覚悟がない。だって、どの句にだっていいところがあるもの。昨日聞いた負けた句にも、好きなものがたくさんあったもの。だから東子は句を否定できない。今年の五月、東亜女子学園の句を褒めちぎって笑われた、あんな具合になってしまう。

「それに、ずっと審査員の評を聞いてきてわかったと思いますが、批評とは否定ではありません。この大会、どうかするとそれを忘れがちになるかもしれませんね」

「え？　どういうことですか？」

富士は体をひねって東子を見た。

「たとえば、昨日うちが出場した決勝トーナメント第一回戦の、中堅戦を覚えていますか？　あの相手チームの句」

東子は記録ノートを引っ張り出す。

「ああ、これですか」

すごく印象に残っている。まっすぐすぎて異色だった。

夕焼雲でもほんたうに好きだつた

「あまりにまっすぐで、みなさん攻めあぐんでいましたね。たしか争点は、表記はこれでいいのかということに終始しました。ですが、こういっては何ですが、それは些末なことだったと思います。あの句はあのままで、どの言葉にも置き換えられない必然性を獲得できていたんじゃないでしょうか」

「でも、それじゃ、あの場でどう突っ込めばよかったんでしょう。何も言えなくなっちゃいます」

「突っ込まずに、すなおに共感したと言ってもよかったのではないですか？」

東子は返事ができなくなった。

「本当は、私は今でも俳句という形態が好きではありません。その理由の一つは、あのような、句歴の浅い高校生がひねりや工夫なしに摑み取った表現が、時として圧倒的な印象を残すことがあるからです」

なんだか今、とても大切なことを言ってもらっている気がする。富士の言葉をこんなに真剣に聞いたことがあっただろうか。

東子の思いにかまわず、富士はいつものとおりに教師らしく続けている。

「『でも本当に好きだった』。これが小説や戯曲ならば、この一言が読者の共感を呼ぶようにと、作者はそこまでの人物造形やプロットに全精力を注ぎ込みます。でも俳句はそれをしない。にもかかわらずあの句が共感を呼んだとすれば、それは、作り手ではなく受け取る側に、自分の都合なんかお構いなく圧倒的に美しい夕焼けをうちのめされながら見つめた記憶や、『でも本当に好きだった』と吐露するしかなかったやるせない体験があるからです。そう、あの句、試合には勝ちましたが、だからと言って今日の閉会式で最優秀賞に輝くとは思いません。審査員の方々も、努力や研鑽《けんさん》が窺われる句を評価するでしょう。でも、あの句が披講された瞬間、客席で多くの人が体を動かしたのは事実です。ああ、そのとおりだ、といい歳をした大人が大勢共感していました。そんな場面を見たのはあの句の披講の時だけでした。『でも本当に好きだった』と叫んでいたかつての自分が揺さぶられたのですね」

先生も揺さぶられたんですか、そう軽口をたたこうとした東子は、あることを思い出して口をつぐんだ。半年前。「咳をしても一人」、たった七字で小学生の頃に連れ戻されてしまった自分。

富士は長い熱弁に照れたように、小さく笑った。

「そういうの、なんだかずるいと思いませんか？　たった十七音で他人の共感を呼んでしまうなんて。でも、俳句で勝負することを選んだ人たちは、そうした場合、すなおに受け入れていいのでは、と思いますよ。例の俳句の挨拶はそういう時のためのもの、『ありがとうございます、あなたの句のおかげで私の内に物語が生まれました』という意味なのでしょう？」

「どんな挨拶ですか？」

「『いただきました』」

たしかに、この大会中もそういう評を口にする審査員が何人もいた。

「鑑賞とはけなすことでも否定することでもないのですから」

……まさか、この場面で富士に教えられるとは。でも、自分一人の考えなんて小さいものなのだ。そのことを、俳句甲子園に関わってから、たくさん教えられてきた。

安部公房の『砂の女』も、いつか別の読み方ができるようになるかもよ、今度茜にそう言ってみたら賛成してくれるんじゃないか。茜、前には散々けなしていたけど。

「さあ、始まるよ」

「トーコ、行ってくるね」

口々に声をかけられて東子は我に返った。

通路に出ていく選手五人にハイタッチをした後で、今思いついたことを大急ぎでメモに走り書きにして、列の最後尾の瑞穂に手渡す。

「トーコ、何、これ？」

「参謀としての、最後のアドバイス。席に着いたらみんなに回して」

たった今、富士の言葉を聞いて浮かんだことだ。

『対戦した句、どうしても突っ込む点が見つけられなかったら、褒めて。いい句だ、心から共感したと鑑賞して』

そう、ここは否定ではない、鑑賞する場なのだ。

〈準決勝戦まであと十分〉

第十章

春や春

——須崎　茜

ステージ上の机や椅子の配置は、地方大会や昨日の大街道会場と同じだ。一列に並んだ審査員の前に、紅白の机がハの字形に置かれている。そのハの字の中心あたりに、披講用の二枚の大短冊が吊るされる。

ただ違うところは、審査員の後ろに何百人もの観客がいることだ。

この会場に呑まれたりしないか心配だったから、五人の配置には知恵を絞った。

一番短冊寄り、舞台中央に近くて観客席が視界に入りやすい席に理香。とにかく舞台度胸がすごい。事前に動画で実際の決勝試合を見た時も、動じなかった。真名や瑞穂は、こんな広いホールで発表しなくちゃいけないのかと怖気づいていたのに。

——全然自慢にならないけど、このくらいの広さのホールでなら、何度も演奏したことがあります。絶対ミスタッチするってわかってるショパンを弾くより、俳句の対戦の方が気楽ですよ。ピアノは一曲始めたらノンストップで突っ走るしかないけど、俳句は何もしないで言葉を考える時間があるんですもん。

その隣が、夏樹。実はこれまたマイク慣れしている。藤ヶ丘の全校生徒を前に堂々と発表していた姿を見ている。

五人の中心にはやはり茜が座ることにした。その隣に、落ち着かせる意味で真名。しんがりは瑞穂。短冊を見ていれば、客席に半ば背を向けられる位置だ。

準決勝第一試合。

赤、藤ヶ丘女子高校対、白、芳賀高校。

兼題は「雨」。

先鋒戦。披講は真名。

(赤) 遠足の列はぎゅうぎゅう雨宿り

(白) 白靴《しろぐつ》に昨日の汚れ雨催《あめもよい》

白チームから質疑開始。

「赤の句、一読して景がよくわかります。遠足の列が、急に雨が降ってきたせいで間隔がせばまった。でも、それだけではないでしょうか。情感が広がらないのですが」

「そうでしょうか。ここはまっすぐに、雨宿りの情景を味わっていただきたいと思います。あわてながら身を寄せ合っているのは、私たちみたいな高校生なのか、子どもなのか。そんな想像が広がるし、急な雨に困りながらも、でもどことなく楽しんでいる、そんなわくわくした感じが伝わってきませんか？」

真名、今日はよく話せている。昨日までより会場は段違いに大きくなっているのに、あがったりもしない。昨日松山城址の城門で身を寄せ合った、その時の楽しさも言葉に力を与えているようだ。

次に、赤チームから質疑。

「『白靴』って、高校生には馴染みがないですよね？　靴が雨で汚れる、その日常の景を詠むなら、『スニーカー』などとすることもできたと思うのですが、なぜ『白靴』なのか、教えてください。作為が気になってしまうと思うのですが」

「いえ、ここはあえて『白靴』とした意図をくみ取っていただきたいと思います。めったに履かない白い靴、おろしてまもないんでしょうか、それに昨日の雨で汚れがついてしまった、ああ……という感じ。しかも、今日も同じようなすっきりしない天気。その、作者のもやもやした残念な気持ち、それはスニーカーのような日常のものではないからこそ、きわだつのではないでしょうか」

やはり、潤君はよくしゃべる。

判定。

赤三本、白十本。

茜はその結果を乱暴にノートに書きつけ、ページをめくる。

負けたのなら仕方がない。次。

次鋒戦。藤ヶ丘の披講は夏樹。

(白) 宿題や夏の終はりの雨匂ふ
(赤) 逃げ水や野口雨情《のぐちうじょう》の碑の有処《ありど》
足を伸ばして井《い》の頭《かしら》公園へ吟行した時、雨情の碑にこだわっていたのは、もちろん真名だ。

——野口雨情の碑が公園の中にあるの? 見つからないねえ。

——すみません、私もう少し探しますから、みんなは涼しいところで休憩していてください。

——いいよ、付き合うって。

あのくらくらする真昼の陽射しと、雨情の碑のあたりの、しんとしたたたずまい。

夏樹も真名も懸命に、その情感を説明する。

だが。

判定は赤六本、白七本。

鑑賞点があと一歩、及ばなかった。得点結果を書きつける文字が、さらに乱暴になる。

どうしても、勝てない。


中堅戦。披講は瑞穂。

ここまですでに二敗している。この中堅戦を落としたら、藤ケ丘は敗北決定なのだ。

でも、五人は落ち着いている。ここまで何度も、敗北を味わってきた。今さら一つ負けがかさんだところでいいじゃないか。何だろう、強がりじゃなく、落ち着いている。

六人で、ここまで来た。すごいじゃない。

茜は披講する瑞穂を精一杯のまなざしで応援する。

(赤) おしろいの花雨脚《あめあし》の定まらず

（白）桃すする雨よ昨日の一言よ

校庭の花壇の隅におしろい花があった。活動していて遅くなった夕方に見た、きまぐれな雨に打たれるその咲きかけの花を、すなおにすなおに詠んだ句だ。

——うん、このすなおさがいいと思うよ、井野さん。

副顧問の森に褒められて嬉しそうだった瑞穂は、その自信に支えられるようにしっかりと質問に答えている。瑞穂にも二敗しているという焦りがないのは、森のおかげだ。対して、白の披講は小さくて丸い人だった。意外。こんなロマンチックな句を詠むのか。だけど、この白の句……好きだ。

ロマンチック、言い換えれば感傷的かもしれない。作者は行儀悪く桃にかぶりついている。雨の音が聞こえる。徒然とした中で、昨日、誰かに発してしまった一言を思い返している。たぶんそこに満足感はない。軽い悔いとやるせなさがあるのだろう。

感傷的。でも、感傷的すぎるとは言えない。たぶんみんなもこの句は好きだと思う。

ふと客席を見やったら、トーコがじっと壇上の五人を見つめているのと目が合った。トーコは右手を少しだけ挙げて、何かを書く動作をして見せる。

伝わった。

「では次に、白チーム の句に対して赤チーム、質疑をお願いします」

茜はもう一度トーコを見てちょっと笑い、そしてまっすぐにシュシュをはめた右手を挙げた。

「すごく印象的で、景が浮かぶいい句ですね」

茜は弾んだ声で話し始める。口調は明るく、明るくと心がける。

「作者はきっと一人きりでいるんですね。だから自分がどんな格好でいるかなんてかまわず、桃をかじって甘い汁まですすっている。果物ってきれいに切ってあるのを気取って食べるより、丸のままかぶりついたほうが絶対においしいですものね」

あまりに実感のこもった言い方だったせいか、ちょっと会場に笑いが起きた。

「きっと甘くて大きな桃ですよね。舌に広がる甘さとか、立ちのぼる香りとかまで伝わってきます。そこに、雨の音が聞こえる。桃を味わいながら雨の音を聞いていると、昨日自分が誰かに言ってしまった言葉が思い出された。言いすぎてしまったのか、言い足りなかったのか。桃のあのきれいな色、手にべたつく蜜、甘い味と匂い、そして耳につく雨の音、すべてが作者のかすかな屈託を浮かび上がらせる。すごいですね！　五感全部がこの句には詰まっています！　その五感で、自分の言葉への後悔を反芻《はんすう》している」

自分の言葉への後悔。

いつだってそうだ。きっとみんなそうだ。

ほかの言い方ができたのに。できたかもしれなかったのに。そんな後悔をいつも抱えながら、でも前に進むしかない。

「……というような鑑賞でよかったでしょうか？」

そして茜は精一杯しとやかに座った。

「それでは赤チームの質問に対して白チーム、回答をお願いします」

小さくて丸い人が立ち上がった。

「鑑賞ありがとうございます。ええと……、はい、丁寧に鑑賞していただいてありがとうございます、それで合ってます」

それ以上言葉がつながらないようで、彼は座ってしまった。

「それでは、判定！」

さあ、どうなるか。

次の瞬間、茜は目をみはった。審査員席が、真っ赤になったのだ。

赤十三本、白ゼロ本！

「藤ヶ丘、パーフェクトで中堅戦を制しました！　踏みとどまりました、藤ヶ丘！」

やった、くいとめた。

茜の興奮は、得点内訳を聞くうちにますます強くなった。作品点は、全くの同点。勝敗を決めたのは、十三人中十三人とも、藤ヶ丘に鑑賞点をつけてくれたからだ。

そう、私たちは俳句を否定するために今までやってきたんじゃない。批評は否定ではないのだ。

副将戦。披講は理香。

(赤) 荒ぐ声百合に吸はれて明るい雨

(白) 雨上がり鳩《はと》とカンナと自転車と

瑞穂は、入会してすぐの頃、理香とぎくしゃくしていたことがあった。瑞穂が副顧問森への片思いの感情を持て余していた頃。ずけずけと物を言う理香に瑞穂が血相を変えたこともあった。

茜たちの知らないところでも、二人はぶつかっていたかもしれない。ただ、そのへんは気にしなかった。図書準備室で好きな音楽をやっている理香、森先生に俳句を教わることを大事にしている瑞穂、どちらも俳句同好会をやめたりはしないと確信していたから。

そのうちに俳句甲子園の具体像がわかるにつれ、二人は衝突しなくなっていった。互いの攻撃性は、対戦に必要だと思うようになったのだろう。

梅雨の時期に繰り返した模擬試合、互いに声が高くなることはあっても、それはちゃんとその場でおさめられた。

だから、理香のこの句もこれでいいと思っている。「明るい雨」と、「ア」の音にこだわったのも理香らしい。

でも……。

白の句もいい。まっすぐ明るい。それに比べて理香の句は、言いたいことが整理しきれていないかもしれない。

というわけで、こちらからの質問はまた、白の句を褒めることに終始した。

さあ、結果はどうなる。ここで負ければ、藤ヶ丘は終わるのだ。

「判定！」

自分の鼓動しか意識できない。審査員の一人と目が合った。でも、そんな意識はすぐに追いやられ、赤と白の旗の色しか目に入らなくなった。

頭が空回りして、すぐには旗の数がわからない、数えられない。でも数えるまでもなかった。それほど差がついていた。

……赤三本、白十本。

茜は息を止めたまま、動けなくなった。両側の四人も硬直している。対照的に、白のテーブルでは、潤君とメガネの子が肩をたたき合っている。小さくて丸い人が目立たないようにこぶしを握っている。

「副将戦は白の勝利！　従いまして、この準決勝は、先に三勝した白チーム芳賀高校の勝ちです！」

司会のその声が、なんだかフィルターを通したようにくぐもって聞こえる。

でも、容赦なく頭は理解している。

勝敗は決した。負けたのだ。

息苦しくて、自分がまだ息を止めていたことに気づいた。茜は大きく息を吸い、得点内訳のメモを始める。

負けた。でも。

この副将戦でも、藤ヶ丘は十人から鑑賞点をもぎとった。ステージ上での五人の戦い方は間違っていなかったのだ。

さあ、もうすぐこのステージを降りなきゃいけないけど。でもその前に、もう一つだけやることがある。

茜は、左右にいる夏樹と真名にうなずいてから、椅子を後ろへずらした。本当は笑顔でいたかったのだけど、今は笑い方がわからない。でもよかった、涙も出てこなくて。これならちゃんと話せる。

まだ大将である茜の披講が残っているのだ。最後の最後、鼻声にならなくてよかった。

「それでは、大将戦の披講に移ります。赤チーム、ご起立の上、俳句を二度読み上げてください」

藤ヶ丘の最後の披講。茜は立ち上がる。

私たちの夏が終わる。

ものすごくベタな台詞《せりふ》が茜の頭に浮かんだ。ベタすぎて言葉にすると恥ずかしいが、今のすなおな気持ちだ。

その句。茜はマイクを引き寄せ、目の前にいる潤君に詠みかけた。

夏めくや図書室に聴く雨の音

潤君、ここに来るために、すごく長い時間を図書室で過ごしたよ。みんなで、あの図書室に集まって、どれだけ雨の音を聴いたことだろう。やわらかい梅雨、暴力的な台風、聞こえるか聞こえないかわからないほどの小雨、にぎやかな夕立。この句は茜の句だけど、みんなの句だ。

そして、あなたが聴いた雨の音のことも、教えてほしい。いつか。

「続いて白チーム、ご起立の上、俳句を二度読み上げてください」

立ち上がった潤君も、まっすぐに茜を見つめている。

新しき草の花の香雨《か》あがる

「勝敗には関係ありませんので、質疑は省略し、審査員の先生に旗を揚げていただきます。……判定！」

赤の旗は九本。茜の句が潤君の句よりも評価されている。

悔いはないのに、やっぱり涙が浮かんだ。でも、茜は力いっぱい、壇上の自分に、五人の仲間に、そして向かいの白いテーブルについている五人の男子に、拍手を送り続ける。

トーコ、この勝負、負けてなかったよね？

ステージを下りた五人は、そのまま通路を進み、会場の外へ出た。客席にいる先生たちや、あとはついてきた保護者の方々に挨拶しなければいけないのはわかっている。でもその前に、ちょっと頭の中を整理する時間がほしい。やっぱり泣いちゃったから、ちゃんと顔をきれいにする時間も。少しだけでいいから。

二つ目の重いドアを開けて外へ出た瞬間、茜の顔にふわふわするものがかぶせられた。

「え、何、これ……」

白いタオルだ。そのタオルの向こうにトーコが見えた。てきぱきと残り四人の頭に同じようにタオルを配っている。

「トーコ……」

「何？」

トーコの頬も涙で汚れているのに、自分はおかまいなしか。

「トーコ、昔話の笠地蔵《かさじぞう》に出てくるおじいさんみたい」

「それだけ馬鹿なこと言えるなら大丈夫ね。そのタオル、失くさないでよ。宿のを借りてきたんだから、ちゃんと今晩返さないと」

トーコはそう言いながら、乱暴に茜の頭からタオルをむしり取ると、今度は自分の顔をごしごしとこすった。

「さあ、みんな大丈夫？」

茜の問いに、一年生三人が、タオルに顔をうずめながらもてんでにうなずく。

「じゃ、先生たちのところに戻るよ」

だが、率先して会場に戻ろうとする茜を、トーコが引き留めた。その視線の先に、ぎごちない様子で潤君が立っている。

ためらったのは一瞬だった。茜は潤君に近づく。

「芳賀高校、決勝出場おめでとう」

ステージを下りる時、両チームは握手をするのが恒例だが、真ん中にいた茜は芳賀高校のメガネさんと挨拶しただけだったのだ。潤君が口を開く。

「あ、ありがとう。それで……、あの、連絡先、交換できるかな……？」

今度はためらわない。

「うん。あとで。それからね、潤君、今度相談してもいい？」

「え？　な、何を？」

「芳賀高校との練習試合の打ち合わせ」

潤君がやっと安心したような笑顔になった。

「じゃ、また！」

茜は潤君に手を振って、仲間のところに走って戻る。


藤ヶ丘女子高校の俳句甲子園は、こうして終わった。結果は三位入賞。

ちなみに芳賀高校は準優勝。

優勝したのは地元、愛媛県立道後《どうご》高校だった。

表彰式を経た後の、フェアウェルパーティーという名のお別れ会で、茜は思い切り潤君としゃべった。この二年間のこと、ではない。もっぱら大会の感想と俳句についてだ。仕方がない。茜の周りには一年生たちがいたのだから。真名は潤君の『海月光る』の句が素敵なので書にする了解がほしいと言うし、その真名が夏樹とどこかへ行ったあとも、残った理香が「新しき草の花の香」の句に曲をつけたいと頼み込むし。

おかげで、あとからトーコに恨まれた。

「茜が全っ然頼りにならないから、私が一手に引き受けていたんですけど？　芳賀高校の小さくて丸い人のお相手とか、新野先生のお供とか！　茜だけじゃないわ、瑞穂までどっか行っちゃうし！」

そのまたあとから、瑞穂が教えてくれた。

「私もトーコに押しつけちゃって悪かったんだけど、森先生が自分のお知り合いとか俳句甲子園ＯＢの大学生の方とかを紹介してくれたので……」

いつになく瑞穂の頬が上気していた。瑞穂は大人っぽいから、年上の男の人と話が合うのだろう。森先生に限らず。

それから茜はさらに意外なことを聞いたせいで、体が前のめりになってしまった。

「でもね、茜、トーコったらすごくもてたんだから」

「ほんと？　誰に？」

「芳賀高校の、小さくて丸い人に。私トーコのそばにいたら、絶対いやがられたと思う」

＊＊＊＊＊

「……さて、こうして二学期始業式の終わりに、この夏各方面で大活躍してきた藤ヶ丘の生徒の皆さんを紹介しているわけですが、次は俳句同好会の活動報告です。今年創設されたばかりの俳句同好会ですが、素晴らしい成績を収めました。八月に四国の松山で行われた俳句甲子園全国大会で、三位入賞を果たしたのです！　全国で第三位！　大変に喜ばしいことです。しかも、会長の須崎茜さんの句は、個人入賞しました！　ええと、その句は何でしたかな、須崎さん……？」

しばらく気まずい間が空いた。蒸し暑い始業式場内の、生徒のざわめきがだんだん大きくなる。始業式など早く終わらせてくれという七百十四人の声なき声が、校長には聞こえないのだろうか。

「ええと、入賞したのは『夏めくや図書室に聴く雨の音』、という句だそうです。皆さん、俳句同好会に盛大な拍手を！　では次に、吹奏楽部の成績ですが……」

＊＊＊＊＊

今年も藤ヶ丘女子高校の新入生説明会は大盛況だ。俳句同好会は半ば無理やりに顧問の了解を取りつけ、図書室の隅に俳句甲子園での成績発表のコーナーを設けた。

来年度の新入生がほぼ全員やってくる日だ、アピールの機会を逃すわけにはいかない。

だが、そのコーナーに、例の芳賀高校の小さくて丸い人が来るとは思わなかった。部外者がどうして入れたのかというと、妹さんが藤ヶ丘に入学するからその付き添いだという。

ちなみに彼の名は佐藤だ。彼は勇気を奮ってトーコに告白したらしいが、丁重にお断りされた。

「あの人、絶対に私のこと誤解してるもの」

「そうでもないと思うけど」

――トーコさん、すごい佐藤好みのビジュアルだよ。あいつ、楚々として健気《けなげ》な女の子に弱いんだ。

佐々木潤がそう言っていたと聞いたら、トーコはどんな顔をするだろう。

――佐藤の奴、松山でチームのサポートに徹しているトーコさんに一目ぼれしたんだ。あいつ、弱小バレー部歴五年でさ、一度でいいから大和撫子《やまとなでしこ》みたいな甲斐甲斐しいマネージャーに世話してもらいたかったってあこがれがあってさ……。

茜はやっぱり内緒にしておくことにした。だいたい、トーコをこのままマネージャーにしておくつもりもない。あの敗者復活戦の句。あんな才能を放置していたなんて。それに、鑑賞とは否定にあらずということも、みんなで立証ずみだ。来年はトーコも出場するのだ。

そのトーコは佐藤君を避けてどこかに消えてしまった。仕方なく探しに出かけた茜は、日差しがまぶしい校庭でようやく見つけた。いつもの三つ編み頭の人影が、つぼみが目立ちはじめた桜を見上げている。

「何してるの、トーコ？　今年もまた垂れ幕ぶらさげるつもり？」

茜は並んで桜を見上げながらそう尋ねる。

「春爛漫の桜かな」

返事の代わりに、トーコがそうつぶやいた。

「トーコ、それ……？」

「覚えてない？　一年生の頃。茜が教えてくれたんだよ」

「え、何のこと？」

茜はわけがわからない。

「春や春春爛漫の桜かな。私、自分の名前にちなんでいる気がして、このフレーズがずっと気になっていたの。でも、歳時記なんかをそれなりに当たっても、どうしても探し当てられなかった。そしたらある日、違うクラスの須崎茜さんという人のすごいレポートが廊下に掲示されていた。桜を題材にした、古今の日本文学作品についての。その中で、私の長年の疑問もあっさり触れられていたわ。このフレーズは俳句ではありませんが、有名な寮歌として愛されてきましたって」

「あ、ああ、あれのこと……」

本当に忘れていた。父親に手伝ってもらったこと、白状するべきだろうか。

「この人何なの！　って心底感心したわ。それから、なんとなく須崎茜さんに注意が向くようになった。一年生も終わりのある日、その茜さんがすごく真剣な顔で図書室にあった一冊の本をにらんでいるじゃない」

「え、それって、私が潤君の句を見つけたあの日のこと？」

「そう。あれ以来、須崎茜がますます面白くなって、そして私は今に至るわけ」

茜はなんだか身の置き所がなくなってしまった。どんな顔をすればいいのかわからない。

幸い、トーコはすぐに話題を変えてくれた。

「そうだ、茜、いいニュースがあるのよ」

「ん？」

「入会希望者が現れたの」

「ほんと？　一年生？」

二学期、始業式での校長の成績発表は思い出したくもない赤面物の記憶だが、いいこともあった。俳句同好会の知名度が一気に上がり、入会希望者が少しずつ出てきたのである。

現在の会員は八名。そして、さらに一名増えるというのだ。

「この入会希望者はちょっとユニークよ。去年の秋からうちに編入してきた、イギリスの姉妹提携校の生徒なの」

「え？　ということは……」

「そう。イギリス人。でも、日本文学への傾倒がすごいの。わざわざ日本に留学を希望するくらいだもんね。その彼女曰《いわ》く、HAIKUにも大変興味があるんだって。シェイクスピアのソネットと与謝蕪村の俳句には視覚的共通点が多いそうよ」

そして、トーコは不得要領《ふとくようりょう》な面持ちの茜に指を振ってみせる。

「何のことかなんて聞かないでよ。私にだってわからないから。ともかく、すごい異色の戦力になりそうだと思わない？」

「うん、きっとそうね……。でもね、トーコ、一つ聞いていい？」

「うん、何？」

「その人、日本語は……？」

「そうねえ、一応の会話は成り立つわよ。さっき売店でアイスクリームをおごろうとしたんだけど、彼女ちゃんと自力の日本語で希望のフレーバーを入手できたから」

「あ、あの、トーコ、そうじゃなくて、その人、……日本語で俳句作れるの？」

トーコはにっこり笑ってみせた。

「大丈夫。私、俳句甲子園の大会募集要項を隅から隅まで読んでみた。参加資格は日本に在住している高等学校在籍者。彼女、ここは立派にクリアしてるでしょ。で、肝心の創作句については、ただし日本語に限るなんて一言も書いてなかったわよ。課せられた条件は兼題を読み込むことだけ。今やHAIKUは世界の文芸だものね」

狐につままれたようだった茜も、だんだん興奮してきた。

「すごいね。これで来年度は新三年生が私たち三人、新二年生が六人……」

そこでトーコは手を打った。

「そうだ、芳賀高校の佐藤君の妹も引き入れよう。それで十人。今年の夏は二チームで松山を目指そうね……あ！」

トーコは茜の手を取って走り出す。

「いけない、こうしている場合じゃない！　早く図書室へ戻って佐藤妹を勧誘しよう」

〈俳句甲子園地方大会エントリー締め切りまであと七十八日〉

参考文献

『合本俳句歳時記』角川書店
『現代の俳句』平井照敏編　講談社学術文庫
『虚子俳話』高浜虚子　新樹社
『どうしやうもない私［わが山頭火伝］』岩川隆　講談社
『坪内稔典の俳句の授業』坪内稔典　黎明書房
『新版　20週俳句入門』藤田湘子　角川学芸出版
『この俳句がスゴい！』小林恭二　角川学芸出版
『俳句いきなり入門』千野帽子　NHK出版新書
『折々のうた』大岡信　岩波新書
『17音の青春2013　五七五で綴る高校生のメッセージ』学校法人　神奈川大学広報委員会編　NHK出版
『一冊まるごと俳句甲子園　別冊俳句　俳句生活』NPO法人俳句甲子園実行委員会監修　角川学芸出版
『俳句甲子園公式作品集』第一巻　第一号・第二号・第三号　NPO法人俳句甲子園実行委員会
『紫雁』第十一号・第十二号　開成学園俳句部紫雁俳句会
『言葉の玉手箱』第十六号・第十七号・第十八号　立教池袋中学校高等学校文芸部

執筆に先立ち、快く取材に応じてくださった次の方々に感謝申し上げます。
・ＮＰＯ法人俳句甲子園実行委員会
・愛光学園　佐藤昭子講師
・神奈川県立津久井高等学校　井上宰子教諭

ただし、本文中の誤謬はすべて作者の誤認によるものです。

また、作句に当たり、かしまゆうさん、北嶋正子さん、古矢智子さんの多大なご協力をいただきました。
篤く御礼申し上げます。

解説

川又《かわまた》夕《ゆう》
（NPO法人俳句甲子園実行委員会　OBOG会会長）

「それでは、判定！」

紅白の旗が一斉に挙がる。肩を抱き合って喜ぶ高校生、泣きながら拍手を送る高校生。そして、大きく掲げられた俳句。マイクを握り締めて思いの限りをディベートする姿に、私は一瞬で恋に落ちた。

茜《あかね》とトーコがメンバー集めに奔走したように、高校生だった私も同じ苦労を味わった。俳句甲子園に出場するためには、まず五人の選手を揃えなければならない。地域によっては知名度の低い大会、更に「俳句とディベート」という異素材の組み合わせに戸惑う高校生は多い。指導者がいない限り、五人を集めることは正直難しい。森谷氏はこの大会に関わる人々を丁寧に取材し、実際に起こり得る場面を描き切っている。

やっと選手が揃い兼題《けんだい》に沿って何句も詠《よ》み続けると、今度は似たような俳句が並ぶという壁にぶつかる。多様な俳句を詠むには「俳句以外で心惹かれるもの」の存在が不可欠となる。理香《りか》がリズムの心地よさを追求して詠んだように、好きなものには瑞々《みずみず》しい描写が付いてくる。俳句を評価する独創性という言葉の中には「それについて誰よりも深く考え、自分ならではの表現が出来る」要素が含まれる。藤ヶ丘《ふじがおか》の個性の強さは俳句を詠むのに適している。

選手として、指導者として、あるいは俳句を避ける者として。どこにも属さない森谷氏が「俳句甲子園とは何か」を理解し、描写する配分が的確だったことにも驚いた。華やかな試合を見せるだけではなく、チームになるまでを地道に辿ること。試合への準備に手間と時間を惜しまず、準備こそが活動となり、関わった者の成長となること（選手はもちろん新野《にいの》先生に森《もり》先生、富士《ふじ》先生まで成長している）。夏の大会に『春や春』の題を冠したのも納得がいく。この大会で要《かなめ》となるのは、はじまりの春なのだ。

兼題に触れるため、真名《まな》と夏樹《なつき》が生物部に突撃してミズクラゲを運ぶ場面なども懐かしく思った。私も兼題が「目高」だった時、メンバーが揃っている時にどうしても目高が見たくて美術準備室へ侵入したことがある。扉の鍵は閉まっていたが高窓は開いており、肩車をして窓から入った。間近に見た目高の動きは思ったよりも機敏で、実物を写生することが出来なければ詠めない俳句に辿り着けた。その時の共犯者たちとは今でも仲が良い。

各章の名を名句の一部から採り、登場人物が一章ずつ主役を担う。それぞれの視点で「俳句に青春を懸ける」選手たちを語る手法も興味深い。人物自体の特徴が際立つと同時に、それまでの言動の理由に思い至る仕掛けが施されている。トーコが創作を拒むのも、富士先生が俳句を否定するのも本人にしか分からない理由がある。そして藤ヶ丘が全国大会を目指し互いを高め合うことで、今までの思いは変わっていく。強情であっても、大人であっても。どこ吹く風で何かに気付かせ成長させる。それほどの力が俳句甲子園にあることを描いてくれて、とても嬉しい。

読者を楽しませる伏線、特に『折々のうた』に関しては森谷氏の司書としての経験が巧《うま》く作用している。この恋の話があることで、私は瑞穂《みずほ》が好きになった。メンバーの中で少し毛色が異なり、自我を持て余している瑞穂は好みの分かれるキャラクターかも知れない。片想いに空回る姿は不格好だが、俳句を含め文学は恋と共に生きてきた。茜が俳句に興味を持ったきっかけも淡い恋だった。たとえ恋に破れたとしても、言葉と向き合い想いを昇華させた作品は美しい。

夕焼雲でもほんたうに好きだつた

「なんて句を詠むのよ……」

相手チームの俳句が披講《ひこう》された瞬間、瑞穂は素直にうめいた。順調に勝ち進んでいたとしても不意に「どうしやうもない」俳句と出会うのが俳句甲子園なのだ。私にも瑞穂のような恋があり、それは駆け引きで逃した恋だった。振り向かせたくて、すべてが欲しくて。先生が年の差を気にするのであれば、時間をかけて真心を見せれば良かった。ただ受け入れれば良かった。

一句だけで想いは氾濫する。そこでどのようなディベートをするか。最後の試合の直前、トーコが瑞穂に手渡したアドバイスはこれから俳句甲子園に出場する選手へのメッセージでもある。

新野先生は深い意味を込めて「この大会で勝ち上がることがすべてじゃない」と言ったが、大会終了後のフェアウェルパーティーも全国大会に出場した高校生にとって貴重なイベントだ。俳都松山に全国各地から高校生が集まれば、友情も生まれ、恋も生まれる。十七音の世界を共有した選手だからこそ、敵同士であっても試合が終われば打ち解けるのに時間はかからない。他校生と連絡先を交換し、親しくなる姿は毎年恒例となっている。そして私は、俳句甲子園で出会ったひとと結婚した。

茜もフェアウェルパーティーがあって良かったと思う。最初は潤《けん》と釣り合うために努力したのだ。いつの間にか憧れの対象を追い越すことがあっても、同じものを目指した経験の共有は貴重な思い出となる。きっと茜はしなやかな女性に成長するだろう。少女はいつもたくましい。

俳句甲子園は現在、一チームにつき二人まで補欠を登録することが出来る。読者は藤ヶ丘の「七番目の会員」として彼女たちと共に成長を追体験してみるのも面白い。夏樹と衝突することもあれば、理香にリズムの悪さを指摘されることもあり、真名の書を部屋に飾り自句自賛することもあるだろう。ゆっくりと沁みこませるよう彼女たちの俳句を口ずさみ、時には章を戻りながら。六人それぞれの思いと先生たちのまなざしを読み解いた時、「第十章　春や春」はかけがえのない舞台として景が立ち上がる。

最後の章を読み返し泣いていると、主人が困ったように笑いながら涙を拭いてくれた。心を落ち着かせ、この小説の続きを想像する。茜たちが見せた「新しい鑑賞」によって、攻撃だけではないディベートがきっと本流になる。作品を理解し、優れた点を真摯《しんし》に褒めること。俳句甲子園の未来は明るい。

私は選手を卒業した後、大会を運営するスタッフになった。あの夏の感動が忘れられず、同じようにボランティアで松山へ帰って来るOBOGも大勢いる。OBOG会は試合中の行司《ぎょうじ》を担当し、選手の繰り広げる熱い闘いをサポートするのだ。

「それでは、判定！」

松山には、俳句に青春を懸ける夏がある。

〈俳句甲子園全国大会まであと九十九日〉

きゆうきゆうと鳴る心臓の先に汗　　川又　夕

初出
「小説宝石」二〇一三年七月号〜二〇一四年十二月号に不定期連載した作品に、大幅に加筆・修正を加えたものです。

この物語はフィクションであり、実在する団体・人物とは一切関係がありません。
作中には実際の俳句甲子園の試合進行とは異なる表現があります。

二〇一五年五月　光文社刊

光文社文庫

春《はる》や春《はる》

著者　森《もり》谷《や》明《あき》子《こ》

2017年5月20日　初版1刷発行
2022年2月25日　3刷発行

発行者　鈴木広和
印刷　萩原印刷
製本　榎本製本

発行所　株式会社　光文社
〒112-8011　東京都文京区音羽1-16-6
電話 (03)5395-8149　編集部
8116　書籍販売部
8125　業務部

落丁本・乱丁本は業務部にご連絡くだされば、お取替えいたします。
ISBN978-4-334-77468-4　Printed in Japan

組版　萩原印刷

光文社文庫　好評既刊

錯綜の系譜　上田秀人
女の陥穽　上田秀人
化粧の裏　上田秀人
小袖の陰　上田秀人
鏡の欠片　上田秀人
血の扇　上田秀人
茶会の乱　上田秀人
操の護り　上田秀人
柳眉の角　上田秀人
典雅の闇　上田秀人
情愛の奸　上田秀人
呪詛の文　上田秀人
覚悟の紅　上田秀人
旅発　上田秀人
検断　上田秀人
動揺　上田秀人
抗争　上田秀人

急報　上田秀人
総力　上田秀人
破斬　決定版　上田秀人
熾火　決定版　上田秀人
秋霜の撃　決定版　上田秀人
相剋の渦　決定版　上田秀人
地の業火　決定版　上田秀人
暁光の断　決定版　上田秀人
遺恨の譜　決定版　上田秀人
流転の果て　決定版　上田秀人
惣目付臨検仕る　抵抗　上田秀人
術策　上田秀人
幻影の天守閣　新装版　上田秀人
夢幻の天守閣　上田秀人
鳳雛の夢（上・中・下）　上田秀人
本懐　上田秀人
天衝　水野勝成伝　大塚卓嗣